WARHAMMER
THE HORUS HERESY

军团
LEGION

[英] 丹·阿伯奈特 著　赵笛 译

浙江科学技术出版社·杭州

Paperback edition first published in Great Britain in 2008.

Hardback edition published in 2014 by Black Library,

Games Workshop Ltd., Willow Road, Nottingham, NG7 2WS, UK.

This edition published in China by Zhejiang Science and Technology Publishing House in 2025.

Copyright © Games Workshop Limited 2008-2014.

This translation copyright © Games Workshop Limited 2025.

Translated and used under licence by Zhejiang Science and Technology Publishing House. All rights reserved.

Black Library, the Black Library logo, The Horus Heresy, The Horus Heresy logo, The Horus Heresy eye device, Space Marine Battles, the Space Marine Battles logo, Warhammer 40,000, the Warhammer 40,000 logo, Games Workshop, the Games Workshop logo and all associated brands, names, characters, illustrations and images from the Warhammer 40,000 universe are either ®, TM and/or © Games Workshop Ltd 2000-2014, variably registered in the UK and other countries around the world. All rights reserved.

No part of this publication may be reproduced, stored in a retrieval system, or transmitted in any form or by any means, electronic, mechanical, photocopying, recording or otherwise, without the prior permission of the publishers.

This is a work of fiction. All the characters and events portrayed in this book are fictional, and any resemblance to real people or incidents is purely coincidental.

本书英文版由 Black Library 于 2008 年出版

Games Workshop Limited，地址：Willow Road, Nottingham, NG7 2WS, UK.

本书中文版由浙江科学技术出版社于 2025 年出版

Copyright © Games Workshop Limited 2008–2014.

This translation copyright © Games Workshop Limited 2025.

浙江科学技术出版社可在授权下翻译与使用。

Black Library、Black Library 标识、荷鲁斯之乱、荷鲁斯之乱标识、荷鲁斯之眼、星际战士战团、星际战士战团标识、战锤 40,000、战锤 40,000 标识、Games Workshop、Games Workshop 标识，以及所有源自战锤 40,000 宇宙的相关品牌、名称、角色、插图与图像，所有带有®、TM、以及©Games Workshop Ltd 2000–2014 的标识均为在英国和世界其他国家注册的商标或为 Games Workshop Limited 版权所有。

未经许可，不得将本书任何部分以任何形式复制、存储在某个检索系统中，也不得以任何形式或手段，包括电子、机械、影印、记录或其他方式，传播本书的任何部分。

本书为虚构作品。书中人物、事件均为虚构，如有雷同，纯属巧合。

故事简介

荷鲁斯之乱——
这是一段传奇岁月。

众多伟岸英雄为了统御银河之权奋力拼搏。

地球帝皇的亿万大军纵横星海，以一场伟大远征将银河纳入囊中——在这些精兵强将的面前，不计其数的异形种族难当其锋锐，就此在历史长卷上被抹消了踪迹。

人类种族威震寰宇的璀璨年代拉开了帷幕。

黄金白玉堆砌而成的闪耀堡垒颂扬着帝皇的凯旋。一百万个林立于世的纪念碑，翔实地描述了那些悍勇战将的传奇功绩。

帝皇的战士中最强大的便是基因原体，这些英武绝伦的人物率领帝皇麾下的星际战士大军斩获了无数胜果。他们势不可当，高贵超凡，是帝皇基因实验的巅峰成就。星际战士则是银河之中前所未有的强悍士兵，每个人皆有以一敌百之力。

数以万计的星际战士组成了庞大的军团，追随各自的原体踏入星海，以帝皇之名征服银河。

所有基因原体中最出众的是荷鲁斯，亦唤荣耀者、光明星辰、帝皇宠儿。他受封战帅，是帝皇麾下各路大军的总指挥官，是万千世界与整个银河的征服者。他是无出其右的战士，也是手腕卓绝的外交家。

熊熊战火席卷了帝国疆域，人类种族的英勇将士都要面临终极考验。

出场人物

基因原体

阿尔法瑞斯 ……………………………… "阿尔法军团"基因原体

第二十军团"阿尔法军团"

因格·佩克 ……………………………………………… 第一连长
玛希亚斯·赫佐格 ……………………………………… 第二连连长
西德·兰科 ……………………… 上尉,"勒拿终结者"小队指挥官
欧米冈 ………………………………… 军官,"鬼灵潜行"小队指挥官

帝国军队

670号远征队

滕·纳玛特吉拉 ………………………………………… 远征队总司令
詹·凡·昂格尔 …………………………………………………… 舰队长

基诺52千连团

斯丽·维特 …………………………………………………………… 准将
霍楠·穆 ……………………………………………………………… 上校
卢克萨娜·赛义德 …………………………………………………… 上校
赫塔多·布朗兹 ……………………………………………………… 少校
凯多·皮厄斯 ………………………………………………………… 少校
狄米特·希班 ………………………………………………………… 少校
佩托·索耐卡 ………………………………………………………… 少校

弗兰科·布恩 ·· 督军

赞吉巴瑞兵团
尼丁·戴夫 ·· 少将

路西法黑卫
狄纳斯·柴恩 ·· 上尉
艾曼 ·· 亲卫
贝洛克 ·· 亲卫

辛德新月第6团
怀尔德 ·· 领主

奥崔玛团
伊斯迈尔·舍拉德 ··· 指挥官

泽西斯泰坦军团
阿蒙·耶维斯 ·· 机长

瑞格诺特荆刺团
甘·卡什 ··· 将军

非帝国人员
约翰·格拉玛提卡斯
盖赫特
斯劳·达
格拉托

此处另有随剧情展开而出场的其余领袖、官僚和军官

目录

1 ...... 序　曲

第一部分　爬虫的盛夏

4 ...... 第一章　乌潭镇，诺斯星球，荷鲁斯叛乱两年之前

19 ...... 第二章　头颅镇，诺斯星球，五周之后

38 ...... 第三章　孟罗港，诺斯星球，两天之后

57 ...... 第四章　九头蛇基地，孟罗港，诺斯星球

72 ...... 第五章　孟罗港，三天之后

87 ...... 第六章　孟罗港，诺斯星球，一天之后

98 ...... 第七章　孟罗港，诺斯星球，当天晚上

114 ...... 第八章　孟罗港，诺斯星球

123 ...... 第九章　孟罗港，诺斯星球，第二天黎明之前

130 ...... 第十章　孟罗港，诺斯星球，同一天早上

147 ...... 第十一章　孟罗港，诺斯星球，当天晚上

155 ...... 第十二章　孟罗港，诺斯星球，黑色黎明

183 ...... 第十三章　诺斯星球的最后一天

目录

第二部分　停留点

第一章　九头蛇 42 号星球附近，
　　　　诺斯星球灭亡的五个月之后 192

第二章　高层轨道，九头蛇 42 号第三星球，
　　　　第二天 197

第三章　高层轨道，九头蛇 42 号第三星球，
　　　　十四个小时之后 209

第四章　艾欧里斯，星球轨道 223

第五章　艾欧里斯 228

第六章　"劳顿"号运输舰，星球轨道 234

第七章　艾欧里斯 238

第八章　艾欧里斯 241

第九章　艾欧里斯，星球轨道，三个小时之后 247

第十章　预见之力 253

第十一章　九头蛇 42 号 259

第十二章　布拉迈尔斯号，星球轨道 264

尾　声　密教 268

"神赐予你一张面孔,你则为自己塑造出另一张。"

——莎士比亚戏剧,第二个千年

"而那奇妙的九头蛇,传说砍掉它的一颗头颅,会有两颗新的头颅长出来。"

——古代诗歌

"没有人会愚蠢到选择用战争来取代和平。在和平年代,儿子埋葬父亲,在战争年代,父亲埋葬儿子。"

——编年史作者希多罗德,第零个千年

"战争只是为了清洁这个银河。"

——基因原体阿尔法瑞斯

序　曲

　　我的名字是赫塔多·布朗兹。

　　好吧，我开口了，我已经说出来了，覆水难收。我的秘密全都暴露了。

　　哦，还有别的？如果非要我说的话，遵命，长官。我的名字是赫塔多·布朗兹，少校，隶属基诺52千连团，帝国军队，泰拉的荣耀，蒙帝皇垂爱。我生于艾迪萨，为自己的自由而骄傲，忠于自己的信仰，家中有两位姐妹和一位兄弟。我的双耳只听从尊敬的纳玛特吉拉总司令的命令；我的双手只遵循帝皇的意愿，只懂得激光卡宾枪的用法；而我的嘴巴……好吧，我的嘴巴还知道很多东西，同时也知道何谓守口如瓶。

　　因为他教导我们要严守秘密。不，我可不会让他的名字被你们套出来。我说过了，他教导我们要严守秘密。这就是他的行事之道，我们因此爱戴他。他对我们最大的恩赐就是与我们分享了他的秘密。

　　为什么？我猜是因为我们恰好在场吧。先是乌潭镇，然后是孟罗港，最后是颤抖山脉。如果不是我们，也会有其他人。

　　你们为什么在说悄悄话？我能听见你们的声音。你们不想让我听到什么？你们在密谋什么？

　　痛苦？是吗？你们就这点儿能耐？好吧，痛苦确实能帮你们挖出不少秘密，某些嘴巴里的某些秘密。你们都为我准备了什么？啊，我明白了。好吧，随你们便。我倒不是很期待。你们要用哪招？眼睛？私处？手指和脚趾之间的缝隙？首先，你们必须明白——

　　啊啊啊！

　　哦，老天——

　　呃……技术不错嘛，小矬子，确实是个专家。他之前干过这事，对不对？不，等等，我——

　　啊啊啊啊！

泰拉在上！呃……该死的……嗯。那个小浑蛋。让我说完，行不行？让我把话说完！

好吗？行不行？

好，这没用的，这就是没用。因为我告诉过你们了，这没用的。

我不会告诉你们任何东西。你们对我做什么都没有意义，真的没有意义。把我活活烧死都行，我不会开口的。

因为他只有这一点要求，唯一的要求。我可以告诉你们我是谁，给你们讲讲我的毕生经历，但我不能——也不会——背叛他的信任。

呃啊啊啊啊！

该死！神圣之火！浑蛋！

嗯……

什么？什么？你想问什么就问吧，再烧我一次也行。

我的名字是赫塔多·布朗兹，你不会听到什么别的了。

第一部分

爬虫的盛夏

第一章

乌潭镇,诺斯星球,荷鲁斯叛乱两年之前

那个诺斯人在临死前照常咕哝了一长串废话。他抬起沾满灰尘的手,指着面前的敌人,啐出一些关于他们家中长辈的污言秽语,以及对他们后代子孙的恶毒诅咒。每个士兵都习惯了忽略敌人的侮辱,但诺斯人的话语里有某种不同寻常的东西,足以让佩托·索耐卡脸色苍白。那个诺斯人仰面躺在一道斜坡上,被枪弹的冲击打倒在了干燥的红土里。他长袍表面的鲜血在下午的阳光中迅速凝结,粉色的丝绸逐渐变得僵硬。他的银色胸甲闪亮如镜,布满了代表芦苇和鳄鱼的纹饰。他瘫软的双腿显得很不自然,显然他的脊柱已经不是完整的了。

索耐卡爬上了干枯的河床去检视那个诺斯人。远方那条殷红的地平线与蓝黑色的天空逐渐交会。落日将石块的边缘染上一层明亮的橘红色。

出于对敌人的礼貌,索耐卡把护目镜摘了下来,让诺斯人能够看到自己的双眼。他单膝跪下,脖子上那枚小小的金色盒子像钟摆般晃动。

"少说两句吧,行吗?"他说。

坡上的士兵们围绕在他身边,紧盯着敌人,手中的武器随时待命。沙漠热风将他们的镶边长袍吹得舞动起来。索耐卡手下的朗上尉已经用液氮将那个诺斯人的长刀弄断,将残柄扔到了河谷外面。

索耐卡还能察觉到温暖的空气中残存的液氮。

"都结束了,"他告诉诺斯人,"你愿意和我聊聊吗?"

脸上沾着沙粒的诺斯人抬起头,嘟哝了一句什么。血沫在他的唇边不断聚积。

"多少?"索耐卡问道,"你们在这个洼地还有多少人?"

"你……"诺斯人张口说道。

"什么?"

"你……去死吧。"

在索耐卡的身后，朗立刻抬起了卡宾枪。

"放轻松，我听过更糟的。"索耐卡告诉朗。

"最后一次机会，"索耐卡对那个濒死的诺斯人说，"你们还有多少人？"

"你们还有多少人？"诺斯人声音沙哑地反问道。他的口音非常重，但很明显诺斯人已经掌握了帝国的语言："还有多少？你们从群星之间倾巢而来，但你们什么都做不了。"

"什么都做不了？"

"没错，除了证明邪恶在宇宙中无所不在。"

"你觉得我们是邪恶的？"索耐卡问。

诺斯人呆滞地盯着他。那双眼睛失去了神采，如同清晨的天空般黯淡无光。鲜血从他嘴里涌出来，就像泉眼中的水流。

"他死了。"朗说。

"观察得真细致。"索耐卡站起身来。他转头看看自己的士兵。在众人背后，两辆诺斯人的装甲车在熊熊燃烧，将烟尘喷向碧蓝的天空。索耐卡能听到断断续续的枪声从河谷的另一边传来。

"找他们跳支舞去。"索耐卡说。

从河谷边缘向西眺望，勉强能够看到乌潭镇，十公里之外那座面包形状的山丘顶端矗立着由红陶垒成的错综高墙。两地之间充满了零碎的石脊丘陵和古老的低洼盆地，在斜阳的暗淡光芒中，漆黑如墨的阴影处处堆积。索耐卡的心思也被同样黑暗的念头所占据——乌潭镇是他们的宿敌。八个月来，那里的守军利用险恶的地形、狡诈的战术、无情的决心，以及糟透的运气将他们始终拒之门外。

基诺52千连团是帝国军队中历史最悠久的部队之一。这支精锐力量由一千个连队组成，它的悠久历史不仅贯穿了整个伟大远征，甚至可以追溯到统一战争年代。基诺是古老百团中值得骄傲的一员，源自冲突年代的军阀旧部，在效忠帝皇之后蒙受恩赐而得以保存。当年有数千支类似的部队遭到了强制解散甚至被剿灭殆尽，这取决于他们对新秩序的抵抗程度。

佩托·索耐卡生于费奥多西亚，年轻时在当地部队服役，但受到基诺52千连团辉煌声誉的吸引，他强烈请求调往那里。他加入基诺已经有二十三年，如今升到了少校的位置。在这么长的时间里，他们从没有遇见过一块啃不下来的硬骨头。

当然，他们一路上经历过不少艰难的战斗。索耐卡能够轻易回想起福契因星球的战争，他们在那片幽暗极地与绿皮兽人缠斗了六个星期。还有赞提纳姆星球，那些龙人险些就在一系列的运动战和伏击战中打败他们。

但在诺斯星球，尤其是在乌潭镇，比他们遭遇过的任何战斗都艰难。据说总司令已经逐渐急躁起来了，这时候谁也不愿意待在纳玛特吉拉身边。

索耐卡把护目镜重新戴上。他这副四十二岁的瘦高身体和二十五岁的青年毫无差别。他的脸颊有着硬朗的曲线，尖尖的下巴，以及丰满嘴唇之间洁白闪亮的牙齿都让异性格外倾心。和所有士兵一样，他的皮肤在诺斯星球的骄阳下已经被晒成古铜色。他打了个手势，让麾下的几名上尉率领部队开始沿着河谷前行，朝着远方的干燥洼地进军。基诺的装甲车紧随他们的脚步，在背后扬起一蓬蓬红色尘土。索耐卡的半人马指挥车等待着他，发动机隆隆待命，但他挥挥手示意战车前进。是时候散散步了。

还有半个小时就要入夜。他们付出惨痛代价得到了一个教训，那就是夜晚属于诺斯人。索耐卡打算在天色彻底黑下来之前把他的部队移动到23号地点的前哨站去。刚刚和诺斯人的一场较量拖延了他们不少时间。把那些家伙从这片地区彻底赶走实在棘手，就像试图从指尖拔出木刺。

索耐卡的部队昂首行进的样子看起来很有气势。基诺的紧身军服内层是镶嵌皮甲，外层是链甲，还有一件及腰的黄色披风，由产自泰拉的丝绸制成，要比诺斯人的粉色丝绸坚韧耐用得多。精美的皮甲上坠着各种工具，带有毛皮镶边，而披风上则覆满了华丽的连队徽记和小队标志。他们带着轻便的背包、子弹链、长刺刀、灌满了双倍份额饮水的瓶子与发给每个人的液氮罐叮当碰撞。他们的制式装备是激光卡宾枪和单兵火箭弹，也有些士兵拖着爆破筒或者支援型迫击炮。每个人都是通过基因工程精心培育的高大战士。相比之下，索耐卡和大部分常人都显得有些瘦小。士兵们戴着亮银色或明黄色的尖刺头盔，身上挂着毛皮、布帘、珠串等各种装饰，圆鼓鼓的橙红色半球形护目镜上有一道黑色缝隙。

索耐卡的连队被称为"舞者"，这是他们八百年来承袭的名字。在这最后几分钟的阳光下，他们即将遭受有史以来最惨重的打击。

"我说，那是谁啊？"布朗兹轻声说，"你认识吗？"

忙着撕开干粮包装的特克上尉耸耸肩。"就是某个人呗。"他低哼着回答。

"你可真有用，知道吗？"布朗兹回应道，他挥拳捶了特克的胳膊一下。特克上尉和团里的很多士兵拥有同一个母本，体形比布朗兹足足大上一圈。他疲惫地看了一眼自己的少校。

"是个特种兵吧，据说。"他补充道。

"谁说的？"

"上校的侍从。"

"小丑"连队在一个小时之前抵达了23号地点的前哨站，驻守在这座由砖石砌成的古老堡垒东侧。23号地点是两周以前从诺斯人手里夺过来的战略要地，距离乌潭镇只有八公里。这个前哨站和其余阵地共同组成了纳玛特吉拉总司令套在敌军城市周围的那根绞索。

赫塔多·布朗兹，这个服役了六十年的老兵，这个拥有无穷魅力和壮实身体的战士，从兵舍的门廊探出脑袋，朝红砖铺成的走道远方看了看。小路的末端延伸到一个中央庭院，他能看到那个新来的家伙正在与霍楠·穆以及她的几个侍从交谈。新来的家伙个子高大，真的是相当高大，身穿一件暗灰色的链甲衫，戴着面罩，肩头斜挎着一把沾满尘土的爆矢枪。

"他的个头倒是真不小。"布朗兹说着无意识地摆弄项链上的那个金色小盒。

"别老盯着看。"特克啃着自己的干粮说。

"我正要跟你这么说呢。我看他比你还高。"

"别盯着了。"

"他恰巧站在我目光所在的那个位置上，特克。"布朗兹说。

有什么事情正在发生，布朗兹能感觉到。最近几天一直是这样。霍楠上校一反常态地守口如瓶，有时候甚至都不见其踪影。

那个人确实很高大，高过了霍楠。但话说回来，每个人在她面前都显得很高。无论如何，他至少有两米二，或许是两米二五。那是经过基因改造的体型，甚至是阿斯塔特的体型。霍楠仰起脖子看着他，时不时点点头，布朗兹听不到双方的对话。霍楠虽然正在与一个巨人交流，但姿态却一如既往地强势——犀利、活跃，如同一只斗鸡般力量充沛、态度坚决。布朗兹一直怀疑，霍楠·穆是要用身体语言来弥补那洋娃娃一样的个头所带来的劣势。

布朗兹转眼看看兵舍内部。他的"小丑"们都在忙着打盹、吃喝、赌钱。有些人在清洁武器或者维护盔甲，把行军中积累的红色尘土打扫干净。

"我出去溜达一圈。"布朗兹告诉特克。特克只是嚼着食物，盯着少校的脚。布朗兹还穿着全套护甲，但他抵达前哨站之后就把靴子脱掉了。几只脏兮兮的短粗脚趾从羊毛袜子的破洞里探了出来。

"看起来不怎么帅？"布朗兹问道。特克耸耸肩。

"随便了。"布朗兹脱掉那件带有徽章的斗篷，解下腰带和武装带，把它们一股脑儿扔在了干燥的地板上。他拿着自己的水瓶。

"我要去把这个灌满。"他说。

布朗兹踱步离开通道，水瓶在粗壮的手掌里晃动着。他失望地发现那个巨人已经不见了。上校和她的侍从们低声交谈着，准备从庭院的另一端离开。

布朗兹走进庭院的时候，霍楠转过身来。气温还算暖和，整个白天积蓄的热量从阴影笼罩的石砖里蔓延出来。头顶上，傍晚的天空呈现出一片暗紫色。

"布朗兹少校，有什么事吗？"她说道，那嗓音如同细碎的冰粒般清脆。

布朗兹和蔼地笑了笑，摇了摇自己手里的水瓶。"正要去水泵那儿。"他说。

霍楠上校从侍从们的包围中向他走来。她的身材娇小玲珑，就像个小女孩一样，紧致而纤细。她穿着黑色紧身衣和灰色外套，脚上是一双更加凸显她矮小个头的高跟鞋。她的鹅蛋脸上有一张樱桃小口，眼睛显得特别大。与其肩头的重要责任相比，二十三岁的她堪称年轻，但基诺的上校们都是这样。布朗兹暗恋着她，毕竟她如此完美、如此精致，那小巧的身躯中蕴藏着如此强大的力量。

"去水泵？"霍楠问道。她从低哥特语换成了艾迪萨语，她经常这样做。她习惯于用士兵的母语和他们单独交谈。布朗兹猜测，对于语言技巧的展示既显得亲切，又突出了她的聪慧。但有意思的是，在布朗兹的故乡艾迪萨，他们管这个叫炫耀。

他也换成了艾迪萨语："去接水，我喝完了。"

"饮水已经分配过了，少校。"她说，"我觉得那只是为了探头探脑而找的借口。"

布朗兹用了一个自己希望会显得可爱的动作，他耸了耸肩："你最了解我了。"

"所以我觉得你在探头探脑。"霍楠说。

他们注视着彼此。霍楠的那双大眼睛缓缓移向布朗兹脚上的袜子。他能看出她正在憋笑。对付霍楠的最佳方法就是迎合她的幽默感，这就是为什么他脱掉了自己的靴子。布朗兹尽量收住肚子，摆出一副严肃的表情。

"够难的，是不是？"她讥笑道。

"什么意思？"

"收着你的肚子啊。"

"我不知道你在说什么，上校。"他回答。

霍楠点点头。"我也不知道我们为什么还留着你，布朗兹少校。"她说道，"我们就没有一个针对体形的限制标准吗？"

"或者体重标准？"她的一名侍从说道。四个金发少女围绕在霍楠身边，脸上带着狡黠的笑容。

"哦，你们就拿我寻开心吧。"布朗兹说。

"我们确实可以拿你寻开心。"一个侍从说。

"反正我是你手下最好的军官。"

霍楠皱皱眉头："这倒是没错。不要太好奇，赫塔多，很快你就会知道你需要知道的事情。"

"一个特种兵？"

霍楠用审讯式的目光扫视自己的侍从，同时也用灵能去刺探她们。她们都在上校的灵能接触下转过头去，假装在看别处。"看来有人说漏嘴了。"她说道。

"那就确实是个特种兵了？"布朗兹追问。

"我刚刚说过了。"霍楠把头转回来看着他。

"行，行，我明白，"布朗兹晃着他的水瓶说，"我该知道的时候就会知道。"

"让你的人安顿下来。"她吩咐少校，转身准备离开。

"'舞者'到了吗？"他又问。

"舞者？"

"他们应该已经来了。佩托欠我一笔赌债呢，他们到了吗？"

她眯起眼睛。"不，赫塔多，他们还没到，应该快了。"

"哦,"布朗兹说,"那么我请求带领一支侦查小队出去晃悠一圈,看看是什么把他们拖住了。"

"你对朋友的忠诚令人钦佩。赫塔多,但你的请求没有得到批准。"

"天快黑了。"

"是的。这就是为什么我不想让你在外面晃悠。"

布朗兹点点头。

"我们说得够清楚吗?这次你没有耍小聪明,没有在脑袋里曲解我的命令?"

布朗兹摇摇头。就跟真的一样。

"没有最好。晚安,少校。"

"晚安,上校。"

霍楠踩着高跟鞋离开了,用灵能发出一道命令。她的侍从们略加停顿,对布朗兹皱皱眉头,接着跟上了她的脚步。

"爱瞪我就瞪我吧,你们这帮金发小妞。"布朗兹咕哝道。

他走回兵舍。"特克?"

"什么事,少校?"

"十分钟时间,给我弄一支侦察队出来。"

特克叹了口气。"这是上校的命令吗?"他问道。

"当然。上校亲自跟我说的,她不想让人在外面瞎晃悠,所以告诉小伙子们,要集中精神,态度专业,和平常不一样。"

"不是去晃悠?"

"我从来不晃悠。集中精神,态度专业。明白吗?"

"明白,长官。"

布朗兹套上靴子,系好腰带和武装带。他意识到自己要去解个手。"五分钟。"他告诉上尉。

他沿着通道走进臭烘烘的厕所里,解开盔甲,在排空膀胱的时候长吁了一口气。有人正在旁边的公共浴室里冲澡,他还能听到附近某个兵舍里传来的歌声。

"你今晚要留在这里。"他身后的一个声音说。

布朗兹的身体紧绷起来。那个嗓音低沉而强硬,音量不大但充满力量,如同一颗死寂恒星的超高密度核心。

"其实我打算先把手头的事情干完。"布朗兹回应道。他刻意没有转过头去，刻意保持着轻松的语气。

"你今晚要留在这里。不捣乱，不冲动，不曲解命令。明白吗？"

布朗兹系好腰带，转过身。

那个特种兵站在他身后。布朗兹慢慢调整姿态，最终抬头仰视对方的脸。泰拉在上，他可真够高的，简直是个怪物。特种兵的面孔隐藏在防沙面罩的阴影里。

"这是在威胁我吗？"布朗兹问道。

"像我这样的人需要威胁像你这样的人吗？"那个特种兵回答。

布朗兹眯起眼睛。他具有不少特质，而懦弱绝不是其中之一。"你要是想动手的话就试试看啊。"

特种兵低沉地笑了笑。"你倒是有种，少校。"

"布朗兹，是吧？我听说过你。你比帝国军队其他所有浑蛋加起来都有种。"

布朗兹忍不住微笑起来，虽然他的心跳已经开始加速。"我能放倒你，小子，说真的。"

"你可以试试。"特种兵回答。

"我会的，知道吗？"

"是的，我也觉得你确实会的。不过不要这么做，我不想伤害一个朋友。让我把话说清楚，今天晚上要出些事情，而你绝不能掺和进去。不要到处乱跑，不要让我失望，不要擅自插手。你很快就会明白。现在，少校，在这件事情上，听我的。"

布朗兹继续盯着对方。"或许吧。或许我会相信你，如果我能看到你的脸，或者知道你的名字。"

那个特种兵沉默了片刻。有那么一瞬间，布朗兹以为他真的要摘下面罩，露出面孔。

"我会把我的名字告诉你。"对方说。

"说啊？"

"我的名字是阿尔法瑞斯。"

布朗兹眨了眨眼，他骤然觉得口干舌燥。他感觉自己的心脏狂跳起来，全身都开始颤抖。

"骗子。你是个骗子！胡说八道！"

突然，剧烈的闪光照亮了整个房间。一阵低沉的爆炸闷响随之而来。

布朗兹跑到窗户边。在外面的漆黑夜幕里，他能看到一场大规模战斗的闪光在山脊彼端绽放，猛烈的爆炸声和沉重的撞击声也传了过来。距离前哨站不到十公里的河谷正在爆发一场恶战。震荡波扭曲着空气和声音。

在布朗兹身后，士兵们匆忙起身，挤在窗户周围往外看。场面混乱而喧闹，每个人都想瞧上一眼。

"佩托……"布朗兹低声说。他从窗户和战场上的光影面前转过身，从拥挤的人群中钻出去，想要找到那个特种兵。

但他已经消失了。

整个世界都散架了。在最初的几秒钟里，佩托·索耐卡还以为他的部队一头扎进了一场见鬼的冰雹。数千枚光点带着闪亮的轨迹从薄暮之中落入盆地，如同天降烈火，如同一场突然爆发的流星雨。每一枚光点落地之后都炸成了炽热的火球，巨大的冲击力把士兵们震倒在地。烈焰如手雷般在他的四面八方纷纷爆炸，索耐卡在热风中站立不稳。他看到自己连队里的三辆坦克被那些炽热而诡异的火流星击中，坦克剧烈颤抖着，随即炸成一团尖啸横飞的碎片。

这不是一场见鬼的冰雹。虽然"舞者"派出了斥候和侦察兵，虽然他们配备了雷达和传感器，虽然他们在行军时进行了谨慎的伪装，虽然轨道上的远征队战舰拥有几乎无所不能的监控系统，诺斯人还是成功地突袭了他们。

诺斯人的科技水平要比帝国低几个档次。他们拥有枪炮和坦克，但他们更喜欢刀刃。他们本该被轻而易举地清除。

但这场战争从一开始就表明，诺斯人还拥有一些其他的东西，一些帝国没有的东西。

滕·纳玛特吉拉总司令愤怒而无奈地将那种东西称为"天空魔法"。很不幸，这个称呼非常恰当。天空魔法让诺斯人成功抵抗了帝国远征队八个月之久，让一支泰坦战斗编队在柯尔特克镇遭到全歼，让辛德新月第6团的一支部队永远地消失在苟曼兹沙漠里，让乌潭镇的领空无法被夺取，让一切通过空袭、导弹、轨道轰炸或者空降突击来摧毁这个地方的尝试都彻底宣告失败，最终他们只能被迫采用最常规的手段发动进攻。

而现在，佩托·索耐卡第一次直接尝到了天空魔法的苦头。在团与团、连与连之间传播的一切恐怖谣言显然都是真的。诺斯人拥有的神秘学识远超帝国的理解。自然元素服从他们的号令。他们是邪魔般的法师。

一道震荡波让索耐卡扑倒在地。他嘴里满是鲜血，鼻孔也进了沙子。他撑起身体，看到一个基诺士兵蜷曲着躺在旁边，被烧焦的身体冒着青烟。在一串明亮的爆炸中，他看到周围散落着很多尸体，他们身下的沙子都熔化了。

朗上尉从一片闪光中冲了出来，朝索耐卡大喊着什么。索耐卡可以看见朗的嘴巴在动，但什么都听不到。

朗把索耐卡拉起来。索耐卡的听力在逐渐恢复，但所有声音都断断续续的。

"到……去……那些……我们……不可能……！"朗大喊道。

"什么？你说什么？"

"……很多……都……到……那个……白痴！"

烈焰之雹突然停歇了。索耐卡眨眨眼看着周围的一片狼藉，在这骤然降临的宁静中听到了很多声音：火焰燃烧的噼啪声，以及负伤士兵的尖叫。然而在他半聋的耳朵里，一切都是模糊的，断断续续。

"有敌情！"朗喊道，他的声音突然清晰得可怕。

诺斯人冲过来了。

诺斯人的步兵——被称为诺斯刀手——从逐渐降临的夜色中现身，从一片片阴影里倾巢而出，向这片火焰之地蜂拥而来。他们的粉色长袍迎风舞动，明亮的银色盔甲反射着火光。他们挥舞着长刀。其中一些人带着如同风筝般飘在空中的旗帜，上面绘有芦苇和鳄鱼的图案，那是诺斯皇室的徽记。

他们的长刀是一种原始、野蛮却又强效惊人的武器。它长约两米半，看起来像是变种的长矛，如同一把锋刃被扳直了的镰刀。它的下半部分是手柄，上半部分是带有倒钩的刀刃，稍具弧度，锋利无比。技术高超的诺斯刀手能够像运用链枷般挥舞旋转长刀，轻易砍落敌人的臂膀和头颅，甚至可以将人腰斩。那锋刃几乎可以穿透所有金属。只有借助液氮才能将其折断，然而在战斗中这是办不到的。只有等到战斗结束之后，液氮喷射器才能被用于销毁敌军武器。喷上一股液氮会让刀刃变得十分脆弱，用脚一踩就能弄碎。

诺斯刀手从盆地的沟壑中冲出来，率先遭遇敌军的那些"舞者"都像玉米般被呼啸飞旋的修长刀刃收割掉了。有几把卡宾枪开了火，但那根本算不上反击。

索耐卡迈步上前。"醒醒！清醒过来！"他吼道，"放倒他们，拿起你们的枪，别让他们冲过来！"

但他们已经冲过来了。夜色笼罩的沙地上满是基诺士兵的尸体。温暖的空气中飘着细微的血雾，索耐卡能尝到。他的听觉已经恢复，耳中充斥着这场屠杀的嘶吼、长刀挥砍的呼啸、手下士兵的惨叫。他没有停下脚步。

他单手拿着卡宾枪开火，用另一只手拔出自己的剑。一个诺斯刀手朝他逼近，索耐卡一枪轰死了对方。那个人翻着跟头向后飞了出去。又一把长刀袭来，索耐卡侧身躲开，把那个诺斯人踹倒在地，用剑刺穿了他。

索耐卡单膝跪地，端平卡宾枪，把枪口搭在剑柄上，瞄准两个正在冲锋的敌人，把他们接连撂倒。他们仰面倒下，身上的粉色长袍飞扬起来。朗和另外三个士兵就在索耐卡身边，用精确的点射不断击杀敌人。他们的激光枪在空中划出明亮的轨迹。诺斯刀手逐一倒下，全身跃动着火舌，有的身体四分五裂。

"'舞者'！'舞者'！我们是'舞者'！"索耐卡一边开火，一边在通信频道里大喊，"19号地点！我们需要协助。立刻。大批敌军！"

"待命，'舞者'。"他听到一个上校的声音，"我们已经了解情况，正在向你的位置调集部队。"

"赶快！"索耐卡喊道，"马上，我们正在遭受屠杀！"

他身边的一个士兵突然倒了下去，死了，鲜血骤然喷了出来。索耐卡扭过身体，看到一个诺斯刀手正旋动长刀准备发动下一次攻击。索耐卡挥剑招架敌人的武器。

暗紫色的暮光之中闪来一道幽蓝虚影，长刀的锋刃从索耐卡的大拇指根部穿过，斩断了所有手指和上半截手掌，把他的剑击飞了出去。那一刀来得如此迅捷，索耐卡起初没有感觉到任何痛楚。他趔趄着后退，眼看着细小的血流从被毁的手掌涌出。

长刀再度袭来，在空中留下闪亮的轨迹。却没能斩落任何事物。

另一把长刀挡住了它。锋刃相交，当头劈来的那把长刀被弹开了。一个黑暗身影随即闪现，用爆破性的一枪杀死了诺斯刀手。

新来者是个身穿链甲衫的大家伙，头颅和肩膀都裹在防沙面罩里。他一只手握着长刀，另一只手拿着爆矢枪。

他低头看看索耐卡。"鼓起勇气。"他说。

"你是谁？"索耐卡低声问道。

朗冲到索耐卡身边。

"把这个人的手掌包扎一下。"那个大家伙吩咐朗。他转身回到战场，技艺精湛地用左手舞动长刀。

他不是一个人。在朗包扎手掌的时候，索耐卡看到十余个神秘身影加入了战斗，如同幽鬼般从阴影中浮现。这些神秘人每一个都异常魁梧，容貌隐藏在防沙面罩下，身上带着爆矢枪和长刀。

他们的行动有着超人的迅捷，他们的攻击有着超人的力量。短短几分钟，他们就化解了诺斯刀手的攻势。他们的爆矢枪发出雷霆怒吼，把银色盔甲和粉色丝袍轰成了浸透血迹的碎片。

"阿斯塔特。"索耐卡惊叹。

"保持清醒，少校，保持清醒。"朗低声说。

"他们是阿斯塔特。"索耐卡说。

"你流了很多血。别在我面前死去！"

"不会的。"索耐卡承诺道，"那些人……那些家伙……他们是阿斯塔特。"

朗没有回答。他盯着远方的天际。"神圣泰拉在上。"他轻声说。

乌潭镇正在熊熊燃烧。

霍楠·穆在23号地点那座前哨站的一扇窗户后面，遥望着陷入火海的乌潭镇。时常会有建筑轰然爆炸，喷出冲天火团，蓬勃升腾的浓烟遮蔽了清朗的夜空。每一次爆炸都让她的侍从们皱眉惊呼。她借助灵能可以体会到她们的躁动。

最终，她点点头。"我该通知总司令吗？"

"是的。"站在她身后的那个特种兵说道，"当然，我自己也会向他提交一份报告，但率先带给他好消息的人应该是你。"

霍楠从窗前转过身来。"谢谢你。也谢谢你们的工作。"

"诺斯星球的战役尚未结束。还有很多事情要做。"特种兵告诉她。

"我明白。"

特种兵略有犹豫,仿佛不确定是否应该开口。

"我们可能不会再度合作了,霍楠·穆上校。"特种兵说道,"我有两件事想说。首先,帝皇保佑。其次,我要表达对于基诺 52 千连团的钦佩。你们运用最精良的基因工程传统工艺培育出了优秀的士兵。我应该让你知道,帝皇曾经亲口承认,他在创造我们的时候从千连团的古老遗产中获取过灵感。"

"这我从不知道。"霍楠惊讶地说。

"这是统一战争之前的古老历史。"特种兵说道,"你没有理由知道。现在我必须走了。很荣幸与你合作,霍楠·穆上校。"

"我也是……虽然我还是不知道你的名字。"

"'阿尔法军团',女士。考虑到你的灵能天赋,想必你已经猜到了。"

那个特种兵从哨站后方离开,在黑暗中穿行。他的行动无声而迅捷。在北门附近,他停下脚步,缓缓转过身。

"又见面了。"赫塔多·布朗兹从阴影里走出来,他的卡宾枪瞄准了特种兵的胸口。

"少校,恭喜你。你的潜行技巧相当优秀。"

布朗兹耸耸肩。"我确实有些能耐。"

"我有什么可以效劳的吗?"

"希望是的。"布朗兹说。

"那东西有必要瞄准我吗?"

"我也说不好,但这样让我安心很多。我需要一些答案。我感觉只有一把枪才能帮助我得到答案。"

"一把枪只能帮你得到死亡,少校。你直接问就行了。"

布朗兹咬咬嘴唇。"你们把那座山打下来了?"

"是的。"

"干得漂亮。恭喜你们。但是有必要浪费那么多生命吗?"

"你的意思是?"特种兵问道。

"我听说今天晚上'舞者'被撕成碎片了。那是你们计划中的一部分吗?"

"是的。"

布朗兹摇摇头。"该死，你承认了，你拿我的朋友当作炮灰，然后——"

"不，少校。我用他们当作诱饵。"

"什么？"布朗兹握着卡宾枪的手在颤抖。他的食指逐渐握紧，直到马上就要扣动扳机的程度。

"不要显得那么震惊。生命中充满了秘密，而我打算和你分享一些。诚实是唯一宝贵的货币。如果你相信我的话，我会告诉你一些事实。"

"行啊。"布朗兹说。

"诺斯人的力量强大而邪异，常规手段是无法击溃他们的。他们已经被混沌所掌控，虽然我并不指望你真正理解那个词的含义。我的人需要进入乌潭镇，这意味着我们需要一场佯攻来吸引诺斯人的注意力。我很抱歉，但你的朋友们，也就是'舞者'，在战术角度上成了理想的诱饵。他们成功引开了诺斯人的主力，让我们能够进入乌潭镇。但我确实吩咐过我的人，要尽可能地保护和拯救'舞者'。"

"这是实话，我猜。残忍而冷酷。"

"我们就生活在一个残忍而冷酷的银河里，少校。我们要想生存下来，只能以牙还牙。我们必须做出牺牲。而无论人们如何宣扬，牺牲终究是痛苦的。"

布朗兹叹了口气，将手里的卡宾枪放低一些。突然，那支枪就不在他手里了。它断成了两截，飞向远处的墙壁。

"永远不要再用武器指着我。"特种兵在转瞬间来到了布朗兹面前，把他一把按在了墙上。

"不——不会了！"

"很好。"

"你真是阿尔法瑞斯吗？"布朗兹喘着粗气说道，他的双脚正在半空晃动。

特种兵用空闲的手掌拉开面罩，让布朗兹看到了他的脸。

"你觉得呢？"

当索耐卡醒来的时候，成群结队的急救飞机逐渐降落在这片火光四起的洼地里，它们机翼上的指示灯闪烁不已。整个夜晚都被乌潭镇的大火所点亮。

索耐卡迷迷糊糊地四处张望。他的手疼得要死。救护人员正在把能够行动的和躺在担架上的伤员送进飞机里。

索耐卡抬头看看朗。"多少？"他问道。

"太多了。"一个声音说。

三个黑暗轮廓站在附近，像是悲剧三重唱的组合。他们是火光中的剪影，肩头斜挎着爆矢枪，脸上戴着面罩。

"太多了，少校。"其中一个说。

"我们为他们的牺牲感到抱歉。"第二个说。

"战争需要牺牲。我们夺取了一场胜利，但我们并不乐于看到你们的损失。"第三个说道。

"你们……你们是阿斯塔特，对吗？"索耐卡让朗把自己搀扶起来。

"是的。"其中一个回答。

"你们有名字吗？"索耐卡又问。

"我是阿尔法瑞斯。"第一个说道。索耐卡倒吸了一口凉气，匆忙带领朗和其余士兵单膝跪地："大人，我——"

"我是阿尔法瑞斯。"第二个身影说。

"我们都是阿尔法瑞斯。"第三个说，"我们是'阿尔法军团'，我们众身一体。"

他们转过身，穿过那翻滚不息的烟雾离开了。

第二章

头颅镇，诺斯星球，五周之后

他们转移到了头颅镇，在那里靠着赌钱和晒太阳消磨掉整个夏天的剩余时光。一些人带着机仆到野外狩猎，另一些人征用了当地的牲畜，让它们在尘土飞扬的场地里赛跑。头颅镇是他们给那里起的名字。在官方记录中，这里是35号地点，而诺斯人管这里叫卡特镇。这片人口稀疏的居住区坐落在北部的一块盆地里，镇子附近的地面上随处散落着石雕头颅。有些和坦克车轮一样大，也有些不过珠子大小。没人知道这些头颅都是谁雕刻的，为什么型号上的差异如此之大，为什么雕像的身躯全无踪影，只剩下这些头颅被随地弃置。

也没人在乎。

纳玛特吉拉派人送来了很多酒，还有不少鼻烟，用来慰劳这支饱受摧残的部队。

他们赌钱，打球，在峭壁下方那些温暖的碧蓝水塘里游泳，用各种娱乐方式来抚慰痛苦。

索耐卡的手已经愈合。战地外科医生为他清理伤口，给他安装了一些基础的传感器和轴承，以便日后移植机械义肢。他每天都要活动自己的手，每次都会在幻觉中感受到那些曾经存在也即将再度存在的手指，那些虚妄的手指。

有传言说，诺斯星球的战争即将结束，他们很快就要转移到另一个战区。索耐卡并不相信这样的说法。他跟狄米特·希班坐在头颅镇的兵舍里。那是一位出生在崔纳克里安的少校，和索耐卡在同一周负伤。希班的胸口与脖颈都还肿着，里面嵌着弹片。他和索耐卡一样，对诺斯人的战斗魔法有着深切的憎恨。

"我最近一直在做梦，"有天希班忽然说道，他们当时坐在一个带有遮阳棚的凉台上，"我在梦里听到了一首诗。"

他们刚刚从挂在脖子上的金色小盒里各吸了一撮鼻烟,索耐卡拿着陶罐往杯里倒酒。

"哦,一首诗?"索耐卡问道。

"我给你讲讲吧,怎么样?"

"如此说来你还记得?"

"你难道不会记住梦里的每一个字吗?"希班问。

索耐卡想了想,笑着摇摇头。"从来不记得。"

希班耸耸肩。"有意思。"

"那首诗?"索耐卡追问道,他靠在躺椅上,啜饮着自己的酒。

"嗯,是这么说的。"

"那些又脏又饿的地精,

要把你撕成七零八落的碎片,

那个裸男身边的魂灵,

会按《穆尼斯之书》所写的保你安全。"

说完之后,希班大笑起来。

索耐卡盯着对方。"我记得这个。"

"你记得?"希班笑着问,"真的?"

"小时候我妈曾经给我唱过,她管这个叫《疯癫之歌》。还有另外几首,不过我记不得了。"

"真的?它讲的是什么?"

索耐卡耸耸肩。"天知道。"

希班的连队被称为"丑角",他们的旗帜上绘有一个被涂抹得花里胡哨的尖叫骷髅。在爆发于乌潭镇东边的一场战斗中,希班被诺斯人的破片炸弹炸伤,被迫将指挥权交给他的上尉,一个被他称为"史塔妈波"的人。

就比如,"但愿史塔妈波带点脑子",以及"亲爱的泰拉在上,可别让史塔妈波把我的小伙子们全害死"。

"你想太多了,狄米特。"索耐卡告诉他。

"哦,所以说你就愿意把部队交给你的上尉来带,是吗?"

索耐卡能够理解。由于"舞者"遭受的巨大损失,整个连队的残部都被转移到了头颅镇，无论是不是伤员。但希班仅仅带着三十余个受伤的"丑角"来到了北边，连队整体则并未受到重创，仍然继续留在战场上。索耐卡想象着如果他被迫要把"舞者"交给朗来指挥，自己会是什么感受。他和朗、沙尔还有阿提斯一起出生入死，他绝对信任"舞者"的每个上尉。但无论如何，他都能够理解希班的焦躁。

他们跷着脚坐在凉棚下面，享受着无比漫长的下午。大家在玩脑袋游戏，这是一种他们自己设计出来消磨时间的手段。

一个光着膀子的"丑角"士兵跑上土坡，在毒辣阳光下的剧烈运动让他满脸通红、浑身大汗。他对两个慵懒地斜靠在躺椅上的军官敬了个礼。

"长官！"

"好啊，杰德。"希班说，"拿来看看吧。"

那个名叫杰德的士兵捧着一颗石雕头颅。它受了些损伤，不是很完整，约有柚子大小。索耐卡忽然很想念柚子。

希班转头看看索耐卡。索耐卡怀疑地挑起一边眉毛。

"放到队列里，杰德。"希班提议道。

那个名叫杰德的士兵走到凉棚前面的炽热沙地上，气喘吁吁地弯下腰，看着摆在地上的一串石雕头颅。它们是按照大小顺序排列的，一边和花生差不多大，另一边则近乎苹果大小。而杰德拿来的这个明显是最大的。他把自己的战利品摆在了最前面。

"'丑角'，得一分。"希班说。

索耐卡优雅地点点头。

"喝一杯去吧，杰德。"希班说。杰德兴奋地跑到旁边，给自己接了一杯冰凉的酒。

希班从金色小盒里捻出一点鼻烟吸了，靠回椅子上，叹了口气。"这地方不错，"他说，"但我想念战场了。"

索耐卡点点头。

希班长了一张很像猴子的脸，大脑门，宽嘴唇，扁鼻子。他黝黑的前额很高，长长的白发像瀑布般垂到后背。他喉咙和胸口上那些嵌着弹片的肿块让人很难忽视。这种疙瘩组织十分特别。医疗人员处理并缝合了其中一些，但据他们所说，剩下的就只能等它们慢慢消退了。他满是疤痕的脖子看起来就像是得了甲状腺肿。

希班对索耐卡讲过,他当时率队奇袭了一批正在埋设炸弹的诺斯人。在随后的枪战中,诺斯人引爆了炸弹,把他们自己全都炸死了,也炸伤了希班和很多士兵。有些炸弹碎片不是金属,而是诺斯人的碎骨。

"我听说孟罗港已经开打了。"希班说。

"我也听说了。"索耐卡说。

又一个士兵跑过来,是欧枚德,一个"舞者"。他亮出自己找到的石雕头颅。

"放过去。"索耐卡说。

欧枚德把那颗头颅放进了队列里。他的石雕头颅几乎比所有的都大,除了刚刚被丑角放在最前面的那个。

"裁判!"希班喊道。

军务部副官应声从他们身后那座砖房的凉爽阴影里走了出来,满脸的无奈。整个下午,两位少校不停地把他叫出来。这次,他自觉地拿上了标尺。

"还是这些,长官?"他问道。

希班晃了晃手指,示意那一排石雕头颅。"我们很重视你的公正裁决,我的朋友。"

副官走到阳光下面,用标尺测量了那颗被气喘吁吁、大汗淋漓的欧枚德带回来的头颅,随后站起身,看着两位仰躺在凉棚下面的少校。

"哦,行了,别卖关子。"索耐卡说。

"这颗头颅比队列中最大的那个要小八微米,"副官叹了口气,"但比排第二的那颗要大两微米。"

欧枚德兴奋地挥着拳头,还扭动身体跳了一小段舞来庆祝自己的胜利。希班唏嘘了一阵。索耐卡微笑起来。

"'舞者',得一分。"他说,"欧枚德,交给你了。"

欧枚德把自己捡到的头颅挤到队列最前面的位置上,抄起杰德刚刚放在这里那个,用全力扔到了下方的空地里。那个石雕头颅瞬间就消失在上百万个同类之间。

"自己倒一杯去吧。"索耐卡对欧枚德说。他瞥了希班一眼:"日落还有多久,八十分钟?"

"还有的是时间。"希班自信地回答。

"我觉得,"他们身后的一个声音说道,"你们手头的闲工夫也太多了。"

索耐卡从他的躺椅上跳起来。赫塔多·布朗兹就笑着站在凉棚的阴影里。

"赫塔多,你这老浑蛋!"索耐卡拥抱住他的朋友,"你跑到这里来搞什么?"

"为了我的二十块钱,连本带利。"布朗兹微笑着回答。

"这是狄米特·希班。"索耐卡笑了,他指着刚刚站起身的同伴说。

"我认识狄米特·希班。"布朗兹说道,他拥抱住"丑角"的少校,拍拍对方的后背,"赞提纳姆星球,嗯?"

"我依稀记得你当时也在场。"希班说,"最近怎么样啊,你这死胖子?"

"还行,还行。"

"喝一杯。"索耐卡说道。

"哦,好啊。"布朗兹回答道。他的护甲上沾满了尘土。他扯掉自己的披风和武装带,坐了下来。

"你们这个游戏有规则吗?"

"很多规则。"希班说。

"押钱了吗?"

"有钱,也有酒。"索耐卡说着给自己的老朋友倒了一杯。

"两支队伍,"希班说道,"丑角和舞者,一边五个人。他们在那片空地上去找石雕头颅,然后带回这里。所有头颅按大小排成一列。捡回来一颗头颅就有一杯酒喝。这是为了激励他们,明白吧?游戏在日落时结束。队列里最大的那颗头颅是谁带回来的,谁的队伍就赢得胜利。"

"那就让你的小伙子们找一颗那种大家伙滚回来呗,"布朗兹指着百米之外躺在沙地上的巨型石球说,"游戏结束。"

"啊,但我们要求精细。"索耐卡说。

"真的?"布朗兹微笑着啜饮杯中的酒。

希班点点头。"如果一支队伍捡回来的头颅比队列里最大的那个小,但又比排第二的那个大,那么最大的头颅就会被扔出去。"

布朗兹脸上展露了笑容。"还真是玩得精细。现在谁赢?"

"我。"索耐卡说。

布朗兹掏出钱包。"四块钱，赌希班赢。"

索耐卡在天黑前的最后一分钟赢得了比赛，朗漫不经心地溜达回来，用手中的石雕头颅替换掉了即将为"丑角"带来胜利的那个。朗向后一仰身，把"丑角"捡来的头颅远远扔进旷野，让它从哪里来就回到哪里去。布朗兹输掉了他的四块钱。按照游戏规则，希班要给两支队伍买酒。

"你到底是来干什么的，赫塔多？"索耐卡问道。

"让我看看你的手。"布朗兹检查了一下索耐卡的伤口，"嗯，好得挺快。"

"赫塔多，我问了你一个问题。"

"我请了假。"布朗兹说着靠在椅子上。诺斯星球宁静的夜晚气温很低，如同一片冰冷黑潮般涌来，他们挤在白炽灯和暖气的近旁。"五天的假，霍楠上校亲自批准的。就是想来看看你。"

"不止如此。"索耐卡说。

"为什么不止如此？"

索耐卡微笑起来，挥手示意朗再拿一瓶酒来。"赫塔多·布朗兹什么时候会没有一个秘密计划，嗯？"

"你伤害了我，佩托，你伤害了我。我就不能无私地来到这里探望一个老朋友，看看他过得怎么样？"

索耐卡凝视对方，脸上带着狡黠的笑容，等待布朗兹忍不住开口。

"少校，打扰了。"一个声音打断了他们。两人抬起头，看到那个被他们折腾了整个下午、全部时间和耐心都被耗尽的军务部副官站在旁边。

"什么事？"索耐卡问。

"医务官很抱歉打扰你，长官。但是她想让你去辨认一个死去的'舞者'。"

负责运送伤员和死者的人把那具尸体搬到了头颅镇营地最边缘的冷库里。那是一座狭长的泥砖房，里面塞满了冰柜。索耐卡和布朗兹在夜晚的刺骨寒意中并肩而行，头顶的繁星如同面罩上的沙粒。

冰冷僵硬的基诺士兵的尸体像柴火一样堆在冷库里。每具尸体外都罩着一层塑料布，一双双裸露浮肿的脚从裹尸布里探了出来，脚趾上挂着标签。两位少校从尸体之间穿过，不去理会防腐剂的刺鼻味道。

他们要找的尸体在另一个房间里。死者尚未进行处理，被摆放在不锈钢台子上，下面的一块铁盘会接住尸体渗出的有毒腐液。这个人是几周之前死在沙漠里的，尸体已经浮肿，整张面孔都腐坏得无法辨认。死者军服严重磨损，色泽暗淡，躯体瘫软而松弛，显然曾经因为胀气而膨胀过。

索耐卡和布朗兹站在冷冽灯光里发抖，注视着那具尸体。

"我不认识这个'舞者'。"索耐卡说。他开口的时候在接近零度的室温下喷出一团雾气。

"但他肯定是你的人，少校。"医务官伊达坚持道。伊达身材高挑，穿着一件手术长袍，裙上沾满了血迹。她年轻的时候是一位上校，而在灵能力量变得迟钝之后，因其经验丰富和年龄适当被调到了医疗岗位。布朗兹不禁猜想，她会不会怀念昔日担任上校的岁月，那些指挥基诺士兵的岁月。从她的语气判断，显然是会的。

"他不是。"索耐卡也坚持道，他俯下身仔细观察那具尸体。

"好吧，我不知道你是怎么判断出来的，长官。"伊达说，"他的脸都没了。"

"这你放心。"布朗兹说。

"他是在哪里被发现的？"索耐卡问道，他把一只手放在死者冰冷的肩膀上。一块手术布摊在躯干部位，用来遮盖解剖后的尸体。

"乌潭镇盆地。"伊达医务官说。

索耐卡摇摇头。"他不是我的人。我没有失踪人员。伤亡名单几个星期以前就报上去了。"

"但他有'舞者'的徽记，"伊达坚持道，"领口，还有肩章。他穿着'舞者'的军服。"

"你做过基因鉴定了吗？"索耐卡问。

"还没有。"伊达承认。

"等你做过之后就知道了。这不是我的人。"

伊达叹了口气。"我其实已经知道他不是了，少校。我只是想让你确认一下，之后——"

"之后怎样？"布朗兹追问。

"之后我会向千连团的上校们做出警告。索耐卡少校，你能否想到任何理由来解释，为什么你的一个士兵没有心脏吗？"

"什么?"

"没有心脏。"伊达重复了一遍。

"那这家伙的肚子里都有什么呀?"布朗兹点头示意尸体的胸口。

"一台铬制离心机。"伊达柔声回答,"此人接受过极端程度的非标准化器官改造。他的肝脏……这么说吧,我从来没见过那样的东西。"

"这是什么情况?"索耐卡问道。

"我不知道。"伊达回答,"我原本希望你们或许能知道。"

"还有一件事。"她说着掀开了手术布。起初,他们只能看到被折断的胸骨和被锯开的肋骨,上面血迹斑斑。

"这里。"她指着一处说道。

在那具死尸的腰间,有一个小小的徽记,几乎被手术刀的切口给毁掉了。

"那是什么?"索耐卡眯起眼睛,"是条蛇吗?"

"或许吧。"布朗兹也弯下腰察看,"一条蛇……或者是什么爬虫。"

索耐卡让医务官安排一个人站岗,仔细看守那具尸体,又派人叫醒了军营的指挥官。他和布朗兹一起走到房子外面。

"奸细?"索耐卡问道。

布朗兹点点头。"肯定是,那个文身。"

索耐卡没有回答,鳄鱼及其他各种凶猛的爬行动物是诺斯人旗帜上最常出现的主题。

"他们有能力把人改造成那样吗?"布朗兹问。

"我不知道。"索耐卡回答,"但自从乌潭镇的那个夜晚之后,我相信他们什么都做得到。"

布朗兹用手背抹了抹嘴巴。"听我说,佩托,我来这里,是为了那天晚上的事。我想让你知道,我没有眼睁睁地看着你送死。"

"我从来都不觉得你会那样做,赫塔多。"

"说真的,我当时都准备好带上一队人出去支援你了,有人阻止了我。"

"猜得出来。"索耐卡说。

布朗兹诧异地看着他。"这话是什么意思?"

索耐卡往旁边走了两步,遥望着月光照耀下的广阔沙漠。天与地都是一片黑暗，所有事物表面笼罩着一层浮土。"我的人被当作诱饵牺牲掉，是为了打破乌潭镇的防御。朗还有其他几个人也知道，但我吩咐他们要收紧口风。为了不影响士气，我没有把这件事公布出去。"

"你怎么知道的？"布朗兹问。

"是把我们牺牲掉的人当面告诉我的。"索耐卡说。

"他们也跟我说了，"布朗兹回答，"如此说来你看到他们了？那些特种兵？"

"'阿尔法军团'。"索耐卡说，他看着布朗兹，"在这些年里，我们听过那么多传言，如今终于见到他们的真面目了，所有阿斯塔特之中最隐秘、最狡诈的存在。"

"我当时离他就这么近，"布朗兹说，"就像咱俩之间的距离一样。他吩咐我不要去找你，也告诉了我为什么。最后还让我闭好嘴，不要走漏任何消息。"

"谁？"

"阿尔法瑞斯！"

索耐卡微笑起来。"他们全都叫阿尔法瑞斯的，赫塔多。"

布朗兹摇摇头。"那就是基因原体本人，佩托。我发誓！我看到了他的脸。"

"我信你。"索耐卡说，"泰拉在上，我们这是在打一场什么样的战争？"

"一场充满谎言、伪装和暗中破坏的战争，"布朗兹回答，"那支军团还能因为什么理由介入？"

"我不能完全确定这究竟是什么情况。"营地指挥官科斯洛夫说道。他是克里密安支援团的军官，负责确保整场战役的后勤工作能顺畅运行。

"我们也一样。"布朗兹说，"但事实是，我们手头有一具接受过非标准器官移植、带有某种爬行动物图案文身且身份不明的战斗人员尸体。"

"我们知道渗透和潜伏战术正在被应用于这个战区。"索耐卡说。

"你们怎么知道？"科斯洛夫问。

"那是机密。"布朗兹谨慎地回答。

"如果诺斯人渗透进了我们的连队，那么上级就需要了解情况。"索耐卡继续说道，"那具尸体需要接受仔细检查，以便我们针对其同类展开搜捕。这有可能打破僵局，老兄。这可能就是那帮魔鬼时时刻刻都能走在我们前面的原因之一。"

科斯洛夫深吸一口气,从他的营地办公桌后站起身来。这间帐篷里设施简陋,只有一对荧光棒提供照明。

"我是没资格跟两位前线少校争论的。"他说道,"我们该怎么办？"

索耐卡和布朗兹都认为霍楠·穆是最佳联系人。如果敌人已经展开大规模渗透,他们就必须小心行事。布朗兹指出,他们需要找到一个绝对可信的人,一个和那些特种兵打过交道、明白当前事务重要性的人。

科斯洛夫同意他们使用头颅镇营地的通信器,他用戴在手腕上的生物识别密钥亲自启动了指挥官级别的加密程序。

"这个频道是安全的。"科斯洛夫告诉他们,随后转身离开了房间。

布朗兹拿起话筒,打开通信器。

"23号地点,23号地点,这是小丑领袖发出的加密信息,完毕。"

通信器发出一阵沉闷的金属鸣响,接着变成了嗡嗡的背景噪声。布朗兹重复了一遍信息。

十秒钟之后,他们得到了回复。"小丑领袖,小丑领袖,我是23号地点,收到了你的加密信息,完毕。"对方的语音冷静而清晰,仿佛通话者就站在他们隔壁的房间里。除去加密程序造成的一点儿颤音之外,通话质量非常好,毫无干扰。

"23号地点,我需要和穆上校紧急通话,密令是詹尼贝格5,完毕。"

"请确认密令,完毕。"通信器里的声音回应道。通信连接格外清晰,简直像是人工处理过的。

"确认密令詹尼贝格5,完毕。"

"稍等,小丑领袖,完毕。"

又是一段时间的等待。这次是长达两分钟的电流声。布朗兹抬头看看索耐卡。

"小丑领袖,小丑领袖。我是霍楠。布朗兹,这最好不是你们的娱乐活动,完毕。"声音在加密程序处理之后变得尖锐了一些,但霍楠·穆咄咄逼人的气势不会错。

"不是的,上校。相信我,听我说。我这里有一具尸体,我很确信是诺斯人的间谍，接受过手术改造。我认为我们被敌人渗透了，请求你提供建议，完毕。"

一阵停顿。"再给我提供一些信息，布朗兹，完毕。"

"上校，我认为这具尸体需要让那些技师从头到尾地完整检查一遍。我们有可能揪出了一个巨大的安全漏洞。我认为，或许可以派一架运输机到我的位置来，我会亲自把尸体护送到舰队去，完毕。"

"待命，小丑领袖，完毕。"

布朗兹放下话筒。"她还是怀疑。"他说。

"你能怪她吗，赫塔多？"索耐卡问道，"想想你这些年里胡闹过多少次。"

夜晚很凉，但他们已经开始出汗了。庞大的通信器辐射出不少热量，房间里的空气逐渐变得闷热。

他们等了至少五分钟，索耐卡已经开始来回踱步。随后通信器又响了起来。

"小丑领袖，小丑领袖，我是23号地点，请回应，完毕。"

布朗兹拿起话筒，等待面板上的五个绿色指示灯都亮起来，标志着最高级别的加密已经启动。

"23号地点，我是小丑领袖，完毕。"

"你的位置是什么，布朗兹？完毕。"

"345号地点，上校，完毕。"

"听我说，布朗兹。我没法派运输机到那个位置去接你。有些细节我不方便说，即便是在加密频道里也不行。建议你自行解决交通问题，轻装而行。我正在看地图……嗯，从卡特镇出发，沿着萨玛克小路往西走。如果你不乱跑的话，应该能在黎明之前到达8291号地点。我会派一支骑兵队到那里接应你，护送你回来。你都听清楚了吗？完毕。"

布朗兹点点头，虽然对方看不到他。"明白，上校，完毕。"

"这个方案可行吗，布朗兹？完毕。"

"没问题，完毕。"布朗兹回答。

通信器中传出一阵杂音。"布朗兹？我需要你告诉我，这件事都有谁知道，完毕。"

"重复一遍？完毕。"

"有谁知道这件事的细节，少校？完毕。"

布朗兹皱皱眉头。"我、营地指挥官、值班医务官,可能还有一两个工作人员,完毕。"

"明白,谢谢你。我很抱歉,布朗兹,但从现在开始我们要严防消息走漏。你准备好出发了吗?完毕。"

"是的,上校,小丑领袖结束通话。"

指示灯熄灭了,噪声也停歇下来。布朗兹关闭了通信器,站起身。

"搞定了。"他说。

"你为什么没有提到我?"索耐卡问。

"什么?"

"在她问你都有谁知道的时候,你为什么没有提起我的名字?"

"因为你要留在这里。"布朗兹告诉他。

布朗兹去找科斯洛夫谈了一阵,与此同时,几名克里密安支援团的非战斗人员被派去头颅镇主居住区后方的车库里弄一辆车来。之后布朗兹走向安排给他的兵舍,索耐卡跟着他。

"你说我要留在这里是什么意思?"索耐卡问道。

布朗兹快速打包着自己的行李。"别跟我争。"

"布朗兹?"索耐卡追问的声音里带着警告意味。布朗兹停下手头的事情,四处张望了一阵,看着自己的老朋友。

"是只有我这么觉得,还是穆听起来真的很古怪?"

"她只是有些怀疑。我说过。"

布朗兹摇摇头。"有什么事不对劲。我需要你当我的小丑,佩托。"

"什么?"

"我手里的王牌。如果我出事了,还有你知道这一切,所以你要留在这里。"

"没人会出事的。"索耐卡说。

布朗兹笑了起来。"咱们一起当兵多久了,佩托?"

"久到让我明白,给你殿后从来不是浪费时间。"索耐卡摇摇头,"我们这是瞎操心。"

"不,"布朗兹说,"我们已经发觉自己陷入了一场充满谎言、伪装和暗中破坏的战争,我们必须时刻小心。"

索耐卡看起来并不是很信服。

"行了。"布朗兹说教道,"这就是为什么基诺52一直生存到了今天。我们带着脑子打仗,向来如此,智慧比勇气给我们带来过更多胜利。"

"在你身上,这两者我都看不出来。"

布朗兹眨眨眼,他现在不想开玩笑。他系好自己的包裹,挎在肩膀上。

"别一个人走。"索耐卡说。

"不会的,我会带狄米特·希班一起去。我信得过他,如果有情况的话,他也知道该如何应对。"

"好,这样行。"

"那就走吧。"布朗兹说。

科斯洛夫提供的交通工具是一艘圣甲虫级悬浮艇,这种中型装甲车配备了用于装载士兵或货物的内舱,车尾还有自动炮台,修长平滑的外壳被喷成了与沙漠相近的棕黄色。它拥有功率强大的悬浮力场,如同荒漠里的幽灵般从夜幕深处浮现,冰冷的车身被月光涂上了一层幽蓝的色泽。负责取车的工作人员从驾驶舱里钻出来,但引擎继续在运行着。医务官伊达将裹好的尸体装进舱里,紧紧固定住。

"我可以给你们派个驾驶员。"科斯洛夫说。

"不用。"布朗兹把他的行李从舱门扔进去,"这个宝贝我会开。"

"你是步兵。"科斯洛夫说。

"我是个博学全才。"布朗兹回答,"这个银河里没有什么是我玩不转的。"

"也没有什么是你弄不烂的。"索耐卡说。

希班从寒冷的黑暗中走出来。他扛着一个背包,以及一杆双管激光卡宾枪。

"这到底是要干啥?"他问道。

"我在路上给你讲。"布朗兹说,"都弄好了,医生?"

伊达从车舱里跳出来,把舱门关上。

"我把东西装进冰盒里了,但它会逐渐融化,要尽快置入静滞力场。"

"器官呢?"

"分别装进了真空密封袋,就在座椅下面的储物格里。"

"谢了,医生。"布朗兹微笑道。希班已经爬进了驾驶舱。

布朗兹转头看着索耐卡。"我不喜欢说再见，"他说道，"所以，滚蛋吧。"

索耐卡笑了起来。布朗兹转过身，接着又回头看向索耐卡。他的表情很严肃。"我说，佩托，有一件事我得提一提。"

"什么事，赫塔多？"

布朗兹神情严峻地盯着他的眼睛。"佩托，你现在身上带没带欠我的二十块钱？"

悬浮艇扬起一团新娘头纱般的烟尘，滑入了沙漠的冰冷夜晚。科斯洛夫、伊达，还有那几名非战斗人员转身走回了营地。

索耐卡站在刺骨的夜色中，头顶苍穹，举目遥望远方，直到悬浮艇的一切踪影都消失在无尽的黑暗中。

他们驾驶悬浮艇沿着古老的路线向西走，只用探测器和仪表盘上的夜视仪来引路。夜视仪中的世界像是某种色泽淡绿的月球景象，但只有前方110°的视野，所以当布朗兹或希班想看看两侧地形的时候，那幽魂般的景象就变得十分模糊。

这艘圣甲虫级悬浮艇性能不错，在平坦的地形上能达到八十公里的时速。布朗兹很喜欢反重力悬浮艇，在需要使用运输车辆发动突击的时候，他总是尽量给自己的"小丑"申请一些。他让希班先开午夜之后的三个小时。星辰从沙漠的地平线上升起，在他们的夜视仪中显得格外明亮。

"你到底要不要告诉我，这究竟是去干什么啊？"希班问。

"不要。"布朗兹说。

距离日出还有三个小时，布朗兹接过了操纵杆。他面前的世界是一片迅速掠过的淡绿色沟壑，时不时浮现出一道翠绿裂谷，很快就消失在他们身后。希班靠在座椅上，从盒子里捻了一点鼻烟。之后他把玩了一阵自动炮台的操作面板，让炮台的瞄准矩阵将石块或砂岩选为目标。

"把它设成自动，睡会儿吧，狄米特。"布朗兹建议道。

希班打了个哈欠，几乎瞬间就睡着了，身体在皮面座椅上微微晃动。

布朗兹很羡慕他。很多年以前，他也掌握过基诺士兵的这个老技巧——

自我催眠式的睡眠，能够在任何环境下打个盹儿。布朗兹接受过那些训练，但如今他已经不会这招了。

他把手掌放在控制杆上，看着幽灵般的淡绿世界在外面闪过。

太阳升了起来，如同一片在南边缓缓点燃的烈焰风暴。地面上的所有阴影都被拉长，布朗兹关掉了夜视仪。白色强光透过驾驶舱的窗户照射进来，他决定只用探测器来指引方向。还有二十公里，仪表盘上电子地图的指针缓缓移向他们的目标。

索耐卡突然惊醒，没有什么特殊的原因。自从抵达头颅镇之后，他的手掌的淡淡隐痛就会像这样在每天早上让他惊醒。

他坐了起来。黎明的阳光已经很明亮，从窗帘的缝隙刺进来。他做了个很奇怪的梦。在梦里，他和狄米特在玩那个找脑袋的游戏，朗给他捡回一颗挺不错的。他从朗那双满是老茧的手里接过石雕头颅，低头看去，准备估计它的大小。

石头上雕刻的面孔是赫塔多的，那张脸对着他露出狰狞的笑容。

"告诉我，佩托。"那个头颅说，"这么多破碎的石头脑袋，上面雕刻的脸有重样的吗？还是说它们全都不一样？"

"我不知道，赫塔多，从我的梦里滚出去。"

"这很重要。它们看起来都一样吗？它们看起来都不一样吗？这重要吗？重要吗？"

索耐卡把那颗头颅扔回了旷野，他是用左手扔的。在梦里，他左手的手指都还在。

"该死。"索耐卡咳嗽着说。他喉咙里有沙子，这是头颅镇生活的一部分。

他低头看看自己残缺的左手，感觉不存在的手指在摆动。

他穿上长裤、袜子和靴子，光着上身走进晨光之中。辉煌夺目的太阳从裂谷边缘缓缓升起。天空是浑浊的乳白色，就像年代久远的象牙一样。荒野笼罩着淡粉色泽，其中零星点缀了一些弯弯扭扭躲避阳光的漆黑阴影。

今天会很热的，他能感觉到空气在升温。当地的牲畜四处游荡着啃食一片片青草,其中一些还背着昨天赛跑所用的鞍具。索耐卡走向水井,用健全的手掌抹抹自己的脸。他需要刮胡子了,还需要吃个柚子。

突然,所有牲畜齐刷刷地抬起头。它们盯着同一个方向,其中一些还在咀嚼食物,随后全都四散跑开了。

基诺士兵的敏锐直觉让索耐卡匆忙躲进砖房的阴影里。他四下查看,顿时警觉起来。哨兵、警卫和巡逻队都在哪里?

笼罩荒地的一片淡粉色泽动了起来。他勉强能够分辨出很多轮廓从沙漠的洼地里向这边蹿了过来。

索耐卡咽了咽口水。他转过身,埋头狂奔着穿过迷宫般的荫凉居住区,冲向营地指挥官的帐篷。他想要发出警报,又不想让敌人知道他发出了警报。科斯洛夫有一个无声警报器,能让每个人的手环都震动起来。

索耐卡溜进昏暗闷热的帐篷。科斯洛夫端坐在办公桌后面,一脸惊讶地看着索耐卡。

"指挥官!"索耐卡低声说,"紧急警报!"

科斯洛夫没有动。他继续用那种带有轻微诧异的表情盯着索耐卡。

"科斯洛夫指挥官?"

在索耐卡走近的时候,科斯洛夫的目光并没有跟随他。对方继续凝视着帐篷入口,看着索耐卡进来的位置。科斯洛夫纹丝不动。

索耐卡闪向旁边。

躲在帐篷入口旁的那个刀手挥动武器,长刀以毫厘之差从索耐卡身侧闪过。利刃嗖的一声刺穿了帐篷,砍进下面的沙土里。索耐卡翻身站起。诺斯人抽出长刀向他冲来。

"警报!警报!"索耐卡大喊起来,"营地里有敌军!"

他从办公桌上面翻过去,躲开了挥舞而来的刀刃,撞到科斯洛夫身上。科斯洛夫从椅子里倒向后面,办公桌在索耐卡的重压之下也翻倒了。鲜血缓缓从科斯洛夫的口鼻中流淌出来。他依旧惊讶地盯着帐篷的顶部。

索耐卡从那具尚还有余温的尸体上爬开,手忙脚乱地想把科斯洛夫的激光手枪从枪套里抽出来。

诺斯人高举长刀,在帐篷顶上开了个口子,随后将武器狠狠劈下。索耐卡躲向一旁。迅猛斩落的长刀砍断了科斯洛夫的左肩。

"警报！"索耐卡一边躲避一边大喊。他听到外面传来了惊叫声和激光枪的凄厉咆哮。

索耐卡抓起一个袋子扔向步步逼近的诺斯人，长刀轻吟一声把它弹开。他手脚并用地向后退却，又扔出去一只笔筒。长刀将笔筒劈碎，众多钢笔、羽毛笔和涂改液飞洒出来。索耐卡翻身躲避，长刀在帐篷侧面划出一道长长的破口。

基诺士兵的训练开始见效了。索耐卡在落地之后到处乱抓，试图搜寻任何一件武器。他最终找到了一支从笔筒里掉出来的羽毛笔。索耐卡捡起笔，下意识地稍加掂量，随后抬手把它当作飞镖扔了出去。

羽毛笔的笔尖刺进诺斯人的左脸。诺斯人惊呼一声，吃痛后退。索耐卡一跃而起，握住长刀的刀柄，用膝盖猛撞诺斯人的胯部。这次对方是真的站不住了，他大叫起来，双手再也无法抓紧长刀。索耐卡抢过刀手的武器，挥向敌人。刀手鲜血四溅，尸体歪倒在地，头颅滚落在旁边。

索耐卡握着长刀，走到帐篷里的警报器旁边。他用力捶了一下，警报的尖鸣顿时在头颅镇营地中回荡。

他回到科斯洛夫的尸体旁边，把长刀扎在地面上，将沉重的激光手枪抽出来。

两个诺斯人冲进帐篷的入口，索耐卡给了他们一人一枪。他们翻倒在地，银色的盔甲上血迹斑斑。

指挥官的帐篷外已经是一片地狱般的景象，被枪声和警报声惊醒的帝国士兵正在忙乱癫狂地抵挡诺斯人的攻势。黎明的空气中充满了枪弹的尖啸，以及刀刃劈砍身躯的闷响。索耐卡能听到令人心惊的痛苦哀号。

他用健全的手掌握着手枪，走进逐渐升温的空气中。一个诺斯人高举长刀向他冲锋。索耐卡一枪轰碎了那人的喉咙，把对方击倒在沙地上。在他周围，激光卡宾枪的怒吼不曾停歇，喊声和吼叫简直震耳欲聋。他冲向冷库。

那座泥砖房屋外面尸首横陈：四分五裂的尸首都属于一个衣服穿了一半的帝国士兵。他走进去，打死了两个诺斯人。其中一个扑倒在包裹着塑料布的冰冻尸体旁边，瘫软在地，胸甲脱落。那副胸甲掉落在索耐卡前方。他看到了铭刻在盔甲上面的芦苇徽记，以及张牙舞爪的鳄鱼图案。

"出——去——"一个声音嘶声说，"跑。"

他转过头，医务官伊达就站在索耐卡的身后。她握着那柄透胸而过、将她钉在冷库墙壁上的长刀。她的袍子上鲜血淋漓，头一次全都是她自己的血。

"医务官！"索耐卡喊道。

"我没救了。"她吐出最后几个字，死了。

一个诺斯人从后方冲进冷库，索耐卡扭过身子，一枪让对方永远安静下来。

更多敌人高举着长刀来了。索耐卡继续开火，他的武器显示还有二十发弹药。十九，十八，十七……

布朗兹停下圣甲虫级悬浮艇，熄了火。太阳已经高高升起，炽热而夺目。

"醒醒。"他解开安全带，对希班说。希班低哼了一声。

布朗兹从悬浮艇里跳出来，四处张望。他的肚子咕咕直叫。霍楠说的骑兵队到底在什么鬼地方？在高悬骄阳的灼热光芒里，绵延起伏的沙漠向四面八方铺展出去。

他看到一个人影沿着小路走来，一个在沙漠热霾中显得朦胧摇摆的高大轮廓。布朗兹耐心等待，两分钟，三分钟。那个人终于走近，清晰可辨。

那是个全副武装的阿斯塔特。他的盔甲是镶有银边的紫色，巨大的肩甲上有个暗绿色的图案。

"老天。"布朗兹咕哝道。

高大魁梧的阿斯塔特停在布朗兹和悬浮艇十步之外。他盯着布朗兹，头盔上眼睛的位置闪烁着恍若余烬的暗淡红光。

"布朗兹，我们又见面了。"头盔上的扩音器响了起来。

"长官？"

那个阿斯塔特把庞大的爆矢枪端在披挂重甲的胸口前方。

"我警告过你的，你还真是很会找麻烦，是不是，赫塔多？"

布朗兹眨眨眼。"我不明白。这件事很重要！这——"

"这不关你的事，但你非要插手，实在大错特错，也实在可惜，因为你是个挺不错的家伙。只有一个选择。"

"你在说什么啊？"布朗兹喊道，他突然希望自己带了把武器出来。

"马上后退，你这杂种。"希班高喊一声从悬浮艇的掩蔽里走了出来，他的双管卡宾枪抵在肩头，稳稳瞄准那个披挂盔甲的身影。

"狄米特，别！"布朗兹大喊。

"谁也不许威胁我的朋友。"希班低吼着回应道。他慢慢向前挪动，一直用武器指着身穿紫色盔甲的那个身影。

那个阿斯塔特缓缓转头看向希班，余烬般的暗淡红光闪动了一下。

那迅捷的动作让布朗兹根本来不及反应，阿斯塔特突然转身抬枪开火。狄米特·希班，这个能够字字句句记住梦境内容的人，从沙地上飞了出去，身躯崩解。他残缺的尸体落回地面，一动不动。

"天啊！泰拉在上！不！"布朗兹惊呼道。

那个阿斯塔特将视线转回到布朗兹身上。布朗兹跪倒在沙地里。

"求求你……"他低语道。

"我说了，"阿斯塔特走上前来，用爆矢枪瞄准了布朗兹，"只有一个选择。"

"你为什么要这样做？"布朗兹哀求道。

"为了帝皇。"阿斯塔特回答。

第三章

孟罗港，诺斯星球，两天之后

虽然约翰·格拉玛提卡斯已经有一千多岁了，但他成为孔尼格·汉尼克尔仅是八个月之前的事，他还在逐渐适应这种转变。

无论是根据他的官方文件，还是在帝国任何调查手段的刺探下，孔尼格·汉尼克尔都是个五十二岁的男性，来自泰拉的高加索地区，现作为情报官员服役于帝国军队基诺52千连团。

格拉玛提卡斯一直认为，自己总体上还算是人类。他作为一个人类出生在世界上，作为一个人类被抚养长大，并且作为一个人类经历了无可辩驳的第一次死亡。在那之后，对于他的定义就变得有些模糊了。但一件事是肯定的：在他第一次死亡之后，从某个无法确定的时间点开始，他不再像之前那样坚定不移地奉献出全部力量去造福人类了，这种改变更多的是缓慢的转化，而非突然的背弃。

他依旧毫不羞愧地钟情于人类这个种族，坚决地为人类的种种缺陷辩护，但他已经和密教相处了很久，有了它们的一部分预见之力。如今，他的视野具备了人们常说的"长远角度"。

格拉玛提卡斯是仅存的几个效力于密教的人类之一。数个世纪以来，密教在人类中招募了不少临时工，但其中大部分都早已死去，或是被遗忘，或是被抛弃。

自从人类存在以来，密教就开始从中招募特工了，而这一事实格外让格拉玛提卡斯感到难以想象。在人类历史的初期，在文字出现之前，在乌尔和卡塔育克拔地而起之前，在摩亨佐达罗和底比斯现于世间之前，在人类动手树立那些失落的纪念碑之前，密教就已经造访过泰拉，遇到了一群其貌不扬、毫无前途的直立哺乳动物，后者当时正忙着用斧子在古老的树木上砍下第一道界定领地的标记。

密教在这种直立哺乳动物身上看到了一些特质。它们意识到这些灵长类终有一天会势不可当地辉煌崛起，在一切事务中扮演重要角色。人类将成为对抗原初湮灭者的最强武器，或是成为原初湮灭者手中的最强武器。无论如何，密教都确信，发源于那个偏僻星球的直立哺乳动物种族纵然其貌不扬，却是不可以被忽视的。

格拉玛提卡斯知道，这一事实让密教的诸多核心成员颇为沮丧。它们每个都是古老种族的成员，将银河中的一切新生种族视为劣等而短命的卑微虫豸。在那些古老种族蓬勃发展的时候，人类还只是单细胞的原生生物。然而万事万物的命运都将取决于这个新生的种族，如此痛苦的事实让它们难以接受。

盖赫特曾经万分苦涩地告诉格拉玛提卡斯，早在泰拉纪元之前，密教就和人类种族进行了第一次的隐秘接触。盖赫特曾经更加苦涩地承认，密教长久以来对人类发展所施加的影响都以失败告终。

"你们向来是粗野而固执的野蛮人。"盖赫特说，"你们对于自身价值观的笃信实在令我们震惊。我们尝试引导你们，尝试左右你们的道路。而那就像……"

盖赫特略加停顿，让它的思维在人类语言中搜寻出最恰当的比喻。"就像命令浪潮转向一样。"它最终说道。

格拉玛提卡斯微笑起来。"我们确实是个意志坚定的种族，不是吗？"他带着颇为强烈的自豪回应道，"你们难道没有考虑过，在我们羽翼未丰的时候把我们铲除掉会更容易？"

盖赫特点了点头，或者说，它扇动了它的第二对鼻翼，一个在意义上等同于点头的动作。"但是那不是我们的工作方式。我们全都认为那是令人反感的野蛮行为。当然，斯劳·达除外。"

"那当然，现在呢？"

"现在，我为当时没能抓住机会消灭你们而感到懊悔。逐渐地，毁灭已经变成我们唯一的工具。我很怀念那些更为低调、精细的手法。"

这么多年以来，密教招募到的几乎所有人类特工最终都是具有缺陷甚至无法运作的，绝大部分都被处理掉了。格拉玛提卡斯相信，他之所以是凤毛麟角的几个成功特例之一，主要归功于他的天赋。

约翰·格拉玛提卡斯是个强大的灵能者。

"上校现在要见你，汉尼克尔少校。"戴着毛皮军帽的副官说。

"谢谢。"约翰·格拉玛提卡斯从走廊尽头的木制长椅上站起身。他穿过大厅，走向简报室的房门。他伸手抚平了双排纽扣的夹克和肩头的披风，然后解开了衬衫领口的扣子。

现在已经快到正午了，这座由红砖砌成的大殿里热浪滚滚。这座宫殿坐落在孟罗港十五公里之外的被征用为这场战斗的前线指挥所。它古老的墙壁将热量有效地保存起来，像台烤箱一样。芦苇编成的挡板用水浸透之后装在窗户上，用来给宫殿内部降温保湿，但它们很快就要被蒸干了。

约翰·格拉玛提卡斯并没有出汗的生理需求，但他允许自己的身体这样做。所有人都大汗淋漓时，他可不想让他们发现自己是个例外。

他敲了敲门。

"请进！"

他走了进去。这个宽大房间的两侧各有一排支撑屋顶的立柱。柱子的顶端被塑造成一簇簇芦苇或是狰狞鳄鱼的造型，两者都是标志性的诺斯建筑风格。一张铁桌摆放在房间的中央，卢克萨娜·赛义德上校站在铁桌一头，四个侍从分散在她两边。

"上校，"格拉玛提卡斯说道，"很高兴见到你。"

他用手指点了一下喉咙。"抱歉我把扣子解开了，但这里面真是够热的。"

"没关系，孔尼格。"卢克萨娜回答道。她的侍从也纷纷点头。侍从们都是女性，年龄在十三到十七岁之间，一个个未来的上校。她们的卵巢已经被收集到基诺52千连团的胚胎库里。她们现在既在锻炼自己的灵能，也在为她们所追随的上校提供支持。

格拉玛提卡斯认为，基诺52千连团的运作机制非常有趣。在冲突年代末期那些笼罩泰拉的野蛮战争中，基诺作为一支最有成效、最具适应力的战斗力量脱颖而出。意料之中的是，帝皇在统一战争告终之后允许了基诺的延续。他审视基诺的核心系统，从中多有借鉴。基诺通过基因手段进行征召。格拉玛提卡斯在此行之前做足了功课。在那些充满了核风暴与辐射云的糟糕岁月里，基因征召是至关重要的。基诺的指挥核心全部是女性的上校，她们血脉相承，拥有潜在的灵能。这些女性的卵巢在青春期来临的时候被收集起来，与之对应的基因库则是由那些具备卓越战斗技巧与出众军事素质的优秀个体所构建的，两者在实验室中相互配合，批量生产出了源自相同母本的健壮士兵。基诺所培养的每一个战士都很强悍，但为了匹配这种纯粹的力量，并且保证基因库的纯净，他们还从其余部队调来很多思维清晰、经验丰富的军官。每一位少校都不是基因库的产物，他们有着出类拔萃的战术素养和战略眼光。

处在千连团指挥链顶端的上校们已经无法生育自己的后代了。但这一现实却以某种未知的方式解放了她们的思维，让她们在协调指挥部队的时候能够充分调动自己的灵能，并且按照盖赫特的说法，理解"她们孩子的行为方式"。

上校们最多称得上是较弱的灵能者。每个人都拥有一种被称为"洞察力"的基础灵能，这让她们可以用额外的战术信息来支援战场上的部队。但她们的灵能往往很快就会耗尽。在二十六到二十七岁的时候，她们作为上校的职业生涯就结束了，将会被调往其他职位。在她们洞察力最活跃的时间里，每一位上校身边都跟随着数名受训侍从。在为自己未来的职责向上校学习的同时，年轻侍从的灵能也会为上校的洞察力提供增益。

在这个房间里的数位女性中，没有一个人的灵能可及格拉玛提卡斯分毫。

在他坐到卢克萨娜上校对面的时候，他用灵能去感知周围的环境。他瞬间就捕捉到了那些处于青春期的侍从，品尝到了弱小而青涩的洞察力、喋喋不休的思维、拖泥带水而又大有欠缺的灵能结构。格拉玛提卡斯对她们庸俗浅薄的思维十分反感。这些侍从不是在考虑下一个要带上床的士兵，就是在想象未来成为上校的光荣岁月。

卢克萨娜不一样。格拉玛提卡斯看着桌子对面的她。首先，她是个女人，不是女孩，而且是个非常美丽的女人。她的嘴唇很丰满，长而直的金发从中间分开，长长的睫毛下是颇具异国情调的灰色眼眸。哪怕是雕刻大师也休想让她的脸颊再俏丽分毫。她已经二十八岁，走到了上校生涯的末期。格拉玛提卡斯能感觉到她对于这一事实的痛苦和反感。她即将成为医务官，或者军务部指挥官，或者占卜者。总之，她将成为一位前任上校。

她的能量在消退。她的洞察力在减弱。

"你有什么要汇报的？"她问道。

嗓音很动听，即便是那些侍从也能注意到。沙哑，不，应该说是丝滑，如同蜂蜜一样。格拉玛提卡斯知道，自己有些爱上她了，这让他在心底略感宽慰。自从他上一次对某个人类女性产生出肉欲之外的情感，已经过去了很久，大概有七百年了。

"有不少呢，上校。"格拉玛提卡斯答道。他拿出夹在胳膊下面的文件袋，把它打开。

"你真的进入孟罗港里面了？"一个侍从盯着他问道。格拉玛提卡斯察觉到一股带着崇拜意味的欲望。

"是……你的名字是？"

"图薇，长官。"那个女孩说。她是卢克萨娜身边侍从中最成熟的一个，大约有十九岁。图薇明显觉得一个胆识过人的情报官员很令人想入非非。

"是的，图薇。我伪装成了一个名叫德赛·胡塔的商人，在过去的四天里，我一直在那座城市的核心区域收集情报。"

也做了些别的事情，他心想。

"那不是很危险的吗？"另一个侍从问道。

"是的，确实很危险。"格拉玛提卡斯说。

"你是怎么让那些奸诈的敌人没能揭穿你的？"图薇问。

"安静，"卢克萨娜对她麾下的女孩们说，"一名情报人员可没必要把他的技巧全都透露给你们。"

"没关系的，上校。"格拉玛提卡斯微笑道，他看着图薇说，"El-teh ta nash el et chey tanay."

"什么？"图薇说。

"这是诺斯语，意思是，我的诺斯语说得和当地人一样好。"格拉玛提卡斯告诉她。

"但是——"图薇说。

"亲爱的，我恐怕不会告诉你我是怎么做到的，所以请别问了，容我继续？"图薇像是还要再说些什么。

"让他说话，图薇。"卢克萨娜厉声说，"汉尼克尔？"

"嗯，当然。关于这个地点本身……我们都知道，诺斯人并不具备轨道空间技术或星际旅行手段，他们也从来没有掌握过相关的科技。这个被称为孟罗港的地区，虽然如今已经被海水淹没，变成了运输港口，但它最初是作为星船降落点而建造的。"

卢克萨娜眨了眨眼。"星船？"她重复道。

他在分享这些信息的时候是冒着一些风险的，但约翰·格拉玛提卡斯久经训练的敏锐心智很善于处理数据和评估局面。他完全清楚自己会透露多少、保留多少。他相信即便帝国发现孟罗港曾经是星际飞船的降落区域，也无关紧要。事实上，它是个停留点。密教曾经在很久以前造访过此地，这就是为什么它们很了解诺斯文明。

"星船，上校。"

"你确定吗？"卢克萨娜上校问。

"非常确定，"格拉玛提卡斯回答，"我有绝佳的情报来源。"

"你说'最初'，孔尼格，是指什么时候？"

"大约在八千到一万两千年之前，时间久到海平面变化、涝原上升，甚至一座石头建造的庞大星港被彻底淹没，成为传统意义上的港口。"

事实上，是在一万一千八百二十六年以前，整个建造过程耗费了十八个月。格拉玛提卡斯觉得，他还是不要把如此精确的信息透露出去了。

侍从们立刻同时开口。

"那意味着建造的时间是在第二个科技年代。"一个侍从说。

"大致在第一次异形接触及第一场异形战争的那个时间。"另一个说。

"有任何证据能够显示建造者可能是什么种族吗？"又一个侍从说。

"诺斯人知道这个港口的意义吗？"图薇问。

"图薇提的问题最好。"格拉玛提卡斯用一句话终止了她们的喧闹，"他们知道吗？我猜是不知道的。就像所有文明一样，他们拥有自己的神话和传说，而其中包含的一些元素可以被视为与某种异形进行接触的种族记忆。但直到670号远征队抵达这里之前，诺斯人一直相信他们在宇宙中是孤独的。要知道，诺斯人甚至不记得他们原本是来自泰拉的殖民者。"

"那恰恰是这场战争真正的悲哀之处。"卢克萨娜点点头，"他们没能认出我们是同胞。"

格拉玛提卡斯能感觉到她的沮丧，血缘关系对于基诺的上校们尤为重要。事实上，这也是帝皇的伟大远征中格外困扰他的一点。昔日人类种族刚刚崛起之后就将火种撒播到了群星之间，在数千个世界里殖民定居，建立了最早的人类星际社会。随后，冲突年代如同断头台上的利刃一样骤然降临，在五千年的岁月里，虚空风暴阻断了一切星际航行。人类的边疆被切断、围困、孤立。在那些动荡年代里，很多人类支系完全遗忘了他们是谁、他们从哪里来。诺斯人就是其中之一。

帝皇终于将泰拉各处的混乱阵营强行统一之后，他开展了一场伟大远征——这个名号多么恰当——从而搜寻并接触那些失落已久的人类文明。密教对此早有预见。令人震惊的是，大量的迷失世界都强烈抗拒这种与之重塑纽带的努力。漫游银河的远征舰队经常被迫与那些他们奉命前来拯救并接纳的同宗文明兵戎相见，其次数之多简直匪夷所思。而遵照帝皇本人提出的委婉说法，这仅仅是为了让它们归顺。按照官方辞令，这向来都是为了那些文明本身的利益着想。

约翰·格拉玛提卡斯曾经见过帝皇，大约在一千年前。昔日的帝皇只是诸多军阀之一，他率领着身披雷霆盔甲的战士，大力巩固他早在冲突年代建立的战略优势，为最终的泰拉统一铺平道路。格拉玛提卡斯当时是高加索的一名军官，隶属战功卓越的里维斯团。他们和帝皇休兵停战，与之签订盟约，转而支持他针对泛太平洋暴君杜姆发起的进攻。

在巴克特里亚的一场血腥胜利后，格拉玛提卡斯作为一百名高加索军官之一，应邀参加了那支高举雷霆与闪电标志的大军在帕什举办的庆功宴。在庆祝活动中，帝皇——早在那时人们就只知道这唯一的称号——威风凛凛地走到每一张桌旁，亲自感谢他的盟友和佣兵。

格拉玛提卡斯是有幸接受致谢并与之握手的百名代表之一。在转瞬的接触中，他就明白了帝皇为什么是一股需要认真对待的力量：他是个超乎想象的强大灵能者，从任何寻常标准来判断，他都已经超越了人类的范畴。格拉玛提卡斯当时从来没有遇到过自己之外的灵能者，他立刻颤抖起来，感觉就像虫巢之王面前的一只工蜂那般渺小。帝皇也在同一瞬间感知到了格拉玛提卡斯，他微笑起来。

"你拥有一个优秀的头脑，约翰。"他根本不需要询问格拉玛提卡斯的名字，"你我应该聊一聊，仔细探讨我们这种人所拥有的选择。"

然而还没来得及展开单独的谈话，格拉玛提卡斯就死了，那痛苦又愚蠢的第一次死亡。

回想起来，格拉玛提卡斯时常猜测，如果他没有死，是否能够影响帝皇的道路。他怀疑是不行的。即便是转瞬间的接触也足以让他相信，帝皇永远不会偏离那条充满毁灭与鲜血的道路。终有一天，他会释放出整个银河最可怕的杀戮机器——阿斯塔特。

讽刺的是，格拉玛提卡斯的当前任务就是向这些令人恐惧的阿斯塔特军团之一寻求合作。

盖赫特曾经向格拉玛提卡斯提到，帝皇是唯一有资格在密教的核心群体中占据一席之地的人类。

"他拥有远见和大局观。"盖赫特说过，"他理解那宏伟而缓慢的宇宙循环，并且愿意任其自行运转。他知道真正彻底的改变所带来的动荡会产生跨越时代的回响。"

"你见过他吗？"格拉玛提卡斯问。

"不，约翰，我没有。"

"那你就不知道他其实是个多么嗜血的浑蛋。"

盖赫特微笑起来。"或许吧，但他明白原初湮灭者是一切存在的终极敌人，所以我们或许需要一个嗜血的浑蛋站在我们这边？"

"孔尼格？"

"抱歉，上校。"格拉玛提卡斯说。

卢克萨娜在桌子另一头向他露出了微笑。"你刚才似乎陷入沉思了。"

"是的，我很抱歉，我说到哪里了？嗯，我相信在早期的人类探索者抵达这个世界并在此殖民的数百年前，那座星港就已经由某个异形种族建成了。对于诺斯人而言，它只是一直都在那里。"

"那么，虽然这件事令人很感兴趣，但并不会影响我们的作战评估？"

"的确不会。诺斯人虽然目光狭隘，却对这个星球以外的世界有某种程度的概念。他们一直生存在恐惧中，惧怕与外界的第一次接触，惧怕被来自其他世界的生物发现。根据他们的教条，我们的到来恰恰证明了邪恶在宇宙中的广泛存在。我们无法和他们交涉。"

"完全不行？"

"不行，上校。"

他想告诉对方，他们面对的是一个早已屈服在原初湮灭者腐蚀之下的文明，但他也知道，对方根本不会明白混沌的意义，很少有人类能够理解。格拉玛提卡斯能够理解，因为他享有密教的预见之力。而且他在心底感觉到，帝皇对此也非常清楚。

那么他为何没有通报他的子民？他为何没有警告他们，没有讲述那些潜藏在广阔星海之间的不死邪物？

这场简报的重心逐渐转向防御工事和战略地点，格拉玛提卡斯带来了他认真制订的计划。他们开始讨论进攻孟罗港的最佳方式，图薇出人意料地提出了最具洞察力的战术方案。她很快就会成为一个正式的上校，身边簇拥着自己的侍从。卢克萨娜让图薇负责引领对战斗计划的细节讨论，这个养女的高水准让她满意地点了点头。

随着讨论的进行，格拉玛提卡斯任性地做出决定，是时候换个位置了。他将思维注入卢克萨娜的双眼后面——她太专心致志了，完全没有意识到——从桌子另一头看向自己。

格拉玛提卡斯看到了她眼中的景象：一个成熟的男人，肩背和臂膀都很强壮，面容英俊，一头灰发。他身穿一件双排纽扣的鲜红长外套，正在稍稍出着一些汗。

不错嘛，约翰·格拉玛提卡斯心想。确实不错，这并不是他与生俱来的躯体，但至少显得像是来自高加索，而那正是约翰·格拉玛提卡斯在第二十九个千年末尾首次获得生命的地方。

"如果我们打算展开攻击，"图薇说道，"就需要弄清楚敌人在这几条阵线上的布防情况，以及在北部城墙的这里，还有这里的防御力量。"

"我上次没能收集到数据，"格拉玛提卡斯回答，"但你是对的。我明天会再进去一次，三天之内，我应该能拿到你需要的信息。"

"很好。"卢克萨娜说，她略作停顿，"你又要进去？"

"我认为这是有必要的，上校。"

"那么，愿帝皇保佑你。"图薇说。几名侍从纷纷附和。

格拉玛提卡斯心想：我可以肯定他是不会保佑我的。

"今天就到这里。"卢克萨娜告诉她的侍从，"你们出去吧。我自己给这场报告收尾。"

在侍从们鱼贯而出的时候，格拉玛提卡斯能感觉到她们的气恼和失望。

大门在他身后关上，一段长长的沉默。

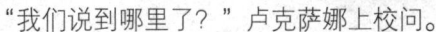

"我们说到哪里了？"卢克萨娜上校问。

"你正要把衣服脱光。"格拉玛提卡斯用流利的斯基泰语说道。

"是吗？"她笑着用同样的语言回答，"我没想到你还能讲我的母语，也没想到你会知道我是斯基泰人。你很聪明，孔尼格。"

他心想：你不知道的事情多着呢。我可以瞬间掌握任何语言，任何我遇到过的语言。这就是我的天赋，也是对我的诅咒。

"抱歉，我言语太直白了，"他继续用斯基泰语说，"但我注意到你看我的样子。"

"我也注意到了你看我的样子，先生。"

"很糟吗？"

卢克萨娜微笑起来。"不，孔尼格，我很荣幸，但我不是个轻佻随便的小侍从。我可不会为了在这个房间里刺激一下就脱光衣服，我其实都不确定究竟要不要为你脱光衣服。"

格拉玛提卡斯让微笑在孔尼格脸上展现。

"我亲爱的上校，"他说，"你话语里的那一点犹豫就是我需要的一切了。"

在各个种族起源发祥的古老年代，他们都将居所建立在安全的位置，刻意避开黑暗角落。这种行为是人类最原始的本能，让人类避开了野狼和豹子的威胁。格拉玛提卡斯盼望他的种族能够保留而非摒弃这种本能。黑暗的角落之所以黑暗是有原因的，他认为正是永恒的帝皇所产生的影响让人类克服了这份禁忌。

他想起泰拉陈旧地图上的古雅警示：此处有龙。人类对世界中黑暗区域的无知与恐惧形成了这一缩影。

"你说什么？"卢克萨娜双眼蒙眬地翻过身问道。

"没什么。"他回答。

"你刚才说了什么龙，孔尼格。"

"或许是吧。"

"世界上没有龙的，孔尼格。"

已经是傍晚了。这座宫殿在闷热中又度过了一天，大海近得让他们可以闻到，却又远得无法送来一丝清凉。

他们之间亲密的情感交流几乎让他感动落泪，他恨自己和她走得这么近。七百年是一段漫长的岁月，漫长到足以让他忘记这种情感融汇所带来的后果。格拉玛提卡斯能够感觉到她的饥渴，她渴望证明自己还很重要，即便她的上校生涯已经走向终结，如同一层即将脱落的死皮。

他允许自己爱上她，也允许她回报自己，而现在，他需要面对那个决定所招致的后果。

"孔尼格？"

她甚至不知道他的真名。他想告诉她。

"你就必须再去一趟吗？"卢克萨娜翻身侧卧问道。她裸露的娇躯让他有些冲动，但他抵抗住了诱惑。

"是的。"

"我们肯定能靠无人侦察机和舰队的评估系统来补全战术方案的。"

"不行。你们需要我亲自进去。"

+约翰。+（编者注："+"中内容为灵能通信，其符号功能等同于引号）

"哦，不。"

"怎么了？"她坐起身来问道。

他站了起来。"没什么，吾爱。"

"吾爱。这听起来可有些认真。"

+约翰。+

不要现在。

"你的脸色很苍白，孔尼格。你还好吗？"

他光着脚从床边走向洗手间。"没事，我很好，我只是需要洗把脸。"

卢克萨娜仰面躺下，看着天花板。"别太久。"她说。

格拉玛提卡斯走进洗手间，把门关上，停顿片刻，之后低垂脑袋，双手按住洗漱池的石台边缘。

"不要现在，真的不要现在。"他轻声呻吟道。石台的触感冰凉。他从陶罐中倒了一些水在池子里，他一直都能感觉到身后墙上那面磨损得厉害的古旧镜子。

他转过身。

盖赫特在镜子里的一团迷雾中看着他。

+你做了一个错误的选择，约翰·格拉玛提卡斯。你和那个女性建立的亲密关系会影响你的任务。+

"走开。"

+约翰，你威胁到了一切。你知道事关重大，你到底在干什么？+

"偶尔也当一回人。"格拉玛提卡斯回答。

+约翰，这种情况放在有些特工身上，足以让我们将其处理掉。+

"我相信你们这样做过，不是往昔，而是在最近。我当然相信。"

+我不是在威胁你，约翰。+

"其实你就是在威胁我。"他对着镜子说。

+银河必须万无一失。+

"是啊，是啊，难道我就不能在银河里生活一下？"

盖赫特的形象慢慢消失了。

格拉玛提卡斯用池子里的冷水洗了把脸。

"浑蛋。"他说。

在临近黎明的紫红色微光里，负责护送格拉玛提卡斯前往渗透地点的队伍到了。他在一个小时之前已经苏醒，如同举行仪式般一遍遍地整理自己的背包。他让护送者们在车里稍作等待，自己继续做完手头的事情：喝一杯温热的黑咖啡，吃些昨天晚上剩下的面包和果干。令他惊讶的是，她也醒了。

"你打算不辞而别吗？"

"不是啊。"他撒谎道。

"那就好。"卢克萨娜拨开脸上的一缕金发，上下打量他。格拉玛提卡斯穿着一件简单的棕色沙漠服，脚踏一双军用靴，还套了一件帆布夹克。

"你看着可不像当地人。"

"那是后面的步骤了。"

她全身上下只裹了一条床单。"那就再见了。帝皇保佑。"

"希望如此。"他说。

"尽量活着回来，"卢克萨娜说，"我还想再见到你。"

"我会回来的，"他答道，这次他没有撒谎，"因为我也想再见到你。"

卢克萨娜上校微笑起来，稍稍歪过脑袋看着他。"你身上有些特殊的东西，孔尼格。就好像你能看透我一样。"

"那是因为我确实能看透你。"他说。

由一位年轻的基诺上尉和三个困倦的士兵所组成的护送队伍在宫殿后院等着他。他们的交通工具是一台轻型悬浮艇，外壳被沙漠中的严苛环境蹂躏得只剩下裸露的金属了。

"长官。"上尉敬了个礼，看着格拉玛提卡斯穿过明亮的门廊走进昏暗的院子，背包斜挎在肩头。格拉玛提卡斯只用一秒钟就辨认出对方的口音……来自印度尼西亚，普哇加达行政区，或许是展玉的巢都之一。

"你是哪个部队的？"格拉玛提卡斯用马来语问道。上尉惊讶地眨眨眼，微笑起来。

"蛛后连，长官。"他回答，"我不知道你也是从泛太平洋来的，长官。"

"我不是，我属于整个世界。"

他们上了车，从院子里开出去，穿过古老宫殿的层层庭院，通过检查点、大门和路障，夜间执勤的哨兵们挤在火星四溅的火盆旁，臂弯里夹着激光枪。他的官方文件和生物识别密钥都接受了常规检查。

诺斯人很狡诈。过往的经验已经让帝国部队明白，诺斯人也有自己的间谍和破坏者。身为一名间谍，在出去的路上接受检查，这感觉十分怪异。

离开宫殿区域之后，悬浮艇提高了速度，沿着周边城镇中饱受轰炸的大路与尘土飞扬的街道前进。太阳在废墟背后缓缓升起。格拉玛提卡斯靠在座位里，试图放松下来，让自己的注意力集中在身份转变上，但他能通过空气的震动感觉到旁人的动作。他开始后悔和年轻的上尉套近乎了。坐在前面的那个军官时不时转过身来，和格拉玛提卡斯聊起展玉的一些地方，一些格拉玛提卡斯从来都没有去过、也从来都不打算去的地方。格拉玛提卡斯曾经造访过展玉一次，很久以前。当时一支军队将那个地方烧成了平地，他就是其中的一员，那是在这位军官的家乡巢都被设计出来的五百年前。

他闭上眼睛，想着卢克萨娜。

就好像你能看透我一样，这说得完全正确，他的心灵能够看透一切。这让他不由得记起了那件他尽量永远不再回想的事情：很久以前的那天，遇到帝皇，握住他的手，感受到他的力量，在那张英俊、高贵、健康的假面之下，看到……

在那一纳秒里,看到……

"你还好吗,长官?"上尉问道,"你的脸色突然很苍白,是晕车吗?"

"没事,我很好。"格拉玛提卡斯回答。

他们离开了废墟,沿着帝国防御阵线后方一条遍布车辙的道路前行。太阳逐渐从天际升起。沿着绵延数公里的防御工事,一个个火力点在黎明中洒下长长的影子,数百万顶帐篷像水泡一样覆盖大地,烹制早饭的营火点点亮起。他们经过的一面面旗帜全都瘫软地垂在愈发燥热的空气中。

"那边就是我的伙计们。"看到某一面旗子的时候,那个上尉匆忙喊道。格拉玛提卡斯转过头,看到了旗帜上描绘的蛛后,一个贼眉鼠眼但胸部丰满的女孩,编织着一张命运和宿命的纠缠蛛网。

渗透地点位于宫殿约八公里以西,是孟罗港古老的下水道系统的一个排水口。三个月之前,这个位置在炮击中暴露出来,此后被严加看守。除了基诺的哨兵之外,全自动的枪械机仆也目不转睛、夜以继日地盯着那里。诺斯人同样严密地看守着另一边的出口,但格拉玛提卡斯并不打算一直走到尽头。

上尉将他介绍给哨站的值守军官,一个叫作马力诺的红脸大汉。马力诺把机仆调节到了"默认/被动"模式,之后和上尉一起望着格拉玛提卡斯从破碎的堤岸溜进了排水口里。

黑暗,这个在他生命中时常出现的元素,将他包围起来。

经过十公里、九十分钟之后,他从一个通风口爬了出去,这里距离孟罗港的高大城墙和塔楼已经不远了。

他关掉提灯,把它放进背包里,和帆布夹克及军用靴共同藏在了一条水渠松动的石砖下。

在黑暗管道里前行的时间几乎足够让他完成身份转换了。他不再是孔尼格·汉尼克尔,他是德赛·胡塔。从总体上看,他真正采取的伪装手段寥寥无几:沙漠服外面的一条粉色丝绸披肩、替换掉军用靴的毡鞋,还有熟练地裹在脸上的防沙面罩。他的皮肤晒成了古铜色,不过并没有普通诺斯人的肤色那么深。若要伪装成一个真正虔诚的诺斯人，还需要用发网把面罩之下的头发扎起来，以及用带有香味的油膏涂抹额头、腋窝和胯部。

格拉玛提卡斯从来都不做得那么极致，虽然帝国的间谍专家建议如此。他知道自己的心灵之力可以轻松弥补任何手法上的缺陷。况且，那些油膏会让这一切显得很像是献给原初湮灭者的仪式，而他并不打算参与其中。

他把所有诺斯人都会佩戴的弯刀挂在饰带上，又系好一条宽大的腰带，上面有三个小腰包，分别装着水、盐和钱币。他用路边的沙土搓了搓手，把指甲弄脏。他没有携带任何武器，除了那把小弯刀之外，当然，还有那枚戒指。

在他穿行于黑暗潮湿的地下世界时，太阳已经爬上了天空。他感觉到灼热的阳光刺在头顶和肩膀上，但他距离大海已经很近，近到能够闻到并感觉到大海的气息。新鲜的海风从港口飘来，穿行于沙漠的荒地里。他嗅到了潮湿的空气，他开始向那座港口城市的高大塔楼与嵌有珐琅的城墙进发。

其他人也在往那边走。无论战争是否降临，生活总要继续。一群群商人小贩从荒野里向孟罗港走去，其中一些赶着牲畜，他们希望在城里的市场做些生意。劳工也前往港口寻找活计，流离失所的难民涌向城门，逃离帝国的进军步伐。格拉玛提卡斯混到他们之中。

格拉玛提卡斯一边走着，一边在脑海中默念灵能祷文，这是转换到另一套语言习惯和文化背景所需要的最后步骤。

我是约翰·格拉玛提卡斯。我是约翰·格拉玛提卡斯。我是约翰·格拉玛提卡斯，伪装成孔尼格·汉尼克尔。我是孔尼格·汉尼克尔。我是孔尼格·汉尼克尔，伪装成德赛·胡塔。我是德赛·胡塔。我伪装成德赛·胡塔。El-chey D'sal samman Huulta lem tanay ek.El'chey D'sal samman Huulta lem tanay ek……

"你是谁，朋友？"当他走近城门时，一个刀手厉声问道。那个刀手原本将武器靠在银色的胸甲上，但现在他举起了利刃。他的一些同伴也有所警觉，其余刀手拦住一些从沙漠中走向这座古老拱门的运水商人，询问他们的身份。

"我是德赛·胡塔，"格拉玛提卡斯用完美的诺斯语回答，他对刀手做着阳光普照的手势表示服从，"我是一个商人。"

刀手将长刀举在左肩，随时准备出击，他盯着格拉玛提卡斯。"给我看看你的手掌、你的面孔，还有你的烙印。"

格拉玛提卡斯奉命照办。

+我是安全的,我已经给你看了你需要检查的一切。+他同时传递出这份信息。

刀手点点头,挥手示意他可以入城了,转头在后面的访客中寻找下一个检查对象。

但事实上,格拉玛提卡斯什么也没给他看。

孟罗港逐渐苏醒。作为一个全副武装、大敌当前的城市,它并不会真的陷入沉睡,但它有一种潮起潮落般的状态循环。

外层城墙被刀手、土炮、炸弹以及大批普通步兵驻防。他们散漫地聚集在宽阔城墙的厚重台阶上,或是站在防御平台上,用望远镜观察着远方按兵不动的敌军。

在城市的中心,生活的脉动显得更加明确。市场纷纷开张,商人们高声叫卖,大嗓门的祭司引领众人进行晨间祈祷,挑水的小贩在开阔的广场、蜿蜒的小巷和铺有石板的街道中穿行。

格拉玛提卡斯重新追溯先前的路线,尝试回想起第一次来到这里时对整个城市布局的大致印象。路过的商贩和老人辨认出他的阶级,对他做着阳光普照的手势。

他也用同样的手势进行回应。

格拉玛提卡斯打算前往北部市郊,进入那片被称为"客纳尔"的区域,去仔细观察北边城墙的情况。图薇想必会感激他的这份苦心。他站在街边,给一辆牛拉货车让路。清道夫用扫帚和一桶桶水仔细清理着石板路,用簸箕铲走牛粪。他们一边工作一边歌唱。

这座海港城市的城墙嵌有彩陶,在晨光中熠熠闪烁,色彩鲜艳的陶片组成了鳄鱼和芦苇的图案。诺斯人的道路没有名字,只有各种图画标志。他看着其中一个符号,是一条用鲜红陶瓷拼成的巨蜥,他经过训练的思维立刻非常确定地意识到他从来没见过这个。他想必转错了一个弯。孟罗港结构复杂、道路迂回,大致的布局都很难让人记住,就像蛛后的蛛网一样。

他就是那根针,格拉玛提卡斯暗自幻想,他就是蛛后的针,那根在命运之网中穿梭的针。

他停了下来,稍加考虑。他脑海中的罗盘已经乱了。他看了一眼正在攀升的太阳,确定哪边是东。他放慢呼吸,让自己出些汗来稳定体内的环境。

他很快恢复了状态，他只是往西边多走了一条街，仅此而已。客纳尔区就在他的左边。

但并非如此。他再次停下来，奋力反抗那股逐渐渗入心中的恐慌。

一个挑水的小贩走过来，向他售卖一瓢水。

"不了，谢谢你。"格拉玛提卡斯说。

"神还是爱你。"小贩回答道，继续前行。

格拉玛提卡斯颤抖了一下。那个挑水小贩所说的话翻译过来意思是：但愿原初湮灭者活生生地焚灭你的灵魂。

格拉玛提卡斯心想：我是怎么了？上一次来到这里的时候，我轻松地穿街过巷。这一次我却像是个莽撞的新手。我脑袋里天旋地转，这……这太傻了。

他又穿过两条繁华的街道，寻找着熟悉的地标，客纳尔区似乎离他越来越远了。仿佛有某种事物在干扰他，在影响他的能力。

他突发奇想地把手掌探进了腰带上盛盐的小包，捏出了藏在盐粒之间的那颗种子。它和常人的耳垂差不多大，嵌在一个银质夹子里，是盖赫特交给他的。这颗种子源于密教势力范围中某个星球上的异形植物，会对灵能产生反应。如果它变热，或者有任何干瘪的迹象，就意味着附近存在灵能活动。

他看着那颗种子。受到格拉玛提卡斯自身灵能的影响，它一向是温暖而干燥的。但现在，他手里的种子变得滚烫，恍若燃烧的煤块，而且还严重皱缩。

他遇到麻烦了。这颗种子在警告他，有什么事物就在附近，或许正在追猎他。

"德赛？德赛·胡塔？"

格拉玛提卡斯扭过头，看到身后有个胖乎乎的商人正在向他招手。那人原本和几名同伴站在一家钱庄门口交谈，现在快步走了过来。格拉玛提卡斯迅速把那颗种子藏好。

对方的名字是什么？他之前见过这人。

"德赛，我的好伙计。"那个体形圆润的商人说道，他做着阳光普照的手势，还鞠了一躬，"最近这几天我都没有在市场看到你。我们在上次见面时筹划的烧砖生意有什么进展吗？你的供货商就位了吗？"

达克，达克·卢顿，这就是他的名字。

"达克，我的好伙计，我恐怕要很痛心地告诉你，我的供货商就像山羊的嘴巴一样，"格拉玛提卡斯礼貌地回答，"只进不出。看起来我没法按计划交货了，我向你道歉。"

达克挥了挥肥硕的手。"哦，别担心，我很理解。在这种动荡而艰苦的时候，外星人兵临城下，这种事情避免不了。"

他更加诚挚地看着格拉玛提卡斯。"你有我的信物，有我的基因指纹，是吧？很好，我们未来可以再做交易！我期待收到你的货物。"

"我永远为你效劳，达克。"格拉玛提卡斯低声说。他做了阳光普照的手势，又在交谈结束的时候做了众月满盈的手势。

他沿着街道继续前行，感觉和之前一样迷惑不安。他随后快步走进一片广场，那里的人潮相对稀疏一些，他希望更宽松的环境能够帮助他厘清头绪，或许还能让他找出那颗种子所探测到的灵能活动。但他的思维无比固执地拒绝恢复清晰。

格拉玛提卡斯停下脚步，缓缓抬起视线。

他此刻身处诺斯人的一块宗教圣地，孟罗港最大的神殿就位于这片广场。在那座神殿宏伟的拱楣下，有一尊黄铜制成的雕塑，展示着原初湮灭者的四种具象：死亡、极乐、腐朽和异变，它们被揉和起来，组成了一个巨大而邪异的标志。

是怎样糟糕的失误，怎样愚蠢的歧路，竟然把他带到了这里？这是整座城市中他最不愿意主动造访的区域。那尊塑像似乎在脉动、延展，将他的眼珠压进头颅。阳光灼热而炫目。他干呕了一下，把涌上喉头的滚热液体强压下去。他今天的渗透经历和之前全然不同，仿佛这座城市已经察觉到了他这个入侵者，并且化作一张大网要将他当场捉拿。有些人，或是有些事物，正在玩弄他。

他还是忍不住要呕吐。他匆忙钻进神殿广场旁边的一条小巷，站在阴影里弯下腰去，释放出酸液。胃液迅速从他喉咙里喷射出来，他几乎都来不及把防沙面罩扯掉。

他跪倒在地，颤抖着吐出酸水。

之前只是黑暗剪影的两个人沿着小巷朝他走来。对方走得并不快，但步伐中透出一种充满目的性和紧迫感的气势。格拉玛提卡斯站起身，朝反方向走去，同样目的明确，同样不慌不忙。

又有三个人在另一边的巷口出现，沿着细长蜿蜒的巷子走来。他们是什么人？士兵，刀手，还是诺斯人？是恪守神殿教义的狂热祭司？

小巷的侧面有几条分支。格拉玛提卡斯拐进第一条岔路，等到自己从那些逐渐逼近的对手视野中消失后马上撒腿奔跑。他走进了一个死胡同，是一座高大而美观的民房后院。他听到脚步声从身后传来。他尝试推门，发现大部分都锁着，只有一扇沉重的木门是例外，门板上描绘的某种绿色爬行动物纠缠在一起，组成了螺旋图案。格拉玛提卡斯把门推开，钻进房间里那美妙的凉爽与黑暗之中。他关好门，拉上门拴。他默默等待，聆听着门外沉闷的脚步声和说话声。

一只覆有铁甲的巨手从黑暗中伸出，抓住他的喉咙，把他扭了过来。格拉玛提卡斯猛然砸到墙上，被人悬空扼住。

格拉玛提卡斯喘不过气，他的双脚在空中乱踢。那只巨手把他紧紧压在墙边。他的后背顶到了砖块上。

"我怀疑，"一个低沉的声音从黑暗中传来，"你一直在找我，约翰·格拉玛提卡斯。"

对方知道他的名字。

"有——有可能吧。"格拉玛提卡斯嘶声说，"不过这应——应该取决于你是谁。"

"我是谁？你知道我是谁，你这个奸诈的浑蛋。我是阿尔法瑞斯。"

第四章

九头蛇基地，孟罗港，诺斯星球

格拉玛提卡斯脑袋里的血管疯狂搏动，仿佛即将迸裂。他的气管被完全挤压住了。

+放开我。+他绝望地用灵能发出信息。

那只钢铁铸就的巨手松开了他，格拉玛提卡斯瘫倒在地板上。虽然疼痛不堪又头晕目眩，他还是强迫自己的思维迅速转动。他的双眼逐渐适应了房间的黑暗。

他能看到刚刚抓住自己的那个庞大身影，以及护目镜上炽热的红光，但他无法读取对方的心灵。他遭到了某种事物的屏蔽。但无论如何，他刚刚发出的急迫信息显然是被对方接收到了。

+后退，把你的双手从武器上拿开。+

居高临下的庞大身影后退了一步。"让他别再那样做。"那个影子用低沉的嗓音吼道。

这个并不安全的避难所里显然另有人在。格拉玛提卡斯看到了一个头戴兜帽的家伙，但他无法用肉眼看清对方的模样。遮挡住那人面孔的兜帽直接显现在了他的脑海里。

格拉玛提卡斯想要站起来。一道尖锐无比的嘶鸣声顿时刺入他的大脑皮层，恰似用潮湿手指滑过玻璃发出的声音。灼人的剧痛在他的自主神经系统中被点燃，顺着脊椎奔窜延烧。他闷哼一声，重新瘫倒下去。

"他斗志旺盛，力量强大，防护得当。"戴着兜帽的人说。

"你制服不了他吗？"那个巨大的阴影问道。

"那倒不是。"

"让他待着别动。"

尖鸣骤然增强，格拉玛提卡斯开始全身抽搐。

"我们要好好谈一谈，约翰。"那个巨大的影子弯下腰来凑近他说，"我要么从你的嘴里听到一些实话，要么就干脆碾碎你这该死的脑壳。好吧，我们讲清楚了？"

格拉玛提卡斯点点头，那剧痛简直让他生不如死。他感觉到鲜血从鼻子里淌出来，流到了嘴唇上。

"很好，舍尔这就放开你。那可是件好事情，对不对？在舍尔把你放开之后，不要用灵能耍花招，这个我们也讲清楚了？"

"好的。"格拉玛提卡斯嘶声说，他的喉咙酸楚而刺痛。

"放开他，舍尔。"巨人命令道。

尖鸣应声消失，带走了绝大部分的痛苦。格拉玛提卡斯瘫软无力地趴在地上，喘着粗气。

"光。"巨人说道。

伴随一阵短暂的灵能波动，房间四周的数十支蜡烛同时自动点燃，这展现了他相当强悍的火能水平。蜡烛上的黄色火苗发出柔和的光辉，让格拉玛提卡斯看清了这间拉着百叶窗的客厅。和标准的诺斯人房屋一样，地板和墙壁上嵌有彩陶，如同水面般映射烛光。他也看到了自己的对手：一个身穿盔甲的高大改造人，还有一个披着黑袍的普通人类。后者其实并没有佩戴任何面具或兜帽，但格拉玛提卡斯依旧看不清他的脸。

"你的名字是约翰·格拉玛提卡斯？"那个巨人问道。

"你说是就是吧。"

"如果你愿意的话，我可以让舍尔继续刚才的事。"

格拉玛提卡斯摇了摇头，他的鲜血一滴滴地点缀着周围的瓷砖。"是的，我的名字是约翰·格拉玛提卡斯，你已经知道了。"

"看着我。"巨人命令道。

格拉玛提卡斯抬起头。对方身穿一副厚重的动力盔甲，是帝国阿斯塔特的塑钢战甲。紫色甲胄带有银色镶边，肩甲上印着一枚绿色徽记。头盔是最新型的，具有状如鲸须的口部格栅，暗淡的红光从面甲的眼缝中透射出来。那个维持着灵能遮罩的人影站在高大魁梧的阿斯塔特左边，相比之下显得格外瘦小。

"不，我。"那个阿斯塔特说，"看着我，不要理会我的灵能者，这就对了。"

"我——"格拉玛提卡斯开口道。

"安静。"阿斯塔特抬起一根粗大的食指,"你要告诉我所有我想知道的,而不是你想说的。"

格拉玛提卡斯点点头。

"你在找我,这就是你再次潜入城市的原因,你知道我会在这里。"

格拉玛提卡斯又点了点头。

"你怎么知道的?"

"因为是我们邀请你们来这里的。"格拉玛提卡斯回答。

"是你们邀请的?你说的'我们'指谁?"

"我所服务的密教。"

阿斯塔特转头看看那个戴着兜帽的人。"再来一次。"

尖鸣顿时穿透格拉玛提卡斯的大脑,让他再次嘶吼起来。

"这个密教是什么?"阿斯塔特问。

格拉玛提卡斯低声抽泣,他只能勉强开口。"它们……我不知道……它们是永恒的……它们……"

"这可算不上一个令人满意的回答,"阿斯塔特说,"或许我应该把你一枪崩了。"

"密教是……密教是唯一的希望!"格拉玛提卡斯哀求道。

"继续。"

"求求你!"

"停下吧,舍尔。"巨人命令道。

尖鸣随即消退。

"是谁的唯一希望?"阿斯塔特问。

"我的,你的,人类的。"格拉玛提卡斯叹息道。

"你是指帝国?"

格拉玛提卡斯摇摇头。"比帝国更广泛,整个人类种族。"

"帝国就是整个人类种族。"那个巨人回应道。

"你不是真的相信这种说法,对吧?"格拉玛提卡斯质问对方,"你们遇到的诸多世界,你们被迫运用武力令其归顺的那些世界……就比如这个世界,它们全都是人类文明的果实,一脉相承。人类绝不仅仅是那个从泰拉倾巢而出、为了实现帝皇愿景而肆意杀伐的好战蛮族。"

阿斯塔特抽出了他的爆矢枪。格拉玛提卡斯甚至没能看清这个动作。那件庞大的武器方才挂在巨人腰上，转瞬间就被握在了铁拳里，直指格拉玛提卡斯的头颅。

"你是疯了吗？"那个巨人质问道，"你是瞎了吗？看着我。我是一个阿斯塔特，我立誓完成任务，立誓效忠帝皇。你为什么要说这种无异于叛国的狂言？"

"如果听起来确有此意的话，我道歉。我无意冒犯。"

那把爆矢枪依然指着他。"你说是这个密教邀请我们来到这里，解释清楚。"

格拉玛提卡斯咽了咽口水。"密教认为，在所有阿斯塔特军团之中，'阿尔法军团'是最有可能接收其信息的。"

"为什么？"

"说实话，大人，我不知道，我只是个中间人。密教希望'阿尔法军团'能够介入到这场迫使诺斯星球归顺的战争中，以便让这支军团目睹一些事物。"

"目睹什么，约翰？"

格拉玛提卡斯稍微挺直了身体，大胆地面对那个顶住自己脑袋的枪口。"目睹真正重要的敌人。不是诺斯人，而是在幕后操纵诺斯人的原初湮灭者。"

阿斯塔特缓缓放下枪。"你是指他们的虚空魔法？"

"那不是——"格拉玛提卡斯开口说，"我可以站起来吗，大人？地板上很凉。"

那个戴着头盔的巨人点了点头。格拉玛提卡斯站起身，阿斯塔特依然比他高大很多。

"那不是魔法，那不是什么神奇的把戏，那是一种深层力量的具现——是一种无处不在的邪异力量。"

"混沌。"阿斯塔特回答，"如果这就是你的主人想要让我们目睹的，那么你一直是在浪费时间。我们早已知晓混沌的存在，并将其归入了异形危害。"

格拉玛提卡斯伤感地摇了摇头。"混沌只是最简单的称呼。你们把混沌列为异形危害，是吗？那么你们对它的了解就像孩童对整个世界的了解一样浅显。混沌一直存在，也会永远存在，与之相比，任何事物——无论人类、帝国、还是帝皇的伟大蓝图——都毫无意义。倘若不能严加抑制，混沌就要毒害整个银河，使其彻底僵死。而倘若得到助益，混沌就会毁灭一切。密教希望你们能够看清这一点，亲眼看清楚，如此一来，你们才会认真对待它们要传达的信息。"他略加停顿，"而且时间紧迫。"

"为什么？"巨人问道。

"因为一场宏大的战争即将爆发。"

"和谁的战争？"

"你们的自相残杀。"格拉玛提卡斯说。

魁梧的阿斯塔特盯着格拉玛提卡斯。格拉玛提卡斯听到了对方头盔通信器的轻响，一场私人对话正在进行。格拉玛提卡斯默默等待。烛火颤抖起来，一只小小的绿色蜥蜴溜过地板，爬到墙壁上。

巨人转头看着格拉玛提卡斯。

"你的密教有什么紧急信息要让我们认真对待？"他问。

"我不知道，我只是在尝试建立一场对话。"

阿斯塔特扭头看了看舍尔。"我受到了召唤，"他说，"带他到客房去，守着他，别让他耍花招。"

舍尔点点头。

阿斯塔特走向那扇木门，打开门闩，迈入室外的阳光。就在木门关上之前，格拉玛提卡斯看清了门板上那个绿色爬行类动物的交缠图案，是拥有三个蛇形头颅的龙，"九头蛇"的标志。

"这边走。"舍尔对格拉玛提卡斯说。

他跟着舍尔穿过若干房间，错落排列的屋子和孟罗港的街道一样毫无章法。每个阴暗的房间都挂着百叶窗，防尘布罩在屈指可数的几件家具上。格拉玛提卡斯认定，这是一个为他们提供方便的避难所，他注定会被逼到那扇木门面前。

被称为舍尔的灵能者举着一支火光摇曳的蜡烛在前面领路。

"是你设计把我逼到这里的？"格拉玛提卡斯问道，"你干扰我的心灵，让我迷失方向，如此一来，我就可以被引到这座房子来？"

"不是我一个人。"舍尔回答，"你的力量很强大，我们早就注意到你了。在几周的时间里你一直在附近活动，监视我们，跟踪我们。我们认为是时候找你来问问原因了。"

"你不是阿斯塔特。"

那个人转过头看着他，虽然烛光很明亮，格拉玛提卡斯依旧看不清对方的脸。

"'阿尔法军团'会运用一切工具来完成任务。能效劳于他们，我感到很荣幸。"

舍尔把格拉玛提卡斯领进一个昏暗的房间，几张沙发和高脚凳上的防尘布已经被掀走叠好，让他们有地方坐。在一张小桌子上，一个金色酒壶里盛着诺斯人的酒，几只银制酒杯摆在周围，旁边还放着一个装有果干的陶碗。

舍尔轻轻点头，房间里摆放的很多蜡烛同时被点亮。瞬间出现的光芒让几条小小的蜥蜴迅速爬回阴影里。

"我很讨厌灯光。"舍尔说，"它会杀死黑暗，烛光只会点亮黑暗。"

"而黑暗正是'阿尔法军团'的工具之一？"格拉玛提卡斯问。

虽然他看不到那个人的脸，格拉玛提卡斯却知晓对方在微笑。"你确实是仔细观察过我们，对吧？"舍尔问道。

"那是我的工作。"格拉玛提卡斯回答。

"自己倒点酒吧，再吃点东西。"舍尔说着坐在沙发里，把手中的蜡烛放在一张低矮的桌子上。

格拉玛提卡斯往银杯里倒了点酒，他需要一些饮品来冲刷自己嘴里的味道，虽然他更希望能有清水。他一边啜饮杯子里的酒，一边调整自己的边缘神经系统来抵消酒精的影响。

他坐到那个灵能者对面。"你的名字叫舍尔，对吗？"

"是的。"

"你是个天赋异禀的火能者，这种技巧从来没在我身上体现过。"

舍尔耸了耸肩。"命运使然，约翰。你的特殊能力倒是更让我印象深刻，灵语，这很稀有。"

"你能从我身上读出这个？"

"当然，"舍尔说，"但我无法理解它。是一切语言都可以，还是一些特定的种类？"

"我还没有遇到过什么语言是我无法掌握的。"

"包括异形的？"

格拉玛提卡斯微笑起来。"也不是那么难，这要取决于它们的发声器官。有一些我能够听懂，但无法回应，因为我不具备必要的生理机能来发出相应的声音；另外一些则过于深奥。灵族的语言中有一种特殊的动词形式，总是把我弄糊涂。"

"而且你可以根据一个人的语音来判断他的来历？"舍尔问道，他迅速从低哥特语换成了僧伽罗语。

"干得不错。"格拉玛提卡斯用流利的僧伽罗语回答，"但你的上颚音让你露馅了。你的僧伽罗语说得很好，但我能分辨出偏向波斯语的元音，以及其他一些元素，你是乌兹别克或者阿塞拜疆人。"

"乌兹别克。"

"而其他的一些元素，那些拉长的元音，是火星留下的痕迹，对不对？"

"我小时候在叶路梵·马克西玛尔的领地生活过八年。你确实厉害。既然如此，我猜你也很擅长辨别真相？"

格拉玛提卡斯点点头。"是的。对我撒谎是件很困难的事情，我希望你在向上级汇报谈话内容的时候提起这一点。我能够轻易辨识真相，所以我并不是在浑浑噩噩地把别人嘴里的谎言传递给'阿尔法军团'。"

舍尔轻笑一声。"你或许确实掌握真相，约翰。但我们可无法保证你传递过来的也是真相。"

"确实如此，我得承认。"格拉玛提卡斯回答，又喝了一口手中银杯里的酒。

"你们是如何邀请他们来这里的？"舍尔问，"他们想必愿意知道。"

"我们花了大概十年。"格拉玛提卡斯说，"很长时间以来，像我这样的特工一直在为此做铺垫。我们利用帝国的通信密码，伪造了很多报告和备忘录，掺杂到远征队的数据库里，各种各样我们认为能够引诱'阿尔法军团'的内容。我们偏转几条指令，篡改一些高层通信。我们一点一滴地达成目标，确保当670号远征队在诺斯星球开展战役并寻求协助的时候，对纳玛特吉拉总司令做出回应的会是'阿尔法军团'。"

"神圣泰拉在上，"舍尔赞叹道，"实在令人惊讶。这种层次的影响、手段……策略，还有耐心。无与伦比！如此隐秘的操纵方式！"

"这就是密教的作风，舍尔。"格拉玛提卡斯回答，"它们注重策略，微妙地施加影响，有长远眼光。它们在这方面做得很好，它们一向很擅长这种事。"

"它们可以直说的。"

格拉玛提卡斯放声一笑，弄疼了受伤的喉咙。"那可不是它们的作风！况且，'阿尔法军团'有可能接受吗？"

"再过一千年也不会。"舍尔表示同意，"不过，如果是我的话，就会格外谨慎地对他们解释这些。'阿尔法军团'自认为掌控全局并为此感到骄傲，他们视信息高于一切，他们可不喜欢有任何人比他们知道得还多，那是他们赢得胜利的手段。事实上，唯一他们更不喜欢的事情就是遭到暗中操纵。"

"我记住了，谢谢。我已经预料到那会很成问题。"格拉玛提卡斯把空杯子放回酒壶旁的托盘里，"你们倒是不介意暗中操纵别人。今天我中了你们的计。从我走进孟罗港的那一刻起，你们就在误导我、干扰我的思想，把我引向你们想要我去的地方。"

"也不全是那样。"舍尔说。

"别故作谦虚，你刚刚承认的。"

在烛光中，舍尔抬起头看着格拉玛提卡斯。那张阴晴不定的面孔实在让人难以揣测他的想法，但格拉玛提卡斯还是感觉到了对方的警惕。

"约翰，我不是故作谦虚。没错，我们确实把你引到了这里，但那是在我们发现你的行踪、并且确认你的身份之后。是在你站在红巨蜥街上、准备走进神殿广场的时候。在那之前，我们根本不知道你在城里。"

"不，"格拉玛提卡斯说，"比那更早。我——"

舍尔忽然站了起来。"约翰，你是说今天刚刚走进孟罗港的时候就受到影响了吗？"

"我——"

"这很重要，约翰！你刚刚进来的那个瞬间，情况就变得不对劲了吗？"

格拉玛提卡斯咽了咽口水。他突然感觉五脏六腑都如坠冰窖。"是的。"

"该死。"舍尔咕哝道，"那不是我们，那不是我们，是他们干的。"

"舍尔，我——"

"请安静，我们可能出了严重的纰漏。"

舍尔走到客房门边，低下头，对着一个微型通信器话筒急迫地说了些什么。格拉玛提卡斯默默等待，稍微有些眩晕。他逐渐意识到了可怕的事实，今天早上，并非只有密教和阿尔法军团在玩弄手段。

通话完毕之后，舍尔看着格拉玛提卡斯。"我们得走了。"他说，"我们要离开这里。"

"怎么回事？"

"和我担心的一样糟。整个城市都变安静了，诺斯人识破了你，又拿你当作诱饵把我们钓了出来。"

"我非常抱歉。"格拉玛提卡斯说。

"你的道歉恐怕没什么用，来吧。"

脚步声从外面的客厅传来。房门打开，走进来三个人。其中两位是普通人类，身穿链甲衫，戴着面罩，手里握着粗制的激光卡宾枪。第三个人的装束不一样，他手持爆矢枪，是个经过基因改造的巨型战士。

"我们要离开这座房子。"那个巨人告诉舍尔，"就是这个浑蛋搞砸了我们的行动？"

不等舍尔确认，巨人就转过身向格拉玛提卡斯逼近。

"别动他，赫佐格！求你了，长官！"舍尔高声说，"他很有价值，佩克让我守着他，保证他的安全。"

"真可惜这只耗子不能保证我们的安全。"巨人低吼道，"行吧，我们出发，跑起来。"

他们将格拉玛提卡斯夹在中间，快步沿着走廊向外走。格拉玛提卡斯虽然惊恐万分，但依旧在脑海中开始分析刚刚接收到的信息。显然，那个巨人叫赫佐格。格拉玛提卡斯可以察觉出阿斯塔特的气息。另外两名穿着链甲衫的普通人类则让格拉玛提卡斯意识到，"阿尔法军团"确实会利用任何非星际战士的特工，不仅仅局限于舍尔这种天赋异禀的灵能者。舍尔是怎么说的来着，"阿尔法军团"会运用一切工具来完成任务。格拉玛提卡斯冒险施展灵能，迅速窥探了那两人的表层意识，发现他们是帝国军队的士兵，不过他们的生物特征中存在一些绝对属于非标准化范畴的元素。他不敢过于深入地探查。

舍尔还说过另一句话："佩克让我守着他，保证他的安全。"他所指的想必是先前身穿盔甲的巨人，但那个阿斯塔特自称阿尔法瑞斯。又是谎言吗？这些名字到底是什么情况？

他们走到了房屋的底层。赫佐格抬起一只手，准备激活他的通信器。

百叶窗突然接连被掀开。一扇扇窗户暴露出来，炽热而灼目的阳光洒进这间密闭的屋子。每一扇百叶窗被骤然扯开的时候，格拉玛提卡斯都不禁微微抽搐，他感觉这种现象跟灵能有关。三只小小的绿色蜥蜴从窗框的缝隙中钻了进来。

"该死。"赫佐格咕哝道。

更多蜥蜴爬了进来，如同流水般涌下窗台，伴随"啪嗒"的轻响落在地上。在区区五秒之内，他们眼看着成千上万条蜥蜴汇作一股洪流，穿过窗框和门缝冲进屋子，仿佛是从手推车里被猛地倾倒出来的。

"后退！上楼！"赫佐格命令道。

他们冲上楼梯。众人身后的蜥蜴狂潮迅速淹没了客厅地板，接着就像一条抗拒重力的河流般沿着楼梯向上涌动。

格拉玛提卡斯能够感觉到空气中浓重的恶意，能够品味到一股四处弥漫的炽热怒火，这意味着存在一位强大而愤怒的灵能者。"我们有麻烦了。"他低语道。其余人都没有理会，唯独舍尔瞥了他一眼。

格拉玛提卡斯忽然间看到了舍尔的面孔，那是一张英俊、年轻而惊恐的脸。舍尔过于慌乱，无法专心维持自己的灵能面罩。

蜥蜴河流也从建筑上层的窗户里泼洒进来。一楼的百叶窗已经被全部破坏，小小的蛇形躯体在包裹防尘布的家具周围涌动，直到覆盖住整片地板。

"真见鬼。"其中一个身穿链甲衫的特工惊呼。

"二楼！"赫佐格命令道，"走桥！"

赫佐格的心灵被当前的危急情况干扰了。格拉玛提卡斯窥视对方的表层思维，看到他刚刚提及的是一座通往相邻建筑的砖桥。他拔腿狂奔，所有人都开始狂奔。在他们身后，无数蜥蜴组成的汹涌浪潮淹没了整间客厅，唯一的响动就是那十亿只带吸盘的脚在爬行时发出的声响。

在阿斯塔特的带领下，众人跑到了二楼。蜥蜴之潮已经涌上墙壁，匍匐爬动着的躯体覆盖了天花板。

"阿库司！拖延住它们！"赫佐格大喊。

"为什么是我？"名为阿库司的特工哀号道。

"照办就是了，大幅度射击！"

那名特工转过身，将他的卡宾枪调整到最大光束宽度。他开始射击，用低能激光横扫走廊，将地毯般的蜥蜴群纷纷烧焦。飘散着青烟的细小尸体从天花板和墙壁上掉落。手工绘制的壁纸也泛黑了。

阿库司不停地射击，烤熟了成千上万个扭动爬行的躯体，他快速转换目标，逐一击退蜥蜴巨浪的若干潮头。

但那远远不够，永远都不会够。它们还是冲到了近处，沿着阿库司的双腿爬了上去，直到覆盖住他的全身。他惨叫起来，在无数绿色躯体的包裹和啮咬下疯狂地挥舞手臂。他失去平衡，从楼梯上摔落下去，坠入了蜥蜴的海洋。在几秒之内，他就消失不见，被那翻滚涌动着的绿色波涛彻底吞没。

赫佐格对于阿库司的凄惨下场不予理会，沿着走廊继续奔跑，老旧的地板在他重重的脚步下吱嘎乱叫。他跑到一扇门前，停下脚步，准备把它踢开。

但房门却从另一个方向被率先撞碎，让他措手不及地退后几步。一张足有两米长的巨口从破碎的门框里探了进来。舍尔惊叫一声。

那是一头硕大无比的鳄鱼，这种体型的巨兽完全没理由出现在一座民房的二楼。它蛮横地挤了进来，硕大的头颅左右摇摆。那披覆鳞甲的巨型躯体和粗长尾巴遮盖了整座砖桥，一直延伸到对面的屋子里。整座建筑都在它惊人的重量下晃动起来。

赫佐格从巨兽面前奋力避开。舍尔后退了几步，踩到了脚下乱窜的蜥蜴，不慎滑倒。格拉玛提卡斯伸手抓住舍尔，把对方拽了起来，将在灵能者袍上乱爬乱咬的小家伙们拍掉。

剩下的那名特工向不断逼近的巨鳄开了两枪。鳄鱼猛扑上来，伸展着覆满白色鳞甲的脖子，像饮水的牛马一样探出脑袋，一口咬住特工。它"V"形的巨颚猛力甩动，将厉声哀号的凡人如同破损的玩具般撕成了碎片。

躺在地上的赫佐格用爆矢枪打爆了鳄鱼的一只眼睛。巨兽在痛苦中癫狂地扭动，用庞大的身躯反复撞击砖桥和走廊的墙壁，震碎了一块块彩陶，撼动着整座房子。特工破碎的尸体从那张巨口里掉了出来。它又探出头，猛然闭合双颚，咬住了赫佐格的腿。锁甲铁环在刀刃利齿的啃噬下迅速断裂脱落。

赫佐格大吼起来。

格拉玛提卡斯之前从来没有听过一个阿斯塔特的痛苦吼叫。他也不想再听第二次。他把舍尔推到爬满蜥蜴的墙上，调整了一下自己的戒指。这枚属于古老种族的微型武器是来自盖赫特的礼物。

他启动了武器。一道明亮灼目的蓝色光束激射而出，炸碎了那头鳄鱼的脑袋。

"快走！"格拉玛提卡斯喊道。

赫佐格从那恐怖巨兽的双颚中抽出腿，站起身来，他一瘸一拐地带领格拉玛提卡斯和舍尔穿越砖桥。他们不得不从那具大得让人费解的鳄鱼尸体上爬过去。它还在抽搐。

他们来到了相邻房屋的楼梯，开始向下走。赫佐格的腿被鳄鱼的利齿撕裂了，步态已经有些不稳。他们能听到身后蜥蜴潮的涌动声。一些绿色躯体已经开始出现在他们的头顶，沿着天花板快速奔窜，像水滴般洒落在他们周围的台阶上。

"你是从哪里弄到的？"赫佐格对格拉玛提卡斯喊道。

"弄到什么？"

"那件武器！"

"重要吗？"

"你之前可以用在我们身上的。"舍尔说着与格拉玛提卡斯并排跑下楼梯。

"但事实是我没有攻击你们，这或许能够说明我的态度。"格拉玛提卡斯回答。

他们推开了通往街道的大门，埋头冲进明亮阳光与激烈枪战之中。两个身穿紫色盔甲的阿斯塔特——格拉玛提卡斯很确定其中一人就是审问过他的那个家伙——正在隔着一条尘土飞扬的街道与对面的诺斯士兵交火。大群厉声嘶吼的诺斯平民一边督促士兵作战，一边向自己的敌人投掷石块和其余杂物。六名特工负责支援以寡敌众的阿斯塔特，他们穿着链甲衫，面孔都被防沙面罩遮挡住了。激光和子弹在这条狭窄的街道中穿梭。

"佩克？"赫佐格喊道。

那个身披盔甲的巨人转过头来。所以说，他不是阿尔法瑞斯，格拉玛提卡斯心想，除非"佩克"是某种密教所不了解的昵称或别名。

"离开这里，赫佐格！"佩克高喊，"我们挡住他们，之后尽快与你们会合！"

"为了帝皇，佩克！"赫佐格吼道，他停下脚步用爆矢枪朝敌人扫射了一阵。

"我们走！"他转身对舍尔和格拉玛提卡斯说。

他们继续跑了起来，踏过阳光暴晒下的石板路，身后那场枪战的轰鸣在高高的墙壁间回荡。

"我们要去哪里?"格拉玛提卡斯鼓起勇气问。

"去安全的地方。"赫佐格回答,他还是一瘸一拐的。

"我不认为这座城市里还有什么安全的地方。"舍尔低哼道。

"我觉得也是。"赫佐格表示同意,"这要多谢他。"他瞪了格拉玛提卡斯一眼。

"那又不是我干的。"格拉玛提卡斯一边奔跑一边辩解。他突然停下脚步,再次捕捉到了那令人全身抽搐、肠胃翻滚的灵能活动。

舍尔也感觉到了。"什——"他开口说。

他们面前的街道突然分崩离析,仿佛被一场大地震从中撕裂。石板散乱横陈,碎石如同冰雹般漫天洒落。他们眼睁睁地看着一头硕大的巨蜥从地下匍匐爬出,用那雄伟的躯体拱起了开裂的街道,砖块、碎石和泥土在它的横冲直撞之下四处飞溅。它的头颅足有逃生舱那般大小,令人费解的巨大双颚之间探出一条干燥细长的分叉舌头,和诺斯人的丝绸一样是粉色的。巨蜥全身披着鲜红的鳞片。他们能闻见怪兽嘴里浓烈的腐臭,能感觉到它沉重的脚步所带来的明显震颤。

"此处有龙。"格拉玛提卡斯低语道。

"什么?"舍尔高喊。

此处有龙。这不再是一句没有实际意义的古老警告,不再是人类对于黑暗角落那种莫名恐惧的缩影。龙是真实存在的,绝非古旧地图上的模糊描写。

格拉玛提卡斯能够看透那个异常硕大的躯体,那些鳞片和血肉。这具爬行动物的巨型躯壳只不过是它主动或被迫伪装自己的假象罢了,他能够看到它的内核本质,那颗充满了纯粹怒火的恶魔之心。

赫佐格立刻开火,将一发发爆矢弹轰进怪兽的头颅。它的巨口鲜血飞溅,有几颗利齿也被崩落。那头巨蜥猛扑上来。

舍尔尖叫着施展出他的火能天赋,狂野舞动的炽焰洪流在巨蜥的后背和身侧席卷而过。巨蜥的鳞片被迅速烤焦,它开始疯狂扭动。烈焰在它的全身肆意延烧,将它裹在一团辉煌灼目的狱火之中。熊熊燃烧的巨兽狂舞身躯,愤怒地抽打着硕大的尾巴,砸向周围的房屋,让破碎的砖石和干燥的泥浆汇作一股洪流,以雷霆之势倾泻而下。

飞扬的尘埃汇集在半空,如同墙壁般厚重。格拉玛提卡斯看不到赫佐格

诺斯巨撕恶龙破土而出

或舍尔的身影，他开始狂奔。在他的身后，那头惨遭焚化的巨蜥在濒死之际发出的巨响依旧回荡不息，仿佛整座城市都要被它拆毁。

格拉玛提卡斯没有停下脚步，他没有回头看。

第五章

孟罗港，三天之后

"为什么那座城市在尖叫？"纳玛特吉拉问道。没人能回答这个问题，也没人能回答下一个问题。"为什么这场进攻变成了彻头彻尾的闹剧？有人能说说看吗？"

孟罗港前线部队的高级将领们惶恐不安地挪动身体。纳玛特吉拉把他们召唤到宫殿里最大的这间会议厅，而他们则小心谨慎地回避着他的怒火。总司令纳玛特吉拉的暴脾气是大家都公认的。

同时，他在伟大远征中的丰功伟绩也是广为人知的：一百零三场大获成功的归顺战役，其中最近的二十四场都是他率领 670 号远征舰队实现的。诺斯星球战本该顺理成章地扮演这支舰队的第二十五场胜利，成为 670-25 星球，成为被这支舰队纳入帝国版图的第二十五个世界。

但现在看来，这个预想中的成就已经岌岌可危了。

纳玛特吉拉身材高大，有着令旁人艳羡的英俊容貌，他那张充满英雄气概的高贵面孔仿佛脱胎于经典雕塑，而他黝黑的皮肤则亮得像能反光一样。在深蓝色的制服外面，他还穿着一件内置铬板的大衣，乌黑的马靴上装有华丽的铬制马刺，一袭及地的彩绸披风搭在他的手臂上。他旁边的一名士兵如同对待圣物般饱含敬意地捧着总司令的毛皮军帽。

那位久经沙场的老兵属于令人畏惧的路西法黑卫，这个名号源自他们漆黑的衣甲。路西法黑卫是一支来自伊斯齐亚的精锐部队，无论悠久历史还是光辉成就都足以比肩古老百团的众多成员，但他们已经步入绝境。他们的大部分兵力都在统一战争中折损殆尽，并且由于缺乏基诺 52 千连团那样稳固的组织结构，路西法黑卫一直没能恢复往日的规模。在伟大远征中，他们更多地扮演着仪式性的角色，为纳玛特吉拉这样出类拔萃的指挥官担任私人卫队。

另外五名路西法黑卫站在指挥官身后，手掌都搭着剑柄。其中一人高高举起缀满纯金勋章和各色奖牌的旗帜，展示出纳玛特吉拉的光辉战绩。另一人手握金链,牵着总司令的袋狼宠物,那只高贵猛兽红褐色的毛皮上长着斑点和条纹。

"有人来说说看吗?"纳玛特吉拉又问。

房间里共有近百名军官,这些高级指挥官统领着被派往孟罗港的大约七十五万人的军队。二十多位上校代表基诺52千连团出席,她们神情严肃地站在身穿各色制服的军官之间,其中包括赞吉巴瑞兵团、辛德新月第6团、奥崔玛团和瑞格诺特荆刺团的指挥官,以及后勤和侦察部队的众多代表。似乎没有人愿意冒险做出任何答复。

站在人群后方的霍楠·穆仔细观察着总司令,她前一天才带领着从乌潭镇胜利中解放出来的基诺部队抵达孟罗港。她恰好见证了孟罗港的战斗转变成一场令人沮丧的灾难,她对于纳玛特吉拉没有把怒火转向自己而感到庆幸。孟罗港发生的一切都与她无关。

而尼丁·戴夫就比较可怜了。在穆的印象里,这位赞吉巴瑞兵团的少将是个令人敬佩的战士,但孟罗港战场的指挥权恰恰落在了他的手里。

纳玛特吉拉盯着戴夫。"少将?"他问道,"有什么要说的吗?"

一阵静默。滕·纳玛特吉拉总司令很少亲临战场,通常只有在归顺战役最终胜利的庆功宴上才会出现。他习惯于在星球轨道运筹帷幄。如今他冒着遭遇不测的风险,亲自来到地表,其意义之重大可见一斑。

"不,大人。"戴夫说,"我没有要说的。"

"真的?"

"是的,大人。我能够说的,您已经都知道了。"

霍楠·穆眯起眼睛,十分佩服尼丁·戴夫的胆色。她有很多次目睹各级军官在上司面前失态、哀叫、找借口。但是戴夫丝毫没有表现出为自己开脱的意思,他勇敢地直面一切后果。

纳玛特吉拉盯着那位少将。戴夫站得笔直,双目乌黑而明亮,就像他用来固定带刺头盔的那条紧绷的皮带一样。始终面无表情的戴夫用右手将自己的军刀抽出一半,左手抓住刀鞘的顶端,等待上级的命令。戴夫的行为表明,只要总司令点头,他就会用紧握在手中的刀鞘把利刃折断,向所有人彰示自己的失败和失职,永远剥夺自己的军阶和权力。这个决定需要过人的勇气。

"以后再说吧,戴夫少将。"纳玛特吉拉轻描淡写地说。戴夫收回了自己的军刀。总司令迈步前行，齐聚一堂的军官们匆忙闪开，给他让路。他从人群中间穿过，走向房间远端的窗户。他的路西法黑卫紧随其后，那头巡行猎犬般的纤瘦袋狼也跟着他，它那掠食者的长嘴里垂着一条舌头。

"八个月，"纳玛特吉拉边走边说，"我们在这个世界艰苦奋战了八个月，然而那些使用巫术的畜生还在阻挠我们。当乌潭镇陷落的时候，我本以为我们终于打开了局面，我本以为我们终于能够从他们僵死的手掌里夺取胜利了。但现在，这简直是胡闹。我们简直是倒退了一步，不，倒退了十步。这场该死的战争就像是刚刚开始一样。泰拉在上，它已经让我们损失惨重了。我们作出了牺牲，我们损失了士兵，我们耗费了时间。他们只是些愚昧蛮族！这一切本该在两个星期之内就结束的！"

他走到房间中央，停下脚步。路西法黑卫立刻在他的身边站定，目视前方。那头袋狼踱远几步，抻直了它的金链子，坐在地上。纳玛特吉拉缓缓转身，扫视着聚集在周围的众多军官。

"近日，"他严肃地说，"我非常荣幸地和首席原体进行了通信交流。你们有谁知道荷鲁斯大人身在何处吗？"

没有人回答。

"我来告诉你们，"纳玛特吉拉说，"伟大的狼神目前在一个名叫乌兰诺的星球上战斗，他奋战在我们无比光辉的帝皇身边。他们正在为了人类的未来，携手并肩与绿皮兽人开战。那些野蛮怪物的庞大数量前所未有，而帝皇面对它们的挑战迎难而上。你们能想象到吗，乌兰诺之战可能会成为我们崭新帝国历史上最重要的一场战争。假以时日，我们可能会将乌兰诺视为伟大远征的关键转折点，是人类对广袤太空确立统治权的关键时刻，是异形敌人夹起尾巴逃跑、并且永不回头的时刻。"

纳玛特吉拉略作停顿，他缓缓转身，用饱含激情的双眼注视着所有人。"而就在那如火如荼的战事之中，首席原体抽出时间来联系伟大远征的诸位指挥官，检查大家的成果，鼓舞大家的士气。我要怎么回应他？我，要怎么，回应他？'祝您和绿皮兽人的战斗好运，我们在一群低等野人这里遇到了大麻烦？'"

他的话语在房间里回荡。他抬起手臂，指着天花板。"在那里，以人类的名义开展的不朽战役正在上演，群星都被帝皇的浩荡声威所震撼。而这就是我们最好的成绩？"

他继续踱步，走到了窗户前方。这间会议厅位于宫殿高层，能够清楚地展望孟罗港的全貌。

军官们聚集在他的身后。即便隔着这样的距离，远方那座城市的尖叫也清晰可闻。

根据霍楠·穆手头的消息，那座港口城市在三天前的凌晨爆发了异象。在半个小时之内，围攻此地的部队就全都意识到有重大事件正在发生。黑暗的云层密布在孟罗港上方，如同火山苏醒时喷发的烟尘一样。狂风骤起，奇怪的是，虽然风势很大，广阔天空上的乌云却只是缓缓飘移，仿佛这个星球的自转方向彻底掉转了。舰队的所有星语者都无法与外界联络，有些还突发昏厥和休克。传说一股强大的灵能力量出现在了孟罗港，盘踞在诺斯人最后的壁垒里。

那座城市里有什么存在发出了无比尖厉的号叫，无论是驻扎在城外的普通士兵，还是舰队里那些精神受创的灵能者，都能用耳朵或者在脑海中听到它。那种尖叫既是寻常的声音，也是某种灵能波动，听起来就像是炼狱罪人的剧痛嘶吼。

所有人都受到了影响，诸位上校和她们的侍从尤其难受。通信频道遭到干扰，很多作战单位也精神紧张，军纪涣散。起初，戴夫少将认为某种灾难降临在了那座城市，因此下令发动突袭，打算充分利用良机。但那场进攻被迫取消，因为很大一部分参与围攻的部队都拒绝前进。

还有更多谣言：大群蜥蜴和青蛙出现在城市下水道的排水口附近，褪下的蛇皮如同雪花般被吹到了帝国阵地里。侦察兵声称看到了巨大的蜥蜴状生物在城市周围的沙尘暴中移动。轨道扫描显示孟罗港所处的盆地在一夜之间变成了粉色，可能是源于某种藻类的爆发性生长，而且这种粉色区域正在从港口向海面扩散。

怪事不绝，那震耳欲聋的尖叫也从未停息。

走出会议厅之后，纳玛特吉拉返回了他的私人房间。他留下了一名路西法黑卫，负责宣读他打算与之会谈的一串人名。

"注意！尼丁·戴夫少将，"那名黑卫用浑厚的伊斯齐亚口音高声说道，"辛哈·门奈什上校，侬戴·普利亚上校，阿蒙·耶维斯机长，卢克萨娜·赛义德上校，霍楠·穆上校。"

霍楠·穆愣在原地。什么？

"你知道这是关于什么事吗？"霍楠·穆问道，她和卢克萨娜一起沿着长廊匆匆走向总司令的房间。由于一直在不同的战场上作战，她们之间并不是很熟悉。比起身材修长的卢克萨娜，霍楠要矮小得多，也年轻得多。她的洞察力更强大，因此她会无意识地对卢克萨娜产生些许轻蔑。毕竟卢克萨娜上校已经走到了指挥生涯的尽头，洞察力也已渐削弱。对霍楠·穆而言，卢克萨娜代表着所有上校都无法躲避的脆弱命运。

"我一点都不知道，穆。"卢克萨娜回答。

"不过情况真是够糟的，对吧？"霍楠·穆说，她快走几步赶上了卢克萨娜。

"哦，确实够糟的，不过我听说你在乌潭镇取得了一些进展？"

霍楠·穆耸耸肩。"我运气不错。"

"跟我说说这运气指的是什么，姐妹。"

霍楠·穆抬头看了看卢克萨娜，卢克萨娜的强势面孔几乎完全被长长的金发遮挡住了。

"那恐怕是机密。"霍楠回答。

她们分别让自己的侍从在前厅等待。走廊的尽头，一名神情严峻的路西法黑卫打开身后的房门，将她们领进总司令的套房。纳玛特吉拉坐在一张低矮的沙发上，身边散落着大堆数据板和报告。那头袋狼卧在他的脚边，他用手指抓挠着野兽的脑门和脖子，它仰起头来，发出了心满意足的呼噜声。戴夫少将就像遭到训斥的小学生一样躲在一旁。路西法黑卫们肃立于房间四周。

当两位基诺上校抵达的时候，眉头紧锁的阿蒙·耶维斯机长正准备返回泰坦军团。门奈什上校和普利亚上校则一同立正站好，承受着纳玛特吉拉怒火的鞭答。

"太差劲了。"纳玛特吉拉说，"先生们，太差劲了。你们的部队士气崩溃，拒绝执行明确的指令。给我拿出一点该死的纪律！"

"是，长官。"两人咕哝道。

"正经纪律！你们听到了吗？你们听到了吗？我打算干净利落地了结这场

战役，当它即将了结的时候，我需要你们的人二话不说地冲进去把敌人干掉。我让你们前进，你们就得前进！不要像辜负戴夫一样再辜负我。"

"是，长官。"

"从我眼前滚开。"

两位军官落荒而逃。那头袋狼张开大嘴，慵懒地打了个哈欠。纳玛特吉拉仔细看了看一名路西法黑卫递给他的资料板，之后抬起头。

"上校们，"他微笑道，"走近些。"

她们并肩前进几步。

"首先，"总司令说，"我想要确认一下整体情况。卢克萨娜，我听说你负责孟罗港的侦察和监视工作？"

"的确是我负责，长官。"

"你派了侦察员在外边？"

"是的，总司令。"卢克萨娜说，"大部分都是远距离监控人员。"

纳玛特吉拉查看数据板。"但是在这场闹剧爆发的当天早上，至少有一名你手下的情报军官在孟罗港里？"他朝窗户的方向随意摆了摆手。

卢克萨娜抿起嘴唇，低下头。"是的，长官。孔尼格·汉尼克尔。"

"汉尼克尔？嗯，我知道他，他是个可靠的人。后来怎么样？"

"他之前已经乔装渗透过那座城市一次，长官，随后向我提交了报告。他带来的情报很有价值。那天凌晨他再次展开渗透，前去搜集关于客纳尔区北部城墙的驻防信息，他没能回来。"

"唉，我明白了。"总司令叹息道，"谢谢你，卢克萨娜上校。"

霍楠·穆突然绷紧身体。上校之间的洞察链接从来都不强，更不用说一个已到风烛残年的老兵和一个刚刚崭露头角的新人之间了，但霍楠·穆还是察觉到一种堵塞心扉的湿润感受。卢克萨娜在撒谎，或者在隐瞒真相。

她看着卢克萨娜。而卢克萨娜没有回应她的目光，只是转过身去准备离开。

"不如你留下吧，卢克萨娜上校。"纳玛特吉拉盼咐道，"接下来的事情你早晚也会知道。"

他看着霍楠·穆。"霍楠上校，我要对你表示祝贺。当然，你掌握了一些其他人并不了解的情况。告诉他们吧，因为很快就要公开了。"

霍楠·穆清了清嗓子。"乌潭镇的胜利要归功于'阿尔法军团'阿斯塔特的秘密介入。"

戴夫少将张大了嘴巴，卢克萨娜惊讶地眨着眼睛。

"没错，阿斯塔特已经派遣部队来协助我们了。"纳玛特吉拉说，"非常及时。阿尔法瑞斯大人决定帮助我们摆脱困境。我们明天将和他会面，公开会面。"

纳玛特吉拉站起身看着众人。"在传递给我的信息里，阿尔法瑞斯大人表示首席原体亲自督促'阿尔法军团'前来协助这场归顺战争。而且他已经知晓了诺斯人能够抵抗传统攻击手段的情况，并且宣称他们掌握特殊技术，可以抵消那些令人厌恶的诺斯妖法。看来这些技术已经在乌潭镇生效了。霍楠上校亲眼所见，希望他们在这里也能取得成功。"

纳玛特吉拉转身看着戴夫少将。"所以你大可放心，戴夫。"他讥笑道，"阿斯塔特来拯救你的声誉了。"

"我可以照顾好自己的声誉，谢谢，长官。"戴夫回答。

"说得不错。穆，你是唯一与'阿尔法军团'面对面交流过的人，你有何看法？"

"我发现他们的行动非常高效，长官。"霍楠回答，"毕竟，他们是阿斯塔特。"

纳玛特吉拉点点头，但显得并不满意。"我忍不住盼望，"他说道，"来帮助我们的是另一支军团。早期的军团之一，那些老家伙。阿尔法瑞斯大人和他的战士们相对而言是新手，只有几十年的作战经验。我知道，我知道，他们毕竟是阿斯塔特，而伟大的帝皇既然创造了一支军团，就必定对于这支军团的能力拥有万全的把握，但是……"

"让您不放心的究竟是什么，长官？"霍楠问道。

纳玛特吉拉皱起眉头。"他们和其余军团不一样，他们的作战方式和其余军团不一样，他们的战术最为阴险狡诈。基里曼大人不止一次对我说过，他认为'阿尔法军团'手段低劣，缺乏荣誉感。他们诡谲毒辣，喜欢故弄玄虚。"

"或许，"戴夫提出，"荷鲁斯大人恰恰因此认定他们是最适合加入这场诡异战争的军团？"

纳玛特吉拉点点头。"或许吧。我只知道，在我们得到任何消息之前，他们早就已经秘密地在这里展开行动了。你们有谁听说过哪个总司令乐意让别人插手自己的战事，而完全不经过他的邀请、探讨或者准许？"

"他们在您不知情的条件下擅自介入，"戴夫回答，"显然有失尊敬，长官。"

"该死的尊敬！"纳玛特吉拉说，"我的整体战略要怎么办？如果我都不知道一支部队可能遭遇什么情况，我要如何正确地规划整场战争？可能产生的冲突和误解是我无法接受的。这已经堪称暗中操纵了，而那正是'阿尔法军团'的特色。我不喜欢被人玩弄于股掌之中。"

他坐下来，盯着袋狼沉吟道："这件事让我重新开始审视整个迷局了。希望我不会发现，一旦'阿尔法军团'介入到我的战争里，所有事情就飞快地变得一团糟。"

有很多准备工作要进行。总司令遣散了他们，戴夫少将和两位上校一起走出房间。

"狄纳斯？"当房门在三位军官身后关闭的时候，纳玛特吉拉呼唤道。

一名路西法黑卫迅速来到他身旁。这些黑衣卫士轻捷的步伐异于常人，像猫科动物一样优雅而无声。袋狼立刻站起身，从此人面前躲开，仿佛认出了族群的首领。

"卢克萨娜上校？"黑卫问道。

纳玛特吉拉微笑起来。"你也察觉到了？"

狄纳斯·柴恩和房间里的其余路西法黑卫看似毫无区别。这支特种部队并不使用醒目的肩章或徽记来显示军阶高低。冲突年代晚期出现了很多如蜉蝣般短命的作战部队，只有对它们非常熟悉的人才能辨认出来。狄纳斯左边肩甲上的三道花纹代表着他的上尉军衔。

"她的肢体语言很明显，长官。"柴恩说，"僵直的头颅，还有双脚的位置。"

"她有所隐瞒？"

"毫无疑问。"

纳玛特吉拉点点头。"是的，我也这么认为，派人监视她。这是个严峻的时刻，狄纳斯，我们必须警惕自己的影子。"

"我们的影子里还有影子，长官。"柴恩用一句古老的伊斯齐亚谚语回答，这场战争已经变成了误导与欺骗的对决，"我们操纵别人，反过来也受人操纵。"

总司令哀伤地摇了摇头。"我倒是宁愿避免后者，查清楚她。"

"上校？"

卢克萨娜停下脚步，转过头。宫殿的通道里挤满了在此集合的士兵和端着食物的仆从。一个机仆正在点亮夜灯。霍楠·穆站在卢克萨娜身后几步之外盯着她。

"还有别的事吗，穆？"卢克萨娜问道。

"我为你损失了一位优秀的探员感到惋惜。"穆说。

"我也是。"

"一切都……都还好吗？"霍楠·穆问。

"你的意思是？"

霍楠·穆耸耸肩。"我们并不熟，上校，但我是你的朋友。刚才我感觉到你有些紧张。"

卢克萨娜伸手把自己的长直金发拢到耳朵后面。"我们去面见了怒气冲天的总司令，上校。我觉得紧张是不可避免的。"

穆点点头。

"你在怀疑我什么吗？"卢克萨娜问。

"当然不。我只是想提供帮助，上校与上校之间的，如果你需要的话。"

"不必了。不过，谢谢你。"

她们相互点点头。

"那么，明天见。"

"明天见。"

霍楠·穆站在原地，看着卢克萨娜消失在人流中。随后她也转身去与侍从们会合。

她一走进房间，大家就像饥饿的雏鸟一样围了上来，同时张口发问。

"安静！"穆命令道。

"发生什么了？"奈芙缇问。

"总司令都说了什么？"佳妮急于知道细节。

"安静！"穆重复道，同时用洞察力发出一道严厉的命令。她们顿时都不再出声。

"提芬妮？"穆说道。最年长的那名金发侍从兴奋地抬起头。

"是，上校？"

"去给我把布恩找来。"

"布恩？真的吗，上校？"

"照我说的做，女孩。"穆厉声说。提芬妮赶紧冲了出去，关上了身后的房门。其余侍从开始交头接耳。

"我绝不会眼看着千连团蒙羞，"穆心想，"我绝不允许。如果我们内部出了问题，我就要把它消灭在萌芽状态。基诺52千连团是古老百团的骄傲成员，完全有能力清理门户。我不会坐等外人来净化我们的污点。"

"上校？"佳妮喊道。

"什么事？"

"有一位少校在等着见你，他已经等了三个小时。"

"少校？哪个少校？"穆问道。

"'舞者'的索耐卡。"佳妮回答。

穆的侍从让索耐卡待在一个房间等待接见。穆走了进去。灯芯草蜡烛的烛火在墙上的支架里闪动，芳香的树脂在小碗里徐徐燃烧。百叶窗被打开了，属于夜晚的冷冽而清新的空气吹了进来。透过窗户，穆能够看到孟罗港的遥远剪影在黑暗中闪烁。那尖叫声的沉闷回响乘着夜风传入耳中。

"佩托。"她说。

对方从一个低矮的沙发上站起身。他已经稍微收拾了一下自己，但明显消瘦的身体和胡子拉碴的面孔无从掩饰。他的衣服残缺而破旧，身上披着一件别人拿给他的非制式帆布夹克。

"上校。"他点点头。

穆径直走了过去，将他一把抱住，她小小的臂膀只能勉强环绕住他的上臂。

"天，我以为你死了！"她把头埋在对方胸口哭喊道。

"我也是。"索耐卡说。

穆退后一步看着他。"我听说卡特镇的事情完全是屠杀！一场突袭……他们说没有人从诺斯人的伏击中逃出来。"

"基本上没有人。"索耐卡回答，"我运气很好。我和朗、沙尔，还有另外十几个人一起冲了出来。那是一段可怕的经历，我们……"

他略加停顿。"我们一直都在生死边缘。我们逃进了镇子后方的山区，躲了一天一夜，在整个区域安静下来之后我们才敢出来。诺斯人已经走了。我们能找到的所有人都被杀了，之后我们徒步走到668号地点，在那里弄了辆车回来。"

穆坐到沙发上，用灵能探知门外。奈芙缇马上走了进来。

"食物和酒，马上。"穆命令道。

奈芙缇快步走出去，执行上校交代的任务。

"他们已经给我提供过食物了，霍楠。"索耐卡说着坐在她对面。

"你肯定饿了，你还得再吃点。"她回答，"你刚才说朗和沙尔也活着？"

索耐卡点点头。"他们两个，还有八个士兵。我们失去了阿提斯、盖兹，其余所有上尉。那是一场可怕的屠杀。"

他用完好的手掌抹了抹嘴巴，脸上噙着微微颤抖的苦涩笑容。"上校，恐怕'舞者'已经跳完了他们的最后一支舞。"

穆垂下头。"至少你还活着。"

"是啊。"

索耐卡深吸一口气，盯着她。"那具尸体怎么样了，霍楠？"他悄声问道。

"什么？"

"那具尸体。"

她迟疑了片刻。"我不知道你在说什么，佩托。"

索耐卡皱起眉头。"你知道的，就是布朗兹在345号地点用加密通信汇报给你的那件事。"

"通信？什么时候？"

他眯起眼睛。"一周之前，就在那场屠杀的前一天。赫塔多·布朗兹在加密频道里和你对话了好几分钟。"

霍楠·穆神态谨慎地回应着他的目光。"我以帝皇的生命起誓，佩托，我完全不知道你在说什么，我没有接到过来自赫塔多的任何呼叫。"

她盯着索耐卡，仿佛他有些疯了。

佩托·索耐卡全身涌现出一种古怪的感觉，仿佛整个世界在将他慢慢吞没。近来的五天时间和地狱没什么两样，唯有一个念头让他挺了过来。

布朗兹的那句话——"我的王牌。"

"布朗兹在哪里？"索耐卡问道。

"听我说，"霍楠·穆说，"很不幸，我们显然在沟通方面出现了一些差异。

不如你从头再讲一遍发生了什么，佩托？"

"根本不是什么差异的问题，"索耐卡心想，"我们和你通话了，我在通信器里听到了你的声音，你是唯一知情的人。结果第二天卡特镇就遭到了屠戮，该死，这件事你也有份。"

房门在穆的身后被人打开。

"上校？你找我？"

穆转过头。弗兰科·布恩走进房间。他缓缓前行，对穆露出微笑，之后他认出了索耐卡，顿时惊讶地眨了眨眼睛。

"'舞者'少校？老天啊，我以为你死了呢，老兄！"

"显然没有。"索耐卡的脸上挤出一点笑容。弗兰科·布恩督军？他在这里干什么，除非……他也卷入了这件事。

"我们正聊着呢。"穆说，"佩托在给我讲他是怎么活过那场伏击的。"

"我也想听听。"布恩笑着说，"肯定有料啊，发生了什么，索耐卡？我听说相当血腥。"

他坐到霍楠·穆的身边，眼巴巴地盯着索耐卡。布恩体格健壮，鼻梁的弧度有如刀劈斧凿，下巴留着一小撮黑胡子。他是实验室的培育产物，但智力超群，而正是这种千连团基因库偶然随机产生的隔代遗传性状让他得以担任督军这一特殊角色。督军是千连团军纪的严格监督者，尤其注重规范行为和提振士气，并负责维持纪律和执行军法。在另一个年代里，布恩或许会被称为政治官员。

佩托·索耐卡认为是时候闭嘴了。

"确实很血腥，长官，但我在沙漠里待了很久。"他说，"我怀疑我有些饿得发昏，更别提上校的侍从们给我灌了好些酒。请见谅，我的状态实在很糟，我下次再给你讲那些经历。"

"佩托？"穆说道，"那另一件事呢？关于布朗兹还有什么尸体的事？"

索耐卡摇摇头。"抱歉，我觉得我可能有点糊涂了，我时不时就这样，朗知道的。我经常把梦说得像真事一样，我很疲劳，原谅我，上校，我需要睡眠。"

他站起身。"我去找个兵舍把这一切都睡过去。明天，我或许就能清醒多了。"

"佩托？你确定你没事吗？"她问道。

"祝你也睡个好觉，上校。"他说着带上了房门。

索耐卡沿着走廊离开。他再清醒不过了，他的整个世界长久以来毫无破绽，直到现在逐渐分崩离析。

他意识到自己暂时无法信任任何人。

"你愿意解释一下刚才究竟是怎么回事吗？"布恩在索耐卡离开之后问道。奈芙缇刚刚端进来一盘食物和酒，布恩给自己倒了一杯。

"我也不确定那是怎么回事。"霍楠·穆说，"我猜索耐卡是累得迷糊了，他刚才提到过布朗兹。"

布恩微笑道。"还有一具什么尸体，我记得。"

"是啊，完全不知所谓。那个可怜的家伙，他最近遭了太多罪。"

"所以你不是为了索耐卡的事来找我的？"布恩靠在沙发上喝着酒问道。

"完全不是。"

"到底是为什么呢？"

穆给他讲了卢克萨娜上校的事。

"她在用洞察力遮掩一些事情。"穆说道，"某种她不想让总司令知道的事情。如果千连团内部出了叛徒，我们就必须亲自解决，保全部队的荣誉，绝不能让情况泄露到外界。"

布恩点点头。

"你看起来并不吃惊，弗兰科。"

"自从我们抵达这个该死的星球，就一直有人在跟我们玩花招。"布恩说，"我早就感觉到了，所有督军都明白。这是叛乱，这是敌人运用诡计和暗算想从内部颠覆我们。叛乱就像冰山一样，真正的威胁都隐藏在表面之下。让我去调查吧，我会找出卢克萨娜上校隐瞒的事情。"

卢克萨娜回到自己的房间，把门锁上。她走进卧室，顿时僵立在原地。

约翰·格拉玛提卡斯缓缓垂下了瞄准她胸口的激光手枪。

"泰拉在上。"她低声说。

"抱歉。"

"我在为你玩命，孔尼格。"

"我知道。你没有告诉任何人吧？"

她做了个鬼脸。"没有。"

"没人知道我在这里？"

"没有！"

他点点头，坐在床尾，把手枪放到腿上。"我很抱歉，卢克萨娜。"

自从两天前趁着夜色溜进卢克萨娜的房间之后，他就经常说这句话。卢克萨娜面前的孔尼格·汉尼克尔蓬头垢面，并且因为某种他不愿提起的经历而心神不宁。他简短地告诉她，孟罗港出了问题，他被迫立刻抽身。他没有详细解释，只是说他的卧底身份被揭穿了，除她之外无法相信任何人。

"我觉得我一直都很有耐心，孔尼格。"她说。

格拉玛提卡斯抬起头看着她。"是的，当然是的。"

卢克萨娜耸耸肩。"这越来越像某种我不该做的事情。把你藏在这里，否认我知晓你的行踪……这像是背叛。"

"我明白。"格拉玛提卡斯知道自己向她提出了很多要求，他也十分歉疚地意识到，对方之所以成为他的盟友，完全是因为两人之间的亲密关系。她在用自己的前途冒险，她在用自己的生命冒险。他从来都没打算把她牵扯进来。他们之间的关系源于简单纯粹的相互吸引。他并不是为了利用她才接近她的。

"但你如今确实是在毫不犹豫地利用她，不是吗？"格拉玛提卡斯心想，他对自己的软弱厌恶极了。

他的直觉几乎在尖叫着催促他离开这里，脱离诺斯星球，遁入阴影。他可以在帝国舰队中的数个伪造身份之间跳跃，就像他当时渗透进来那样。但是那意味着彻底放弃任务，而他做不到，因为他知道这项任务至关重要。还有一丝机会。即便经历了局势的突变，他仍然处在一个能够完成使命的理想位置。只需要一点时间，从某位全力支持他的上校那里争取到一点时间，他就可以建立联系，将密教的计划变成现实。那无疑需要做出牺牲。格拉玛提卡斯想要确保卢克萨娜不会是牺牲品之一，他亏欠她太多了。

这就意味着他面前有三个选择：放弃任务并抽身离去，残酷无情地利用她，或是向她阐述实情。

"我隐藏不了你多久了，孔尼格。"她说。

"我知道。"

"你为什么不去找总司令？"

"我不能。"

"你什么时候才会告诉我，这究竟是怎么回事？"卢克萨娜问道。

格拉玛提卡斯站起身来，注视对方，仔细考虑自己的选择。

第六章

孟罗港,诺斯星球,一天之后

湛蓝的苍穹之下,黄褐色的大地尘土飞扬。在那颗恒星的光辉笼罩中,远征队的帝国大军整齐列队,空出一条走廊。一边是基诺52千连团和赞吉巴瑞兵团,另一边是奥崔玛团、辛德新月第6团和荆刺团。一排排全副武装的士兵以九十人为一列立正站好,各种标语和旌旗随风舞动。坦克与装甲运兵车高高抬起炮管以示敬意。号角声在晨风中回荡,鼓声毫不停歇。阿蒙·耶维斯机长的泰坦组成了高大雄伟的背景板,被诺斯星球冉冉升起的恒星照亮。

头顶上,天色愈发明朗。风声汇成一股蜥蜴嘶鸣般的呼啸。战鼓的轰响几乎淹没了十公里之外那座城市的尖叫。

纳玛特吉拉身披金甲,头颅周围环绕着由鸵鸟羽毛制成的环饰,几名奴仆在他身后托举着那条十米长的孔雀尾羽披风。化妆师在他的脸上精心涂抹的金色颜料凝固成了一副薄如蝉翼的面具。他双手各持一柄莫卧尔仪式武器,战锤和刺刃上镶嵌的无数珠宝反射着灿烂的阳光。两对机械手臂从他的盔甲上伸展出来,分别握着两把匕首和两柄细剑。长有六条臂膀的纳玛特吉拉恍若古印度传说中的死亡女神。

路西法黑卫环绕在总司令身边,他们长剑出鞘,保持着僵硬死板的防御姿态。那头袋狼卧在纳玛特吉拉脚下的尘土里,自顾自地舔着皮毛。这种源自斯里兰卡的有袋类猛兽属于早已灭绝的无数物种之一,是在统一年代借助DNA样品回溯而成的。纳玛特吉拉的宠物名叫塞伦迪普。它低垂双眼,兴趣索然地盯着燥热的大地。

披挂青铜战甲和红袍银盔的戴夫少将肃立在纳玛特吉拉右侧,手持钉头锤和长柄巨剑。旁边是辛德新月第6团的怀尔德领主,他那套白金甲胄上的红宝石和翡翠熠熠闪亮。怀尔德领主的机械义眼在白色塑钢面具背后发出幽幽绿光。他亲自举着第6团的旌旗,它长达四米,尾部镶嵌钻石,顶端是象征黑海的鎏金波纹。位列第三的是瑞格诺特荆刺团的卡什将军,他身上那套彩色仪式盔甲覆满了尖刺和曲刃，让他显得活像是一个化为人形的险恶陷阱。

纳玛特吉拉左边站着奥崔玛团的指挥官伊斯迈尔·舍拉德，那位先天的侏儒身穿暗灰色长袍，戴着一条钛合金头环。身材短小的他在军队中却拥有巨大的影响力，在泰拉的权力阶梯上也有一席之地。虽然奥崔玛团仅仅向纳玛特吉拉的远征队提供了五千名步兵，远不及千连团、新月团或荆刺团的贡献，他们却是整个帝国军队的中流砥柱，约占全军总人数的7%。

奥崔玛团的士兵几乎加入了所有的远征队，与舍拉德一样的侏儒总督们传承着同一个王朝的血脉，以他们的战略眼光和钢铁纪律而闻名天下。伟大的至高总督是舍拉德的叔叔，也是备受帝皇重视的臣子。舍拉德总督站在一块距离地面半米的悬浮碟上，他的长袍边缘被剪裁成了蝙蝠翅膀的样式，数名仆人分别拎起蝠翼的一角并微微拽紧，让舍拉德显得像要振翅冲天一般。

站在他身边的是统领基诺52千连团的斯丽·维特准将。她身穿一件赤红罩袍，周围站着十三名高阶上校，其中包括霍楠·穆和卢克萨娜·赛义德。

四十名机仆将一块随风舞动的白色华盖高举在远征队指挥层上方，遮挡着毒辣的阳光。

一架跨大气层飞行器从湛蓝的天空中俯冲下来，呼啸着掠过众人的头顶，在减速推进器的一阵嘶鸣声中降落在队列的末端。战鼓和号角随即停歇。除了华盖迎风摇摆的轻响和远方孟罗港的尖叫之外，场地里再没有其他声音。

一个身影从飞行器中出现，沿着队列向已经等待许久的指挥官们走来。

纳玛特吉拉点点头，顿时，这支声势浩荡的部队整齐划一地单膝跪下，各种旗帜都倾斜旗杆以示敬意。

那孤独的身影逐渐走近，穿过队列之间的沙地，不时向走廊两侧那些躬身行礼的士兵点头致意。来者身穿一套镶嵌银边的紫色盔甲，他比队伍中最魁梧的基诺士兵还要高上三分之一。

人群在震撼中保持着静默。那名阿斯塔特沿着整条队列花费了近八分钟时间才走到纳玛特吉拉面前。在这段像永恒般漫长的时间里，除了那名阿斯塔特之外，只有被微风吹拂的旗帜和天上缓缓飘移的云朵在动。

那名阿斯塔特在纳玛特吉拉及其余指挥官十米之外停住了脚步。他刻意放慢动作摘下左手的手甲，扔在炽热的沙地上。随后他解开头盔，也随手抛在了地上。头盔后的那个人，容貌英武，气势雄浑，皮肤是古铜色的，脑袋光洁无发。他的双眼如同碧蓝的天空一样明亮。

他用右手抽出短剑,将剑刃划过左掌。随后他把短剑扔在脚下,单膝跪地,向纳玛特吉拉伸出左手。殷红的鲜血从手掌上那道深深的伤口中洒进沙地。

"尊敬的大人,"他低垂头颅说道,"六百七十号远征队实至名归的主人,我和我的部队宣誓向您效忠,庄重承认您在此代表伟大的帝皇之意志。'阿尔法军团'的力量将会加入您的队伍中,我对此倍感荣耀。愿我们同心协力,击败强敌。为此,我以血为贡。"

纳玛特吉拉伸展出他的六条手臂,让路西法黑卫们接过他的武器。其中一名亲卫也摘下了纳玛特吉拉左手的金色手套。纳玛特吉拉走上前来,他的仆人松开手,让那件孔雀尾羽斗篷随风飘扬。他抬起左手,从卡什将军盔甲表面的一根尖刺上抹过,随即向那名俯首跪地的阿斯塔特伸出淌着血的手。

两只鲜血淋漓的手掌紧紧握在一起。

"我接受你的血贡。"纳玛特吉拉回应道,"并回报我的鲜血。远征队因为你们的加入而欢欣,欢迎你们。我是纳玛特吉拉,这是我的誓言,为了帝皇。"

两只手松开了。阿斯塔特站起身,他比总司令高大得多。

"我是阿尔法瑞斯,为了帝皇,大人。"

"你真的是吗?"格拉玛提卡斯喃喃自语。他位于两公里之外的那座砖墙宫殿,此时正趴在厨房区的一块平坦的屋顶上,用高倍望远镜远远窥探这场盛大的会面。他低身俯卧,小心地避开宫殿守卫的视线,他腰带上的干扰装置为他建立防线,阻挡住各种传感器和机仆的探查。

他手中这副工艺上乘的望远镜其实是灵族狙击枪的瞄准镜,又是一件来自密教的礼物。瞄准镜将清晰图像投射到他的眼睛里,仿佛他就站在纳玛特吉拉的身后。

当然,他没法在这样远的距离听到双方的对话,但作为一个高级灵语者,他能够读懂唇语。

我是阿尔法瑞斯,为了帝皇,大人。

格拉玛提卡斯对语言的感知极为敏锐,而且他专精此道,所以能够仅凭唇语就判断出口音。"阿尔法瑞斯"这个词是普通的低哥特语,但"阿尔法瑞斯"和"帝皇"这两个词的中间音节都有一点点升调,暗示着格德罗西亚或塞洛尼卡的口音,然而嘴唇动作的细微痕迹却有类似于火星巢都甚至是欧卓米提克的语言特征。

密教为他提供了详尽的资料,但问题是,关于最后这位原体的一切几乎都是未知的。和其余基因原体不同,阿尔法瑞斯从来没有公布过他的母星所在,甚至没有任何一幅肖像确凿无疑地描绘过他本人的容貌。密教想方设法地弄到了很多图像,但种种资料显然相互矛盾,就好像阿尔法瑞斯拥有不止一颗头。

透过高倍望远镜,格拉玛提卡斯所看到的那张面孔至少与一部分历史资料里的肖像相吻合。此人五官轮廓中的一些特征近似于狼神荷鲁斯的容貌以及帝皇展现给世人的面孔。如果基因遗传理论确实可信,那么这种程度的相似性就理所应当了。

即便是这种距离,格拉玛提卡斯还是能够准确地估出对方的身高和体重。他正在观察的人明显比赫佐格或佩克——那个格拉玛提卡斯在孟罗港遭遇过的、自称阿尔法瑞斯的家伙——都更为高大。

或许,或许这一个是真的。关于孟罗港的记忆毫无征兆地冲进他的脑海。他的双手开始抽搐、抖动。自从他逃出之后,那头龙就一直盘踞在他的脑海里,萦绕在他的梦境里。当然,他并非因为它是一头龙而惧怕,或者说,他至少不会比任何一个理智的人更加惧怕它。那种真正的、深切的、冻结灵魂的恐惧来自他意识到了那头龙代表着什么。

他察觉到了又一次灵能探测,于是遮蔽住自己的心灵。舍尔还活着,就在附近,时不时像无人侦察机一样仔细寻觅他。每当舍尔的灵能探测靠近时,格拉玛提卡斯都让自己的心灵像一只狨猱般蜷缩起来。

太阳逐渐下落。他能听到远方的尖叫,这绝不是一个上千岁的老人该有的生活。格拉玛提卡斯逐渐觉得,他当时接受密教的复活馈赠是愚不可及的。他愈发坚定而诚恳地盼望,那第一次死亡就是他仅有的一次死亡。

他心想:我真希望你们把我留在了那里,任由我躺在安娜托巢都的沥青路上失血而亡。你们为什么把我救回来,放进这具身体,为什么,就为了这个?

密教没有回答。在格拉玛提卡斯脱离孟罗港之后,它们就再没有联系过他。自从溜进卢克萨娜的房间以来,他花费了很多时间默默注视镜子和水面,等待盖赫特或密教的其余成员通过飞船的通信手段与他联络。

它们并没有来找他。

"我活得够久了，"他心想，"但这一切显得更加漫长。"

他重新抬起望远镜，窥探着远方的那场会谈。

狄纳斯·柴恩在骄阳之下悄无声息地爬上砖墙，他披挂黑甲的身躯翻过厨房区屋顶的围栏。最近的一次传感器扫描在这里检测到了什么，或者说，什么都没有检测到。

"我们的影子里还有影子，长官。"他记得自己说过的话。

柴恩原本打算趁卢克萨娜上校参加典礼的机会去搜查她的房间，却突然收到了这条异常的信息。扫描结果在厨房区的屋顶上发现了一块诡异的空白，一个让传感器无法检测或探查的死角。负责运行安保系统的技师认为，那只是个无关紧要的系统异常，但柴恩没有那么轻易地把这件事抛在脑后。在他看来，传感器的读数意味着，某个人或某个事物完美地遮蔽了自己的存在，而恰恰就是这种"不存在"昭示了它的"存在"。

狄纳斯·柴恩是个警惕性很高的人，他尚未长大成人时就已经成了士兵。他来自佐斯星球，是无数个没落的泰拉殖民地之一。那个星球在凶残的内战中挣扎了近一个世纪，而他不幸诞生于落败的那一方。经济体系被战争拖垮，工业设施遭到轰炸夷平，人口数量因征伐而锐减。他的祖国走投无路地寻求一切的残余战斗力，女人和小孩也被征召入伍。在十一岁的时候，柴恩穿上了青年军的制服，手握一把自动步枪，迈向一座边境岗哨投入战斗。在他的连队里，最年轻的士兵只有七岁，他们的军官是个十四岁的男孩。

他们在那座岗哨坚守了二十六个月。军官在第三周就死了，距离他的十五岁生日只有两天。或许是看到了某种只有孩子才能看到的特质，少年士兵们纷纷向柴恩寻求指引，勉强算是十二岁的柴恩接过了指挥权。在十三岁的时候，他已经在战场上杀死了十六个人，变成了那场绝望的战争中一个硬朗而无情的老兵。

随后，帝国舰队降临了星球轨道。内战在六天之内被全面镇压，佐斯星球在六周之后彻底归顺，那是纳玛特吉拉早年的胜果之一。在清扫过程中，久经沙场的孩子兵们最终被全部捉拿，作为娱乐项目，他们之中最为凶悍的一批还要受到纳玛特吉拉的检阅。

总司令一直说，是柴恩脸上的某些神情让他从一群好斗而邋遢的小兵油子里脱颖而出。狄纳斯·柴恩不太确定那究竟说的是什么，但他被指派给了一个路西法黑卫军官当作养子来照顾。

十八岁的时候，柴恩加入了路西法黑卫。二十年之后，他已经是纳玛特吉拉私人保镖部队的上尉指挥官，是整个兵团中最受尊敬的军官之一。

纳玛特吉拉能够辨认出天生的战士。

柴恩压低身躯，抽出他的托莱多卷钢短刃。宫殿传感器的扫描数据直接汇入他的头盔，淡绿色的战术地图在他眼前浮现。那个空白，那个死角，就在这里。左边，二十米之外，屋檐处。

他像猫一样蜷缩着身躯，接着一跃而起。屋檐上空空如也，没有人，什么都没有。

不，并非什么都没有。栏杆旁边有张纸条，被一块白色小石头压住了。

纸条上写着：下次好运。

"嘿，咱们快要错过好戏了。"朗用胳膊肘顶了他一下。

索耐卡惊醒过来。"什么？"

"我们起晚了，已经开始了，咱们得赶快过去，少校。所有兵团都已经在列队欢迎阿斯塔特了。"

索耐卡坐起来。这里是宫殿的医疗区，他和屈指可数的最后几名"舞者"住在一间兵舍里。这个区域十分闷热，满是尿臊味。

"你还好吧，少校？"沙尔问。

"嗯，我很好。"

"咱们虽然算不上一支连队了，"朗开口道，"但要我说，咱们应该站在那里，像男人一样，像'舞者'一样。"

"没错！"吉恩表示同意。

"你拿着旗子呢？"朗问。

沙尔点点头。自打他们逃出头颅镇以来，他就始终把那面残破的军旗像铺盖卷一样带在身边。

"好。"朗说，"我们走，你来吗，少校？"

索耐卡正忙着穿衣服。他满头大汗，找不到自己的袜子了。

"嗯，这就来，行了吧？"

"阿斯塔特已经降落了。"萨罗姆透过窗户盯着外面说,"那一片摇旗呐喊的人可真不少。"

"那毕竟是阿斯塔特啊。"沙尔说,"你以为呢?"

索耐卡把完好的手掌探到脏兮兮的枕头下面,继续寻找自己的袜子。他的手指碰到了什么坚硬的物体。

"是你们把这玩意放在这里的?"他问。

"把什么玩意放在哪里?"朗反问。

索耐卡举起一颗小小的石雕头颅,就是那上百万个让头颅镇得名的石球之一。

最后的几个"舞者"都耸耸肩。"那就只能是我自己放的了。"索耐卡认定。

约翰·格拉玛提卡斯已经后悔留下那张纸条了。那很愚蠢,很自负。没错,就是自负。盖赫特一直都批评格拉玛提卡斯,认为他对于自己的灵语能力抱有过度的自信和骄傲。密教的特工绝不该挑衅身后的猎手,尤其是技艺高超的猎手。格拉玛提卡斯足够了解路西法黑卫,知道他们的技艺极其高超。像那样嘲讽对方简直愚蠢到极点。他是怎么想的?

"我是不朽的,没人能杀我?"孟罗港已经让他明白了,这样的想法多么荒唐。

"你就是忍不住,对吧,约翰,仅此而已。你就是忍不住炫耀。"

他们也没有那么厉害,格拉玛提卡斯心想,比不上我。

"你们不能进来。"一个侍从坚决地说道,"卢克萨娜上校在参加欢迎仪式,她的房间是私人区域。"

格拉玛提卡斯闪身躲进走廊的阴影里,侧耳聆听。他方才溜回了卢克萨娜的房间,这是唯一让他感到安全的庇护所。整座宫殿格外安静,几乎所有人都在欢迎"阿尔法军团"的到来。在沿着大厅走回房间的路上,他听到了前方传来的对话声。

三个身穿长袍、头戴兜帽的人站在卢克萨娜的套房门口,与那个侍从进行交涉。

他们领头的人说道:"你不明白,侍从。我是庭卡斯,远征舰队的建筑调查员。我的职责是系统性地分析并评估所有在远征战事中被夺取或征用的房屋。我正在调查这座宫殿的结构，此项工作必须完成，这是舰队长的命令。"

他给那个侍从看了某份文件。

"不要放他们进去，图薇。"格拉玛提卡斯发动自己的意志之力。

那个女孩犹豫不决。"这实在不是个合适的时机，先生。上校的私人空间是——"

"我只需要一小会儿时间来扫描和评估，很表面的，只是一两项分析。我们对于房间里的任何东西都没有兴趣，我们会严格保密。"

"图薇，这些人的身份和他们的说法不符。小心！我见过庭卡斯，他从来不穿长袍，也绝不是这样的身高。你被欺骗了。"他用意志之力道。

"那好吧。"图薇说。

见鬼，图薇，格拉玛提卡斯立刻行动起来。在三个头戴兜帽的人从侍从身边走进套房时，格拉玛提卡斯扭头沿着长廊往反方向走，从最后一个拱檐爬了出去。他爬上屋顶，压低身躯，踩着瓦片向这片区域的另一头跑去。

"给我们一点儿时间。"建筑调查员对图薇说。她点点头，在外面等待。

房门在她身后关上。弗兰科·布恩拉开面罩。"两分钟，"他告诉自己的督军同僚们，"两分钟时间，以防对方起疑，动作要快，手脚干净，别胡闹。"他的同伴洛克和法伦分头前去检查套房。

"布恩！"其中一个嘶声说道。布恩快步走进卧室。法伦举起一件脏兮兮的旧帆布夹克。

"上校们什么时候开始穿这种衣服了？"

"裹起来，藏到你袍子下面。"布恩吩咐，"我们回去检测残留的基因痕迹。"

"这边！"另一个督军急迫地说。布恩走进更衣室，发现洛克正在盯着一个柜子，上面堆满了盛放清水的陶碗和瓷盘。

"这该死的是搞什么鬼？"洛克问。

"是你吗，卢克萨娜？"格拉玛提卡斯高声问道，同时赤身裸体地从洗手间走进卧室。看到布恩和另外两人之后，他顿时僵立在原地，接着匆忙扯过床单把自己遮住。

"你们是谁？"格拉玛提卡斯叫道。

布恩几乎惊讶地说不出话来。"呃，建筑调查员，我们——"

"布恩督军，是你吗？"格拉玛提卡斯低吼道。

"我们认识吗，先生？"布恩十分震惊地问。

"我猜是的！"格拉玛提卡斯厉声说，"我是凯多·皮厄斯！"

"哦，老天！对啊！抱歉，皮厄斯少校，"布恩有些结结巴巴，"抱歉，抱歉，你没穿衣服我真是认不出来。"

"你们在我上校的卧室里干什么，督军？探头探脑地看吗？"

"我们有一点线索，关于一个——"

"一个什么？"

布恩停顿片刻。他微笑起来。"好吧，你赢了，少校，我投降。根据接到的一些信息，我打算查一查卢克萨娜上校。"

"信息？"

"她可能在隐藏什么。"

"没错，"格拉玛提卡斯微笑着说，"她隐藏的就是我。都怪那帮侍从，总爱到处八卦，你明白吧？"

"你不是应该去参加欢迎仪式吗，少校？"法伦问。

"是的。"格拉玛提卡斯坏笑着回答，"但待在这里更有意思。你们不是应该去参加欢迎仪式吗？"

那个督军盯着自己的脚。

"好吧，看来我们都让对方很尴尬。"格拉玛提卡斯说，"我出现在了这里，而你们……未经允许出现在了这里。不如我们把这一切都忘掉？"

布恩点点头。"这个主意棒极了，少校。"

"那是我的夹克吗？"格拉玛提卡斯问，"把它扔过来，我找了半天呢。"

法伦把夹克扔给了他。

"没问题了？"格拉玛提卡斯问。

"没问题了。"布恩点点头。

"很好，现在赶紧滚出去，我就可以忘掉你们干的这件破事。"

"你不会告诉上校吧？"布恩问。

"我会吗？"

布恩和他的手下迅速离开了。

格拉玛提卡斯叹了口气，坐在床上。无论相貌还是身材，他与狂欢者的少校凯多·皮厄斯都相差甚远。但一副自信而清晰的语气能够做到很多神奇的事情。这就是灵语的力量，一个灵语者的声音可以让你相信一些与所见不符、与常理相悖的事情。

但这代价不小。格拉玛提卡斯筋疲力尽地倒在床上，盯着天花板。他知道自己马上就要晕过去了，这样的昏睡他求之不得，虽然他知道自己的梦里会有龙出现。

在宫殿外面，参加那场盛大欢迎仪式的人群已经逐渐散去。纳玛特吉拉隆重地带领阿尔法瑞斯及众多高级军官前往他的帐篷展开详细会谈。集结在此的大军向各自的兵舍和营地分头涌去。

走进明亮的阳光之后，弗兰科·布恩停下了脚步。刚才在宫殿走廊里穿行的时候，他已经打定主意要去找穆上校谈一谈，抗议她派自己来干这种傻事。让一位功绩卓越的少校陷入如此尴尬的处境，简直糟糕透顶！

但现在，他站在空旷场地里，脑海中浮现出一团疑云。在上校套房里的那场遭遇显得有些模糊，令人不安，恍若梦境。他发觉自己只能勉强记起事情的大致脉络。

"有什么不对劲吗？"洛克走到他身边问道。

"凯多·皮厄斯，是吧？"布恩问。

洛克点点头。"一丝不挂，看来他有一手。"

"卢克萨娜的确诱人。"名叫法伦的另一个督军说道。

布恩点点头，千连团里没有一个人能够否认法伦的评价。"但那确实是皮厄斯，对吧？"

洛克和法伦盯着高阶督军，笑了起来。

"你是不是搞到了什么劲头更大的鼻烟啊？"洛克轻笑道。

"我还是要问，"布恩说，"刚才那个人确实是凯多·皮厄斯吗？"

"是啊，弗兰科！"法伦笑道。

"那么给我解释解释这个，如何？"布恩指着前方说道。

隔着逐渐散去的大批士兵，在一百米之外，千连团的狂欢者连队刚刚解散，向他们的营地走去。长枪和旗帜都低垂下来，士兵们松散地三五成群，谈天说笑，从金色的小盒里捻出鼻烟吸着。

在人群中央，凯多·皮厄斯正在和他的上尉们讲着笑话。

"佩托？佩托！"凯多·皮厄斯高兴地大喊。他挤开几个上尉，冲过来拥抱住索耐卡。

"见到你真好。"被紧紧抱住的索耐卡颤声说。

"见到你真好？他居然只是说，'见到你真好'！"皮厄斯对他的上尉们喊道，"我们都以为你死了！"

索耐卡微笑着和那些上尉逐一拥抱。"就差一点儿。"他说。

"你是从头颅镇逃出来的？"皮厄斯问。

索耐卡点点头。"是的，勉强出来了。"

"你一直躲在什么地方？"

"医疗区。我和朗，还有另外几个人都待在那边。嘿，朗，沙尔，过来！"

皮厄斯摇着头。"可惜，真是可惜。我们听说头颅镇的事情之后，全都很震惊。兄弟们以"舞者"的名义敬过好几轮酒。"

"谢了，老凯，我回头去找你们。你们的营地在哪里？"

"北边第十五列，我们归珊梓上校管。"

"我过一阵去找你们，好不好？"

"我们等着你，佩托！"皮厄斯喊道，他被涌动的人潮带走了。索耐卡继续往前挤，在人群中缓慢穿行，路过了长尾鲨连和蛛后连的旗帜。

在前方大批士兵的头顶上，他看到了另一面军旗。

是"小丑"。

索耐卡从人潮中挤出去，走到小丑的营地。他有种可怕而不安的感觉。

"赫塔多？"他轻声说。

在五十米之外，穿过涌动的人群，布朗兹扭过头来看着他。站在"小丑"少校身边的是特克和勒恩，两个身材高大的上尉。

在那个瞬间，透过川流不息的成群士兵，他们的目光锁定在了一起。索耐卡和布朗兹。

"赫塔多？你还活着！泰拉在上！赫塔多！"

赫塔多·布朗兹皱着眉头，随后就转身消失在人潮中。

"赫塔多？"索耐卡呆立在原地，士兵们如水流般从他身边经过。他认真考虑着是否应该跟上布朗兹。

但他觉得那可能并不是个好主意。

第七章

孟罗港，诺斯星球，当天晚上

狄纳斯·柴恩下定决心，要搜遍整座宫殿来找到留下那张挑衅纸条的狂妄之徒。他并没有上对方的钩，没有让愤怒扰乱自己的思维，但愤怒确实能够帮助他集中精神。柴恩对于自己的情感有着令人畏惧的强大控制力，这种能力是他在十二三岁的时候就已经掌握的。他从来都不会让情绪左右自己的行为，而是将情绪转化为助力，推动自己的行为。

他原本打算回到安保室去，仔细检查宫殿传感器网络的所有读数，但一名技师交给他一份来自总司令的加密信息，命令他立刻前去报到。总司令将在自己的帐篷里与"阿尔法军团"的领袖进行首次会谈，希望路西法黑卫的上尉到场旁观。

"把这个拿去，完整检测基因残留和生物指纹。"他把纸条交给技师，"在我的通信频道里直接向我汇报。要是搞砸了，我就毙了你。"

技师匆忙离开，去执行柴恩交代的任务，脸上的表情惊恐而紧张。

柴恩走向帐篷。在宫殿南边的一片低地上，巨型华盖和层层虚空盾构成了这座庞大的丝绸建筑。夜幕逐渐渗入苍穹，地面上的柔和阴影被拉长，仿佛是在逐渐融化。数千根装有水晶外壳的照明棒如同常青藤依附着帐篷，在暮光中闪亮得就像某座遥远巢都的万家灯火。柴恩联想到泰拉的帝国宫殿，那些被无数窗棂所点亮的高山壁垒和飞扬塔楼，以及将耀眼光芒刺入云霄之上的诸多壮丽灯塔。没有人能够不受触动地凝视那座辉煌伟岸的纪念碑，即便是柴恩也不行。在古代，据说人们能在近地轨道分辨出中国的古老长城。而帝国宫殿则是在火星上都能看到。

柴恩沿着安全通道走入帐篷，接受检查和搜身。在萨摩兰斯星球，两年以前，某个在帐篷入口值班的安保人员直接给他放行，不想烦扰一名路西法黑卫。柴恩立刻下令处决了那个人。路西法黑卫的制服是可以被盗取或仿制的，在证明自己的身份之前，没有任何人可以接近总司令。

柴恩在外围帐篷里短暂地停留了一阵，与艾曼和贝洛克交谈，这两位是最受他信任的路西法黑卫。他把纸条的事情和两人说了，吩咐他们回到宫殿继续搜查。在外人看来，他们的对话可能显得十分古怪，丝毫没有轻松幽默或同僚情谊的成分。双方之间的交流只有精炼简洁的报告和命令。路西法黑卫用一种枯燥而实用的方式进行交流，除了事实情况之外的一切内容都被省略了。他们将猜测和推理的部分留给对方自行展开。

柴恩已经认定了那张纸条的意义，并且确信艾曼和贝洛克能够通过他们如今掌握的简单事实来得出相同的结论。正如他们一直以来的怀疑，孟罗港的帝国堡垒正在从内部遭到窥探。那些间谍的能力、技术、情报和装备都很好，他们的阵营尚且不明。柴恩怀疑过诺斯人，但诺斯人是不会用低哥特语留下纸条的，除非帝国方面严重低估了敌人在情报战上的实力。

这张纸条内涵颇丰，但其中最明显的是过度的自信，而这个弱点对于任何人而言都是致命的。能够在高度警惕的帝国安保系统中来去无踪，这确实厉害。但还要留下一个足迹、一份签名、一张请帖来昭示自己的存在，这就是截然不同的事情了。为何要完美无缺地隐匿行踪，同时又大方宣告自己的出现？柴恩能够想到两种可能性：某些人在挑衅、玩弄他，抑或某些人极端自信，以至于将这一切都当作游戏。

无论如何，过度的自信是致命的弱点。

那张纸条本身就包含了他所需要的一切信息：对语言的选择与运用、用词习惯、语意的心理背景、下笔力道、纸张来源、笔尖类型、墨水残迹、基因痕迹、纤维残留、纸条当时所在的位置、镇纸石块的种类和来源。

那名自傲的间谍，柴恩的猎物，已经用上百种方式泄露了自己的信息。而那股自傲正是最重要的线索。

柴恩摘掉黑色头盔，夹在胳膊下面，走进了明亮的主帐篷。在这里，凡人领袖正在与半神交谈。

"孔尼格，吾爱？"那头龙柔声说道，用一条鲜红的舌头舔着他的脑门。

约翰·格拉玛提卡斯奋力挣脱那头龙的巨口，从梦中惊醒。卢克萨娜面带微笑地俯视着他，轻轻抚摸他的脸颊。

"该死，什么时候了？"他问道。

"已经入夜了，孔尼格。阿尔法瑞斯大人在帐篷里与总司令举行宴会呢。"

格拉玛提卡斯匆忙坐了起来，眨眨眼睛。"该死！我得走了，我必须过去。"

"还是留在这里陪我吧，孔尼格。"

"我也想啊。"

他开始穿衣服，愠怒而失望地坐了起来。她左右看看。

"我觉得有人来过这里。"卢克萨娜说。

"是的，督军来过。"他点点头说。

"泰拉在上！"她问道，"他们来这里找什么？"

"找我。"他微笑着回答。

微笑缓缓展现在纳玛特吉拉的脸上。"我不是专家，"他说，"但你们总不能都是阿尔法瑞斯吧。"

阿尔法瑞斯，或者说在盛大的欢迎仪式上作为阿尔法瑞斯与总司令见面的那个巨人，仰起头笑了笑。

"当然不会，大人。我的军团是统一的整体，我们共用一切。而身份可以成为一种武器，因此我们用同一张脸去面对敌人。但此时此刻，我们是朋友。"

在路西法黑卫的环绕下，纳玛特吉拉站在帐篷的一边，远征舰队的高级军官们在他身后列成新月形的阵列。照明灯在帐篷顶上如繁星般闪耀，荧光棒点亮了四周。带有花纹和斑点的动物毛皮被当作地毯，层层叠叠地铺在脚下，显得整个空间华贵而奢侈。纳玛特吉拉的袋狼趴在一张满是花斑的毛皮上，脖子被松弛的金链拴住。

在他们对面的是四名披挂盔甲的阿斯塔特。站在最前面的是阿尔法瑞斯，头盔依然握在手中，古铜色的皮肤在金色灯光下颇为闪亮。另外三个人也加入了会谈，但没有人知道他们是如何出现在这里的。事后柴恩意识到这点的时候甚为惊愕。

柴恩穿过帐篷后部的帘子，站在纳玛特吉拉的诸多随从身边。透过帐篷的缝隙，他能看到一群身穿制服的仆人端着一盘盘腌肉、水果和酒，随时待命。几位管家正准备向他们传达指令。

"我是阿尔法瑞斯。"那位古铜色皮肤的巨人重复了他在欢迎仪式上说过的话，"我带来了因格·佩克和玛希亚斯·赫佐格，我的第一连长和第二连连长。"

他身后的两名阿斯塔特上前一步，在颈甲的解锁声中摘下了头盔，躬身示意。他们同样是光头，同样是古铜色的皮肤。普通人随意一看，他们就像是三胞胎。

但柴恩不是普通人，他迅速而高效地评估着对方。他们不是三胞胎，甚至不是亲生兄弟，体型上的相似都是表面的。阿尔法瑞斯明显比他的连长们更高大。而且他的头颅显示出了不同的民族特征，前额平坦，眉骨粗壮。柴恩曾经见过狼神荷鲁斯，如今他能看到与之类似的面部细节。

他们的眼睛也不同：阿尔法瑞斯拥有冷冽的蓝色双眸，闪耀其中的冰冷智慧让柴恩不禁有些颤抖。至于另外两人，赫佐格稍高一点。柴恩借助帐篷的绸面与拉线之间的角度来估算他们的体型。赫佐格和佩克没有血缘关系，柴恩在他们身上找到了十八处不同点，包括头颅形状、眼睛、嘴唇、面颊、颈部肌肉、鼻子，尤其是如同指纹般独特的耳垂。赫佐格要年长二十岁左右。佩克身材较小，但更强壮，也更灵活。赫佐格的脑门上明显有一块淡淡的阴影，这意味着他的发色较深，并且剃光头发来让自己与原体及另一位连长更加相像。赫佐格的眼睛是蓝色的，就像他的原体一样，但佩克拥有带着一圈金色的褐眼。

"欢迎，连长们。"纳玛特吉拉说。

两位阿斯塔特点点头。

"还有一位是？"纳玛特吉拉问道。

第四位阿斯塔特站在后面，一直戴着头盔。

"那是我的一名普通战士，"阿尔法瑞斯说，"他只是作为护卫到场，他的名字是欧米冈。"

那名战士点头示意，仍旧没有摘下头盔。第一个谎言，柴恩心想。欧米冈不是普通战士。

柴恩估算着欧米冈的身材，再次运用帐篷结构的角度当作衡量的标尺。这位阿斯塔特至少和原体一样高大。

他是谁，柴恩暗自思索。他在伪装什么？

"让我们谈谈诺斯吧，大人。"佩克说，"谈谈我们如何了结这场战争。"

纳玛特吉拉面露微笑。"这场归顺行动。"他纠正道。

"这是战争，先生。"佩克回答，"我相信坚毅超群的帝国士兵们可以证明。"

我们不必用政客的辞藻来加以粉饰，我们不应忽视他们的牺牲。"

戴夫少将和怀尔德指挥官轻咳一声，对于佩克承认他们的努力表示感激。一些卫兵和军官用佩剑敲击盾牌以示赞同。

纳玛特吉拉抬起手示意众人安静。

"这当然是战争，先生。"总司令有些不悦地说，"士兵们付出了生命，我的人付出了生命。但这依旧是一场归顺行动，除非你质疑帝皇的规划。"

佩克摇摇头。"不，大人。我明白帝皇对于人类的未来有着远大的构想，我会尽力帮助其实现。"

"他寻求的是一个乌托邦式的目标。"赫佐格说。

"他希望通过激烈的军事行动来促使人类走向统一和完美。"佩克说。

"我们并不反对这样的手法。"赫佐格说，"这是至今唯一确定的能够推动人类命运的方式。"

"然而乌托邦式的目标最终是与种族延续相悖的。"佩克迅速补充道。

"任何注定无法实现的政治目标最终都是有害的。"赫佐格说。

"一个完美的状态无法自行生成，也无法迫使其生成。"佩克说，"这样的行为只能引发灾难，因为对于一个不完美的种族而言，完美是一种无法达成的极限。"

"乌托邦是一个危险的传说，"赫佐格说，"只有愚者才会追寻它。"

"持续性地控制并维护人类的缺陷才是更好的方式。"佩克说。

"我们之所以说这些，仅仅是为了承认帝国军队坚定不移的奋斗与牺牲，以及为实现这样的目标所付出的惨痛代价。"赫佐格说。

一段长长的静默后，就在剑刃再次开始敲击盾牌的时候，阿尔法瑞斯说道："我鼓励我的战士们探讨杀戮的哲学，大人。我希望他们明白是什么样的思想体系在推动他们征战杀伐，我全心热爱并用生命效忠的帝皇想要让人类站在银河所有种族的最顶端。我不会反对这样的野心，我的连长们也不会。我们仅仅承认他用来实现这一梦想的手段是强硬而暴力的。一个乌托邦式的理念值得追寻，它可以反映人类的成就。但最终，它是无法实现的。"

"你是说帝皇的规划是……错误的？"纳玛特吉拉问道。

"毫无此意。"阿尔法瑞斯回答。

"阿尔法瑞斯大人，"怀尔德指挥官那富有穿透力的嗓音如刀刃般锐利，"我们要如何对抗诺斯人的……魔法？"

"怀尔德大人，"阿尔法瑞斯说，"我们不与之对抗。我们会将其剿灭。"

餐盘很沉重，谁也说不好他们必须在主帐篷的两侧等待多久。最糟糕的是，他什么都听不到。帐篷里的声音很模糊，格拉玛提卡斯意识到他应该戴上一副助听器的。

他以为自己能够接近目标，足以亲耳聆听里面发生的事情。他需要迅速修改他的行动计划，否则他所冒的风险就全都白费了。

"长官？"他轻声说。

一名管家走到他身边。

"什么事？"管家问道。队伍里另外几名端着盘子的侍从纷纷转头朝这边张望。

"还要多久，长官？"格拉玛提卡斯问。

"该要多久就要多久。"管家回答。

"长官，"格拉玛提卡斯说，"酱汁要凉了，需要重新加热，我死也不敢把劣等的食物侍奉给总司令和他的客人。"

穿着制服的管家点点头。"把它拿回厨房，动作快点，他们很快就要召唤我们了。"

"是，长官。"格拉玛提卡斯说着走出队伍，端着餐盘快步跑向帐篷的仆从出口。

他来到帐篷外面的夜色中，停下脚步，把餐盘和食物倒进一个垃圾桶里。

没人注意到他。奥崔玛团的卫兵远远地在帐篷外围巡逻。他溜进沙漠的蓝黑色夜幕里。

格拉玛提卡斯脱下仆人的外袍，随意扔在地上。他并没有仔细伪装成一名侍奉餐食的仆从，他相信自己的灵语能力可以让他蒙混过关。但他知道自己会有几分钟的时间受到严密监视，所以他还是偷来了一件外袍套在紧身护甲的外面，增强伪装效果。

他从口袋里掏出一副低光护目镜戴上，他周围的世界顿时变成了模糊杂乱的红褐色。他看到一根根绷紧的缆线沿着帐篷两侧延伸出去，如同蜈蚣的脚一样将帐篷固定住。在这些实体的缆线之间，他又分辨出一张虚幻的网络：

传感器光束和谐波绊索保护着庞大帐篷的周边区域，这些肉眼不可见的微小光束一旦遭到干扰就会触发一整套警报系统。格拉玛提卡斯摆弄着他的护目镜，仔细观察着，并根据他从卢克萨娜的密码本里偷偷抄来的谐波频率做出调整。

他沿着帐篷侧面迂回前进，试图寻找一条可行的路径，时不时低头或抬脚避开绷紧的缆线与鬼魂般的光束。有几次他必须弯下腰甚至匍匐前进才能避免惊扰那些幽光陷阱。大多数都是由安装在帐篷顶端的小型发射器放出的垂直光线，但也有一些光束紧贴地面，或者与帐篷外壁平行、来自埋进沙地的发射器。护目镜是他的向导。这远比在厨房屋顶上躲避区域安保网络要费力得多。很多光束是活动的。他前后三次僵立在原地，意识到自己的腿或者肩膀马上将要扰动一道光束。

他没有找到明显的通风口或出口。格拉玛提卡斯在一个空旷位置跪了下来，将耳朵贴住帐篷，利用那绷紧的表面来偷听内部的声音。

他能听到有人在交谈。纳玛特吉拉的嗓音很容易辨认，怀尔德的也是。格拉玛提卡斯分辨出了只能属于阿尔法瑞斯的那个声音，立刻抓住这第一次机会仔细聆听。他的话语中有一些非常明显的特质。他们在谈论诺斯人的魔法，以及与之抗衡的手段。听到基因原体屈尊向总司令及其随从解释混沌的概念让格拉玛提卡斯觉得既忧虑又好笑。他说得过于简略了。"阿尔法军团"对混沌的理解非常浅显，如今军团领袖却又在教育更加无知的人。"阿尔法军团"才是需要学习的一方，而且要马上学习。

格拉玛提卡斯太专注于窃听了，等到他最终察觉身后那名路西法黑卫的时候，只剩下几秒钟的反应时间。格拉玛提卡斯站起来，转过身。那名悄无声息地摸到他背后的路西法黑卫已经抬起利剑，准备出击。

"蠢货！"格拉玛提卡斯嘶声说，"是我！"

那名路西法黑卫终止了行动，迅速垂下手中的武器。

"柴恩？"他问道，"长官？"

"是的！"格拉玛提卡斯厉声说，"回到你的岗位去。"

柴恩。格拉玛提卡斯把这个名字存储在记忆里，以备日后使用。

"抱歉，"路西法黑卫回答，"遵命。"他转身准备重新融入黑暗，随即迟疑了。

该死，格拉玛提卡斯心想。他的灵语能力成功迷惑了路西法黑卫，但只有片刻时间。显然，这些精锐亲卫拥有难以操纵的钢铁意志。路西法黑卫在质疑这场遭遇，并意识到自己被欺骗了。

路西法黑卫穿着盔甲，但格拉玛提卡斯没有。格拉玛提卡斯无法依靠一记干净利落的杀招来解决问题，他也不能使用戒指上的微型武器。能量闪光足以触发十米之内的所有警报。

在路西法黑卫转回身的瞬间，格拉玛提卡斯猛然一掌拍在对方那顶漆黑头盔的侧面，击碎了突起的通信器，防止对方发出警告。路西法黑卫开始高喊，但头盔的阻隔让他的声音十分沉闷。格拉玛提卡斯又一击正中对手喉头，让黑卫彻底哑了。

格拉玛提卡斯原本指望击在喉咙上的一拳能够干掉对方，但显然路西法黑卫没那么脆弱。他将利剑挥向格拉玛提卡斯。格拉玛提卡斯用织入紧身衣袖子的精金条挡住了对手的武器，右掌拍在路西法黑卫的胸甲上。灵族把这个触发肌肉紧张反射的招式叫作"ilthrad-taic"，所谓的断息掌。路西法黑卫趔趄后退，胸甲被重击震裂了。在他摇晃不稳的时候，格拉玛提卡斯的左手勾住路西法黑卫的右臂，狠狠扭断了手腕，让短剑从对方的掌中落入沙地，剑刃距离一条贴地的传感器光束只有一寸之遥。

路西法黑卫还是没有放弃。格拉玛提卡斯方才被迫贴近了对手，于是那名路西法黑卫回了他一记头槌。格拉玛提卡斯踉跄后退，头盔撞在了他的面孔中央，让整张脸都被剧痛笼罩。他摇摇晃晃地勉强避开头顶的一道光束。

路西法黑卫手忙脚乱地抽出激光枪，他的右手腕已经被扭断，迫使他改用左手。在那支激光手枪刚刚脱离枪套的时候，格拉玛提卡斯一记回旋踢让它飞到了帐篷之外的夜幕里。他惊恐万分地看着手枪在隐形的安保网络里翻滚飞旋。

他必须赶在触发任何警报之前迅速了结此事。周围的陷阱高度密集，他们就像是在一张蛛网里战斗，任何一个错误的动作都会让蜘蛛猛扑过来。

路西法黑卫的铁拳迎面挥来，格拉玛提卡斯闪向左边，递出一拳，打在对方肋骨的位置。格拉玛提卡斯的双手虽然经过了大量训练和强化，但也已经在一次次击打盔甲中变得鲜血淋漓。格拉玛提卡斯试图绕到对手身后，但路西法黑卫抱住他，紧紧扼住了他的脖子。这本该宣告战斗的结束，然而路西法黑卫只有一只完好的手可用。

格拉玛提卡斯低吼一声，绷紧颈部肌肉来对抗路西法黑卫的锁喉术。训练和经验告诉他，要摆脱这样的擒抱只有一个简单的办法，就是用过肩摔把对手扔出去。但他的护目镜显示面前有一条横向的光束。如果他把路西法黑卫摔开，对手的身体就会落在那根光束上。

于是他向后猛冲，路西法黑卫的后脑撞到了帐篷上的一根绷紧缆线。冲击力让路西法黑卫的头盔向前晃动，不由自主地撞在格拉玛提卡斯的脑袋上。格拉玛提卡斯痛苦地紧皱眉头，但这毕竟让对方松开了他的脖子。他转过身去，头晕目眩地刺出手指。

约翰·格拉玛提卡斯的食指和中指穿透了路西法黑卫头盔左侧的护目镜，捣碎了对方的眼球。那名路西法黑卫用坏了的喉咙发出含混的声音，向后倚靠着帐篷的侧壁，滑倒在地面上。

格拉玛提卡斯放低身躯，停下动作。如果刚才的动静引发了任何警报，他就随时准备拔腿狂奔。

警报没有响起。

格拉玛提卡斯重新站直了。

路西法黑卫翻倒在地，破碎的眼眶中流淌着胶状物质，他开始在沙地上匍匐前行。

格拉玛提卡斯立刻意识到，路西法黑卫打算自己触碰一条贴地光束，那覆盖盔甲的手臂在用力往前探。

他扑到路西法黑卫的身上，按住对方，试图把他往后拽。那个名路西法黑卫强壮得可怕。他拖着格拉玛提卡斯一起在沙地上爬行，奋力接近那条光束。

格拉玛提卡斯用胳膊紧紧夹住对方的手臂，让他无法再向前探去，同时一拳打在那人的脊柱上，发出了骨骼断裂的脆响。但路西法黑卫还是在拼尽全力朝光束挪动，十厘米，五厘米，一根手指颤抖着抓向那条隐形绊索。

格拉玛提卡斯看到，从路西法黑卫手中落下的短剑就躺在他们身边。他抓住武器，同时用尽力量把那条顽强地伸向前方的手臂扯了起来。他挥动剑刃，将路西法黑卫的胳膊从前臂中间斩断了。

路西法黑卫在格拉玛提卡斯身下剧烈地颤抖着。他依旧用残臂探向光束，但距离太远了。格拉玛提卡斯匆忙把左手按在黑卫的创面上，用力挤压，防止涌出的动脉血喷溅到光束，从而完成路西法黑卫用手指未能达到的目标。

那副披挂盔甲的身体开始痉挛。格拉玛提卡斯用双腿把对方压在地上，紧紧握住残臂。他感觉到有滚热的鲜血涌入他的掌心。

"我很抱歉。"他低声说。

路西法黑卫抽搐起来。格拉玛提卡斯把剑尖抵在他的脖颈后面，刺入头盔和护甲之间狭小的缝隙，用力一推。短剑洞穿了脖子，深深地扎进沙地。

路西法黑卫终于一动不动了。格拉玛提卡斯等到鲜血对手掌的冲击逐渐停歇之后才松开了残臂。那条被斩断的胳膊僵落在地面上。

格拉玛提卡斯站起身。夜幕中的血腥味很浓重，其中一些，很少的一些，是他自己的血。他的拳头肿胀破损，鲜血从遭到撞击的脸上流淌下来，痛苦让他的视线变得模糊。他的头也又疼又胀，他确定自己的鼻梁断了。

他尽量让自己稳定下来，他感觉很糟，如今他已经没有继续窃听的机会了。一名路西法黑卫的失踪很快就会被发现，格拉玛提卡斯必须立刻离开。

他从尸体旁边走开，跨过那些被护目镜揭示出来的传感光束，步履蹒跚地遁入沙漠深沉的夜幕中。

狄纳斯·柴恩愣住了。阿尔法瑞斯与纳玛特吉拉及指挥官们忙着讨论"防御对策"，柴恩充耳不闻。一个信号灯在漆黑盔甲的袖口上闪动。

他从人群后方脱身，通过仆人出口溜到了帐篷外面。

他站在诺斯的星空下，戴上头盔，启动通信器。

"我是柴恩，你们发的信号？"

"泽度斯的生命追踪消失了。"

"报告他最后出现的位置。"

"帐篷西侧，西部门廊北边二十米。"

"派两个人过去。从预备队里找，不要调动总司令的护卫。"

"遵命。"

柴恩沿着庞大的帐篷前行，小心翼翼地避开那些被护目镜揭示出来的光束。他抽出短剑。

"有麻烦？"他身后的一个声音问道。

柴恩迅速转过身去。他的剑尖伴随一声轻响扎在了那名奇迹般出现在他背后的阿斯塔特的胸甲上。

披挂盔甲的高大战士低头看看抵在自己胸前的短剑。

"不错，"他说，"动作很快。狄纳斯·柴嗯，是吧？"

"你认识我？"柴恩问。

"我的军团喜欢认识所有人。"

"你是欧米冈。"

那名"阿尔法军团"战士轻轻一笑，他的笑声从头盔扩音器里传出来，显得十分怪异。

"你挺厉害，狄纳斯·柴恩。我们早有耳闻。是的，我是欧米冈。我看到你神色匆忙地离开了帐篷。"

"你看到我了？"

"我一直在看着你。而你呢，你也在看着我。现在你就别装了。"

"我不会的。"

"我觉得，我们有相同的爱好，狄纳斯。"

"比如？"

"谨慎，秘密，隐匿。"

"你怎么知道我的名字？"柴恩问，"路西法黑卫的名字从来都不公开。"

"哦，得了，狄纳斯，你觉得我们像外行吗？"

"不。"

"我觉得你可以把这个拿开了。"欧米冈说。

柴恩收回了他的剑。剑尖其实已经刺入了阿斯塔特的胸甲，他要稍微用力才能把武器拔出来。

"如果是别人，我早就把他杀了。"欧米冈盯着盔甲上的细小凹坑说道，"顺便说一句，你也就到此为止。"

柴恩耸耸肩。

"你为什么那么匆忙地离开帐篷？"

"我的一名手下死了。"

"我们去看看，如何？"

欧米冈带头前进。柴恩惊愕地意识到，这名阿斯塔特步伐轻快地一头扎进层层叠叠的安保网络，阻断了很多光束却没有触发任何警报。柴恩跟了上去，小心翼翼地迈过谐波绊索。

"心里有事？"欧米冈扭头说道。

"你在我们的监控网络里是隐形的。"柴恩回答。

"我说过了，狄纳斯，你觉得我们像外行吗？"阿斯塔特说完停下了脚步。另外两个人正在靠近，是柴恩调来的两名路西法黑卫。柴恩抬起手示意他们退后。

欧米冈蹲下来。"这是你的人？"

泽度斯面孔朝下地倒在帐篷侧壁旁边，周围的一片沙地浸透了鲜血。他的左臂从手腕以上被利刃切断，他自己的短剑将他钉在了地上，剑柄几乎没入他的脖颈。

"是的。"柴恩说，他俯身蹲在阿斯塔特旁边。

"挺激烈的打斗。"欧米冈说着随便一指，"袭击者破坏了通信器来让他沉默。右腕被折断，可能是为了缴械。"

欧米冈抽出短剑，翻转尸体。"击中喉咙的一拳也把他打哑了，左眼被毁，脊柱在第三和第四节椎骨之间被打断。看到了？那家伙身手不错。"

柴恩点点头，泽度斯是他最棒的手下之一。

"我本以为你们路西法黑卫都是硬汉呢。"

柴恩顿时被触怒了。

阿斯塔特笑了起来。"放轻松，我知道你们挺厉害。我只是说，不管这个袭击者是谁，他都是赤手空拳干的。"

"什么？"

"通信器上的血，那是袭击者的，他用拳头打碎了通信器。"

"这你也能看出来？"

"依托视觉系统的初步血液分析。是的，我能看出来。我们应该取一些样本做基因分析，但是我一眼就能看出来，你的这名部下是被一个人类赤手空拳干掉的。"

柴恩站直身体。

"告诉我，狄纳斯。"欧米冈抬头看着他，"你知道这种事有谁能做到吗？"

"没有人。"柴恩回答。他的回答是诚实的，但他心里也有自己的怀疑对象。

在整条帝国阵线上，熊熊燃烧的巨大篝火沿着防御工事排列开来，其间亮起了上百万处营火。头顶上，缓缓反转的夜空中点缀着零星的云朵。

夜晚很闷热。在营火周围，在瘫软低垂的旗帜下面，狂欢者们轮流喝酒，高声谈笑。

"这么说，朗也活着？"凯多·皮厄斯问道。

佩托·索耐卡接过酒瓶灌了一口，点点头。"我说了，他还活着。"

"挺不错的老家伙，"皮厄斯手下的廷克上尉笑着说，"什么东西也别想把朗干掉。"

索耐卡点点头，又喝了一口，然后把酒瓶递出去。在他身后的什么地方，某人正在用手鼓和其他乐器演奏格纳瓦。他们往营火里扔了香料，烟雾中夹杂着甜腻的香味。

"啊，见到你可真好，佩托。"皮厄斯喝了口烈酒，然后打了个响嗝。

"我也是，老凯。"索耐卡笑着说。

"你有何打算？"詹兹上尉问。

索耐卡耸耸肩。"不知道。找一支需要几名军官的部队？我倒是不担心自己，我只想确定朗他们几个能有好归宿。"

"这里永远有你们的位置。"皮厄斯说。

索耐卡摇摇头。"这支部队里可没有你我两个少校的位置，老凯。"他轻笑着说，"咱俩会打到你死我活的。"

"或许吧。"凯多·皮厄斯承认。

"你知道的。"

"或许吧。"

"你知道的，老凯。泰拉在上，你是个好朋友，很宽容。谢谢你，但我得自己找出路，或许重建我的连队，或许请求上校们派给我一支新的连队。该死，我们喝的这是什么玩意？"

"詹兹的家乡酒，"皮厄斯醉醺醺地看着手中的酒瓶答道，"基本就是纯酒精——"

"还有绝密的草药和香料组合，"詹兹说，"是我老爹的独门配方！"

"你老爹显然精神有问题。"索耐卡告诉他。

皮厄斯哼笑一声。

"我一直想找赫塔多聊聊，"索耐卡说，"我自从到了这边之后还没见过他呢。他在这里吧？'小丑'在这里？"

皮厄斯点点头。"是的，布朗兹在这里。"

"'小丑'的营地在第十列南边，我记得。"一名上尉说。

"狄米特·希班呢？"索耐卡问道，他尽量让自己的问题显得很自然，"你们见到过他吗？"

没人见过。虽然灌了不少烈酒，旁边的篝火也在熊熊燃烧，索耐卡还是感觉到一股寒意。

"好吧，朋友们。"他摇摇晃晃地站起身，"不管它是不是什么秘方，我都得去放水了。"

皮厄斯和他的部下哄笑起来，索耐卡步履蹒跚地离开营火，寻找厕所。格纳瓦音乐那种沙哑的摩洛哥旋律在他身后淡去，夹杂着香味的烟雾也被寒冷的沙漠夜风所稀释。

"那是索耐卡。"洛克说着，把夜视望远镜递给布恩。

布恩自己看了一眼，将望远镜视野沿着工事瞄向营火。

"没错。这么说，他和皮厄斯混在一起了？"

"他也没有别的人可找，"洛克有些酸楚地说，"他的'舞者'现在都是沙漠里的白骨。"

"我们该自己去找佩托·索耐卡谈谈，我觉得。"布恩说。

"为什么？"洛克问，"我们不是在监视皮厄斯吗？你是觉得皮厄斯有些不对劲啊。"

布恩耸耸肩。"我知道。但我上次见到索耐卡的时候他就挺怪的，现在他又出现在了这里，跟我们正在监视的人一起喝酒。我觉得他也不对劲，这总行了吧，洛克，我们走。"

布恩对法伦打了个手势，三位督军静悄悄地走下土坡。

索耐卡站在便池前面，用完好的那只手解开拉链，不断升腾的尿味让他皱着眉头。他微微摇晃着身体。在他背后，篝火周围的狂欢者们大声谈笑。琥珀色的烟雾汹涌蹿上那反向转动的漆黑夜空。

某种动静让索耐卡转过头去。他迅速拉上拉链，真心希望一团糨糊的脑袋能够赶紧清醒过来。

一个人沿着便池向他走来，一个被后方营地里那团火光点亮的身影。

"谁啊？"索耐卡喊道，"是谁啊？"

他希望凯多能听到，但是篝火周围的士兵们太喧闹了。

"你怎么样啊，索耐卡？"那个人问道。

他身处阴影，但他微笑时露出一口洁白牙齿，反射着遥远的火光。

索耐卡认识他。法伦，督军的手下。

"我很好。"索耐卡说。他转身朝反方向走去，却发现洛克堵住了自己的去路。

"这是干什么？"索耐卡问道，虽然他很清楚这是在干什么，他迅速恢复了清醒。

"你和皮厄斯，你们很熟？"洛克问。

"当然，"索耐卡态度戒备地说，"我们认识很久了。"

"如此说来，你很了解他？"

"是的。"索耐卡说。问题的走向和他预料中不一样。他仍然小心提防，以免在对方的诱骗下扎进什么语言陷阱。

"那么你知道他和卢克萨娜上校的事了？"法伦问。

"他俩怎么了？"

"你知道的。"洛克坏笑着说。

"凯多和卢克萨娜？"这念头几乎让索耐卡笑了出来，"你们搞错了，如果他俩之间有事，我们早就全都知道了。"

"为什么？"洛克问。

"因为……因为如果凯多·皮厄斯搞到了这么棒的一个妞儿，他肯定会跟每个人炫耀的。"

"或许那不是真正的凯多·皮厄斯。"法伦说着走到索耐卡身后，"我们今天早些时候遇到了凯多·皮厄斯，至少，我们认为遇到的是他。"

"我不知道你们在说什么，"索耐卡说，"你们俩也喝了今晚的家乡酒吗？"

"皮厄斯到底怎么回事？"洛克笑意尽失。

"他在搞什么鬼？"法伦问道，"你了解他，他掺和了什么事情？你也参与了吗？这是你一直遮遮掩掩的原因吗？"

"我……我没有。"

"究竟发生了什么，索耐卡？为什么只有你活着逃出了头颅镇，其他家伙都被剁成了肉酱？是有人在照看你？是有人给你提了醒？"

"听着，你们——"索耐卡开口道。

"那个什么尸体的事呢？"洛克又问。索耐卡沉下肩膀，像是情绪崩溃，又像是要全盘招认。就在洛克探身过来的时候，索耐卡抓住他的胳膊，把他推进了便池里。狂怒的咒骂紧跟着落水的声音传来，法伦扑向索耐卡，脸上却结结实实地挨了索耐卡一肘。

索耐卡拔腿就跑。法伦追上去，嘴里大声咒骂，与落在便池里的那位同伴一样凶狠。

索耐卡摸黑爬上工事，找到了通向营地的小路。手电筒的光束穷追不舍。

"站住别动，索耐卡！"一个声音喊道。索耐卡听出来那是布恩督军。他匆忙躲避手电筒的光束，却听到了激光手枪的爆鸣。一蓬明亮的尘土在他的脚边蹿起。

"下一枪瞄准的就是你的脑袋，索耐卡！"布恩喊道，"站住别动！"

索耐卡没有放慢脚步。他沿着营地狂奔，四处寻找掩护。耀眼的灯光突然出现在他眼前，几乎把他晃瞎了。他停下脚步，用手掌遮挡强光。他听到了发动机的轰鸣。一扇车门打开了。

"上来！"某个声音喊道。

索耐卡眨了眨眼。在车头的灯光后面，他看到布朗兹紧握这辆老旧悬浮艇的方向盘瞪着他。

"赶快上来，佩托。"布朗兹重复道，"快上来。"

索耐卡跳上车，悬浮艇一头冲进黑夜，远远甩下了疯狂追逐他们的督军。

第八章

孟罗港,诺斯星球

"我们这是去哪里?"过了一阵索耐卡问道。布朗兹一言不发,他避开兵舍,沿着一条崎岖不平的土路朝那座砖墙宫殿南边的荒地开去。

"布朗兹?"

"不要提问题,佩托。"布朗兹回答。

"少来这套,这——"

"这比你想象中更重要,索耐卡,所以闭嘴,你本该死了的。"

"看来你发现我没死的时候不太开心啊。"

"我当然高兴,"布朗兹说,"你是我最好的兄弟,你没死我当然高兴,但这让事情变复杂了。"

"什么事情?"

"闭上嘴,好吗?就当这只是你的老伙计把你从督军的爪子里救出来。"

"你怎么知道他们要找上我的?"

"因为我跟踪你一整天了。"

他们离开了道路,沿着干枯的河床在尘埃飞扬的荒地里穿行。布朗兹把悬浮艇拉高了一些。车灯将前方的沙丘和荆棘笼罩在冷冽的光晕里。他们逐渐远离帝国部队营区的篝火和灯光,夜空显得愈加漆黑、广阔而孤寂。

二十分钟之后,布朗兹开始减速,将悬浮艇驶向一片洼地。那干燥的河谷末端是一片废墟,或许是昔日的神殿,也可能只是牲畜的坟场。有人在里面点了一堆火。

布朗兹停下悬浮艇,把引擎熄了火。

"下来,"他吩咐道,"跟我走,别犯傻。我可以保护你,但也仅此而已。务必牢记这一点。"

"你在说什么?"

"他们想把你灭口。我请求他们给你一个机会,所以我这是在拿自己的声望还有你的性命在冒险。别犯傻,别把咱俩都赔进去。"

他们离开了悬浮艇,穿过沙地走向废墟。索耐卡能闻到燃料砖焚烧的气味。废墟里的火光跃动不止,投下摇摆的阴影。

他们走了进去。由燃料砖和干燥灌木点起来的一堆小火在被烤焦的砖石地面上烧着。火堆旁的石块上坐着一个人,正在用匕首清理自己的指甲。

"这是森奈尔。"布朗兹说。

森奈尔抬头看看他们,表情冷漠,明显对这两人没什么兴趣。他穿着奥崔玛团上尉的制服,左脸上有一大片由激光枪留下的烧伤旧疤。即便没有那块伤痕,他的面孔也会显得十分严肃。

"你还真不着急。"他说。

"反正我办到了。"布朗兹回答。

"你是索耐卡?"那人问道,他依旧在用匕首尖挑着指甲。

"是的。"

"你从头颅镇活着出来了?"

"是的。"

那人抿着嘴唇。"不知道是你够厉害,还是你的狗屎运够厉害。"

"都有吧,或许。"

森奈尔站起身,收好匕首。他掸了掸军服上的尘土。

"我要问你一些问题,"他告诉索耐卡,"如果答对了,事情就很文明。如果答错了,你就别想从这里走出去,不管是厉害的你还是厉害的狗屎运都没用。"

索耐卡微笑起来。"是他们改了规矩吗?我从来不记得有哪个奥崔玛团的上尉敢这样威胁基诺少校。"

"是的,他们改规矩了,没错。"森奈尔说,"相信我。"

"我没理由相信你。"索耐卡回答。

"你有理由。"布朗兹说,"我。"

"我等着呢。"索耐卡说。

"关于345号地点的那具尸体,"森奈尔问,"你都跟什么人说过?"

"没有人。"

"得了,你骗不过我,你跟谁说过?"

"谁都没有。"索耐卡坚持道,"就连和我一起逃出头颅镇的那些部下都不知情。布朗兹知道,我知道。其余所有知道这件事的人都死在了头颅镇,除了狄米特·希班,我不知道他怎么样了。"

索耐卡转头看着布朗兹。"狄米特怎么了,赫塔多?你应该知道的,他怎么了?"

布朗兹盯着地面,没有回答。

"你的意思是,你没有跟任何人说过?"森奈尔问。

索耐卡点点头。

"穆上校呢?"

索耐卡耸耸肩。"好吧,还有她。昨天我刚到这里的时候跟她提起过,但她早就知道了。"

"真的吗?"

"布朗兹和我一起在345号地点联系过她——"

"当你跟她提起这件事的时候,"森奈尔打断了他的话,"她显得像是知道这件事吗?"

"不像。"

"不像。"森奈尔点点头。

索耐卡清了清嗓子。那摇摆不定的火焰逐渐让他产生了一点幻觉,他始终紧张不安,仿佛能在余光里看到什么,看到某些隐藏在废墟边缘的阴影。有什么东西——什么人——躲在那里。

"听着,"他说,"我不知道她为什么要否认。我猜是她糊涂了,或者是她自有安排。我——"

"她之所以否认,是因为她毫不知情。"森奈尔说。

"但布朗兹和她说过话。我听到了她的声音。"

"不,你没有。"森奈尔说。

"我听到了!"

"你真的没有,"布朗兹轻声说,他把一只手搭在索耐卡的胳膊上,"我们的通信被拦截了。我们当时根本不是在和穆说话。"

"那不可能。"索耐卡说,"她用了暗号和密码,所有——"

"他们的水平远远超过我们。"布朗兹说,"佩托,他们知道所有密码。他们一直在监听我们。"

索耐卡转头看着布朗兹。"谁是'他们',赫塔多?这到底怎么回事?"

布朗兹瞥了森奈尔一眼。

森奈尔摇摇头。

"你们两个最好有人能把话说清楚。"索耐卡低吼着。

"佩托……"布朗兹警告道。

"我是认真的,赫塔多!马上给我解释清楚,那具尸体最后究竟怎么了?你有没有把它送到地方?"

"是的,"布朗兹说,"我抵达了会合地点。我把那具尸体交给了制造它的人。"

"我完全不明白那是什么意思,"佩托·索耐卡厉声说,"我不明白那是什么意思,布朗兹。希班怎么了?他在哪里?他死了吗?"

布朗兹盯着索耐卡,他眼睛里有一种凌厉的目光。"他在坐上那辆悬浮艇之前就死了。"

"我也不明白这话是什么意思。"索耐卡低吼道。

"他受的伤,嵌进他脖子的弹片,"布朗兹边说边比画自己的喉咙,"其中一些是骨头,是诺斯人的骨头。"

"我明白,时常会那样。"索耐卡说。

"你不明白,佩托。"布朗兹很不自在地说,"诺斯人的骨头在他的身体里,过不了多久就会转化他。他们明白,他们杀了他,反正他们迟早都得让他死。"

"你一直在说他们,这个他们到底是谁啊?"

"我们不需要告诉你任何我们不想——"森奈尔张口说。

佩托·索耐卡的动作一向很快。在另外两人反应过来之前,激光手枪已经闪现在他手中,短粗的枪口直勾勾地指着森奈尔。

"马上把这些混账事情解释清楚,"索耐卡厉声命令,"马上。"

"哦,佩托,别这样——"布朗兹呻吟道。

"你闭嘴,别以为我就不会用枪指着你。"

"把枪拿开。"森奈尔说。

"先给我答案。"索耐卡说。

森奈尔叹了口气。他张开双手,让索耐卡看到他的动作,之后他把手伸到腰间，抻出自己的上衣。他将外套和背心一起拽起来，露出了右腰结实的肌肉。索耐卡清楚地看到了那个印记。

"哦……见鬼。"索耐卡低声说。

"那具尸体是我们的人，"森奈尔说着把衣服放下来，"我们的回收队伍还没在战场上找到它，它就被别人发现了。我们要把它弄回来。"

"那是我手下人的制服。"索耐卡说。

"他是个名叫里尔·维克的赞吉巴瑞兵团士官，"森奈尔语气平淡地说，"他伪装成你的士兵展开行动。"

索耐卡有一百万个问题想要问，但他也知道任何问题都会得到一个丑恶的答案。他什么都问不出口。他所熟知的整个宇宙开始分崩离析，这种感觉让他呆若木鸡。自从头颅镇被攻陷的那个血色黎明开始，再到他与霍楠·穆进行的那场诡异谈话，这种彻头彻尾的错位感就挥之不去。现在，他所相信的一切事物都被撕成了碎片，零落消逝——没有答案，没有解释，没有他能够相信或识别的任何东西。

恐慌彻底淹没了他。他用手枪瞄准森奈尔的头，扣动了扳机。某个物体从侧面把他撞倒，他打出的那枪也射偏了。是布朗兹，是布朗兹给了他一拳。

在索耐卡回过神之前，森奈尔就把枪从他手里踢飞了出去。枪滑进了舞动的阴影中。森奈尔又在他肚子上补了一脚，确保他站不起身来。那一脚挺狠的，索耐卡肺里的空气被挤了出去，他感觉到一种只可能是内脏出血的深层痛苦。

"他对我们没用。"索耐卡听到森奈尔对布朗兹说。森奈尔抽出了他的匕首。

"别！"布朗兹警告道。

"他是个累赘，我们用不上他。"

深陷剧痛的索耐卡喘息着，扭动着。他看到森奈尔走向自己，手中握着匕首，准备刺进他的身体。

"我们已经让他知道了这么多，"一个声音说道，"不如把剩下的也告诉他吧？如果他到时候还是反对的话，尽管把你的匕首刺进他心口，森奈尔。"

索耐卡的肺脏重新开始工作。他深吸一口气，剧烈咳嗽，眼泪从脸上滑落。

"佩托？"布朗兹喊着，"佩托，看着我，佩托？"

索耐卡抬起头。布朗兹把他自己的衣服也拽了起来，他右腰上的肉显然比森奈尔多出不少，但那个印记完全一样。

"哦，老天。"索耐卡嘶声说，"不……赫塔多，你也是……"

"这是'九头蛇'的印记，"那个声音说道，"是我们赐给朋友的标志，值得信赖的朋友。"

索耐卡听到沉重的脚步声踏过烧焦的地面向他走来。一块阴影落在他的身上，挡住了火光。

索耐卡能认出那个剪影。那是一名身穿全套盔甲的阿斯塔特。

"'阿尔法军团'……"索耐卡轻声说。

"正是，"阿斯塔特居高临下地跪在索耐卡身边，"我相信你是个好人，佩托——诚实可信。我觉得我们可以当朋友，我不想杀你，但如果你继续保持这种抵抗姿态的话，我会毫不犹豫地动手。"

"那就别对我说谎。"索耐卡呻吟道，痛楚压低了他的声音。

"我没有说谎，佩托。"

"你叫什么？"

"阿尔法瑞斯。"

佩托·索耐卡笑了起来。那是一股充满痛苦的残破笑声。"谎言，谎言，更多的谎言。我很确定阿尔法瑞斯大人此刻正在和纳玛特吉拉总司令会谈。你在向我撒谎，所以不如现在就杀了我，把这件事了结。"

"把匕首给我，森奈尔。"那名阿斯塔特说。

"为了孟罗港的行动，我将会请求你的授权来征用舰队里的所有星语者，大人。"阿尔法瑞斯说。

"为什么？"纳玛特吉拉问。

这场集会的参与者都坐在低矮的沙发上，仆人们端来了大餐。阿斯塔特戴着庞大的手甲，却能灵巧轻便地把食物送进嘴里，这让纳玛特吉拉看得十分着迷。虽然体形魁梧，他们的敏捷和优雅值得称道。

"灵能是压制诺斯威胁的关键武器。"佩克说。

"这种威胁……"纳玛特吉拉说，"你们已经谈论过这种混沌的力量，但对我而言，它恐怕更像是黑暗年代的愚行和迷信。"

阿尔法瑞斯面露微笑，动作娴熟地撬开一个在动力手甲中显得分外渺小的生蚝，他把那块粉色的肉送进嘴里。"你已经目睹过它了，大人。你要如何称呼它？怀尔德大人坚持认为那是魔法。"

"它不是魔法，"赫佐格说。

"同时又是魔法。"佩克说，"本质上，那就是人类有史以来一直称其为魔法的事物。"

"因格和玛希亚斯的意思是，"阿尔法瑞斯说，"我们的银河中存在着一种超乎人类理解能力的原始力量。它丑恶而强大，与我们认知中的世界并行存在，它源自虚空。"

"而这就是，按照你们的说法，所谓的混沌？"纳玛特吉拉问。

"我们用'混沌'来称呼它，但这个词语很不准确。它是一种原初的力量，可以被那些落入其掌控的人所运用。"

"你们之前就见过？"

"是的，大人，一两次。它是整个宇宙的灾星，一种在某些地方肆意扩散的毒害。它颠覆意志，腐化心灵。"

"它会腐化我们吗？"纳玛特吉拉问。

"当然不会！"阿尔法瑞斯笑着说，他又吞下一块生蚝肉，"它不是某种瘟疫，但它已经根植于诺斯社会之中。它让诺斯人掌握了一些在我们看来匪夷所思的邪异之术。灵能者是我们对抗混沌的最强防线，他们能够抵消敌人的优势。出于同样的理由，我希望在发动攻势的时候，基诺52千连团能够被派遣到前线去。"

"出于什么同样的理由？"纳玛特吉拉问。

"千连团的上校们是低级灵能者，她们会为我们带来一些优势。"

"那就如此吧。"纳玛特吉拉说，他看着阿尔法瑞斯，"我相信你，原体大人。我相信你会干净利落地让他们溃不成军。"

"你的信任没有放错地方，大人。"阿尔法瑞斯回答。

狄纳斯·柴恩出现在纳玛特吉拉身后，俯身耳语了什么。

纳玛特吉拉点点头。"抱歉，原体大人。虽然我对这场谈话非常有兴趣，但是我必须离开了，我有些事情要去处理。"

阿尔法瑞斯点点头。"我理解，我同样需要离开了，欧米冈给我发来了信号。感谢你的盛情款待，大人。诚挚而温暖的欢迎。"

他们站起身，周围顿时安静下来。

"诸位，"纳玛特吉拉高声说，"诸位，请继续享受这个夜晚。不要让任何事情干扰你们来之不易的休息。阿尔法瑞斯大人和我先行离开，我们需要考虑未来一段时间的作战形势。用美食和美酒填满你们的肚子吧！"

欢呼声在庞大的帐篷里响起。

"我很荣幸能够认识诸位，"阿尔法瑞斯说，"我相信，只要勠力同心，我们必将在一周之内结束这场归顺行动。女士们，先生们，尽情享受吧。"

他举起杯子，一饮而尽。

一个仆人接过阿尔法瑞斯的空杯子。"总司令？"阿尔法瑞斯优雅地对纳玛特吉拉点头致意。

"今晚我颇有收获，阿尔法瑞斯大人。我对于宇宙秩序的观点被改变了，我希望我们能有机会更深入地探讨这个问题。"

"当然。"

"愿泰拉庇护你，愿帝皇保佑你。"纳玛特吉拉说。

他们沿着相反方向离开了帐篷。宴会在他们身后继续进行着。

纳玛特吉拉从南部门廊走进冰冷的夜晚，他的路西法黑卫等待着他。

"汇报，"纳玛特吉拉说，"你们在卢克萨娜上校那里查到什么了吗？"

"没有，"柴恩说，"但绝对有一名外来特工渗透进来了。那名间谍杀死了我的一名部下，就在帐篷外面。他距离很近，水平很高。我们必须立刻清理门户。"

纳玛特吉拉点点头。"你亲自去办，我给你全部授权。顺便问下，你对那些阿斯塔特怎么看，狄纳斯？"

狄纳斯·柴恩扭过头，神情冷酷地看着他的领袖和指挥官。

"每一个都在撒谎。"他说。

在西部门廊，阿尔法瑞斯、佩克和赫佐格走进凉爽的夜色中。欧米冈等待着他们。他已经让卫兵退下，便于私下交谈。四个身穿盔甲的庞大身影一起前进，穿过开阔的沙丘，向深紫色夜空下的运输车走去。

"我怎么样？"整晚负责扮演阿尔法瑞斯的阿斯塔特问道。

"棒极了。"佩克回答。

"大师水准。"赫佐格说,"不过,你确实具有天生的优势,欧米冈。况且,我觉得你很享受扮演原体的角色。"

"谁不是呢?"佩克轻笑着说。

"那么,西德。"欧米冈瞥了一眼今晚代替他作为欧米冈出现的那名阿斯塔特,"情况如何?"

"阿尔法军团"终结者精英部队的指挥官西德·兰科是一位格外高大的阿斯塔特,能够在各种外交场合担当阿尔法瑞斯或欧米冈的替身。他耸了耸覆盖铠甲的壮硕肩膀。"格拉玛提卡斯出现了,想要窃听那场会议。他干掉了一名路西法黑卫。"

"如此说来他挺厉害的?"欧米冈问。

"他很厉害。"赫佐格保证。

"但他受伤了,"兰科说,"头破血流。我取了他的血样。"

"有配对吗?"佩克问。

"有,孔尼格·汉尼克尔。显然是名帝国军队的间谍人员,深层渗透特工。"

"他是格拉玛提卡斯?"

兰科点点头。"我认为是的。他是个狡猾的家伙,也相当有能力。路西法黑卫惶恐不安,很少有什么东西能让那些狡诈的浑蛋感到惶恐不安。我们要找到他,而且要赶在他们之前找到他。我已经让舍尔去展开追捕了。"

"我们在等什么?"赫佐格问。

"阿尔法瑞斯在哪里?"欧米冈问。

"在沙丘废墟那边,"西德·兰科回答,"在了结另一桩事情。"

第九章

孟罗港，诺斯星球，第二天黎明之前

凭借纯粹的意志与臂膀的肌肉，约翰·格拉玛提卡斯撑开了那张妄图将他囫囵吞下的双颚，从熔炉般的巨龙大口里翻滚出来，落在冰冷的沙地上。

他已经虚弱不堪，筋疲力尽，但是没有关系，巨龙已经消失了，就像任何梦境都会在人醒之后消失一样。格拉玛提卡斯在这个偏僻小镇后方的洼地里全身颤抖着躺了一阵。他昨晚受的伤比预想中还要严重。他的双手皮开肉绽，大部分指头都无法弯曲，不是过于肿胀，就是已经骨折。紧身衣袖子上的护甲虽然成功挡住了路西法黑卫的短剑，还是让他的前臂布满了青紫的瘀伤。他的脸又酸又涨，断裂的鼻梁周围也肿了起来，让他的眼睛都有些睁不开。他的鼻孔里满是黑色的瘀血，脑后撞伤的位置也敏感得让他不敢触碰。

前一天晚上，他心里也很痛苦，但那至少是一个充满了温暖与激情的夜晚。而今天，在粗糙的沙地上熬过一夜之后，他的体温大幅下降，除了恶心和疼痛之外什么也感觉不到。

在被迫与路西法黑卫交手之后，格拉玛提卡斯就埋头逃进了沙漠。如今再返回那座砖墙宫殿既不理智也不安全。格拉玛提卡斯明白，他现在遭到了至少两股危险势力的猎捕——"阿尔法军团"及纳玛特拉吉总司令的亲卫。他在沙丘海洋里找到了一个安全位置，一边思索要如何继续执行任务，一边沉沉睡去。

但是，在这刺骨的黎明时分，被寒冷和伤痛轮番折磨的格拉玛提卡斯逐渐认定，自己的行动目标已经无法达成了。允许他将功补过、完成任务的最后一丝机会可能已经消逝。他担心自己伤势过重，暴露了太多信息，以至于继续行动会遭遇太大的风险。或许是时候放弃任务，离开这里了。密教需要另寻他法来实现他们的规划。

他摇摇晃晃地站起身来。黎明刺破苍穹，一线曙光逐渐从天际蔓延开。还剩下一个小时的刺骨寒冷，之后太阳就会像粉色吸水纸上漂白的水渍般印

在天空中，大地将变成一个烤箱。然后他就会死。

但约翰·格拉玛提卡斯并没有慌乱而盲目地一头扎进空旷的沙漠里，他对地图的掌握与他的唇语技巧一样强。在渗透孟罗港的攻城部队之前，他花费三天时间仔细侦察了宫殿南边二十公里之内的荒漠地区。他很有条理地埋藏了一些应急物资，以防自己被迫需要采取任何特殊的撤离手段。

是的，他决定了，与之前相比，如今确实是时候离开了。他已经倾尽全力，然而功败垂成。他愚蠢地在这里滞留了很久，尤其是在见到那头龙之后。他对于未来的预期只剩下三种十分简单的可能性：他可以活着逃出此处，日后尽力说服密教他在诺斯星球的失败并非有意为之；他也可以离开这里，并且绞尽脑汁地避开密教；他还可以死在沙漠深处。

如今的密教已经不是昔日那个宽宏大量的主人了，但无论如何，第一个选项似乎依旧是最理想的。他盼望自己仍然是一件存在利用价值的玩具，可以被饶过一命。

他吞下一颗药丸，让自己的神志和感官恢复清醒，之后往西走了一公里。那种化学兴奋剂也冲淡了他胳膊、头颅和关节处的痛苦。随着思维逐渐清晰，他开始观察周围的环境，用预先侦察时耐心记住的一些地标来确定自己的位置：六块平坦的石头、一枚叉角羚头骨、一片状如克里米版图的灌木。

他在十五分钟之内就找到了那个水池。

这片尚未被漫长夏季彻底烤干的积雨静静地躺在一块格外低洼的盆地底部，苦咸而污浊的积水在池塘中心也只有不到一米深。这水已经不能喝了，但还可以用来清洗。他皱着眉头，打算借助水里的矿物盐来给自己的伤口消毒。

他用受伤的手将池水泼在后脑勺儿上，紧咬牙关，低声呻吟。

冉冉升起的太阳将第一缕阳光刺入这幽深沟壑的黑暗中。格拉玛提卡斯小心翼翼地环绕盆地前进，直至找到了那个被两块黑玛瑙标记好的地点。他用受伤的双手笨拙地把先前埋好的背包挖了出来。

那是个用防水帆布制成的标准军包。里面有两瓶一升的补液、一包马上就被他打开吃掉的军粮、一个医疗包、一把折刀，还有备两个充能弹匣的激光手枪、三发信号弹、一台自动定位仪、一件裹在塑料文件夹外面的干净紧身衣，以及一块可书写的数据板。

他坐下来，一边咀嚼军粮一边畅饮瓶子里那种味道古怪的液体。他浏览了一遍文件：两套备用身份，还有两套空白身份，让他可以利用存储在数据板里的基因信息迅速伪造成另一个人。

他回顾了一份撤离方案。手头现有的食物和饮水足以让他撑到八公里以南的下一个物资点，之后他会用定位仪向位于星球轨道的舰队呼叫营救，信号弹可以帮助救援船找到他。他们想必愿意救助一个迷失在沙漠边缘的基诺少校，那正是他的备用身份之一。参照几周前失踪的一名少校的个人信息，他仔细伪造了相关文件。佩托·阿巴里·索耐卡，"舞者"少校，在345号地点的战斗中失踪。格拉玛提卡斯心不在焉地练习着费多西亚口音，他可以轻松搞定这些。

等到终于有人发觉他并不是佩托·索耐卡的时候，他早已通过两三个窃取而来的身份抹消了自己的踪迹，遁入舰队数据库的无尽迷宫里了。那么，之后呢？搭乘一艘补给船回到帝国的核心区域？自然要找一个简单而又不招人怀疑的方式。每天都有上百艘飞船往返穿梭，为开疆扩土的670号远征队提供服务，满足其庞大的物资需求。没有人会注意到他溜上了其中一艘，在九十光年之外某个偏僻的殖民星球落脚，然后永远消失。永远。

他考虑过用医疗包处理一下自己的伤口，又觉得这些脏兮兮的伤痕会为他将要编造的荒野求生经历提供佐证。

格拉玛提卡斯叹了口气，开始重新打包。他尽量不再去想卢克萨娜·赛义德。盖赫特那个老浑蛋说得没错，那是个错误的选择。如今遭受极大威胁的是她的生命，而非他的任务。她很可能会为他的消失付出代价。他再次对自己的懦弱感到厌恶。他卑劣而有预谋地利用了她，但令人伤感的是，格拉玛提卡斯确实对她怀有真情。等他回到舰队，在一个新的身份下开始行动后，或许可以尝试安排召回她。他可以把她救出来，带着她一起走。当然，那存在着露出马脚的风险……可能是太大的风险。

"我是个懦夫。"他大声告诉沙漠，泪水从脸上滑落。

"你是个懦夫。"沙漠回答道。

格拉玛提卡斯一跃而起，心脏狂跳。他努力用受伤的手掌握住激光手枪，瞄准面前的——

空空如也。

他四下张望，寻找声音的来源，时刻将手指搭在扳机上。

+现身！+他用灵能发送信息。

"我就在这里，约翰。"

他低头看着污浊的池水，密教正在用水面作为传递影音的媒介。这一次不是盖赫特，它们派了斯劳·达。

"你们静默得够久的，"虽然斯劳·达的影像让他感到惊恐，格拉玛提卡斯还是大胆地说，"我联系过你们，但是没有得到回答。现在你们反倒来联系我了？"

斯劳·达点点头。他的身影异常清晰，就像是被池水所投射的全息影像一样。戴着骨白色闪亮头盔的斯劳·达盯着格拉玛提卡斯。他的体形高挑纤细，巨大双翼上的白色羽毛反射着愈发明亮的阳光。斯劳·达的瑟西安族翻译格拉托站在那居高临下的白色身影前方几米处。

"您有何贵干，大人？"格拉玛提卡斯问。

斯劳·达低声说了些什么。

"他想知道你为什么要在我们即将达成目标的时候放弃。"格拉托将斯劳·达翻译成通用语的举动实属多此一举，格拉玛提卡斯的灵族语足够好。

"我的身份暴露了。你们必须明白，我没法更接近他们，你们安排的任务我办不到。"

斯劳·达没有回答。他继续盯着格拉玛提卡斯。

"你要终结你的任务？"矮小的瑟西安人用通用语问。

格拉玛提卡斯没有理会格拉托，他换成灵族语直接与斯劳·达对话。"我说了，我办不到——"

"他知道你说了什么，约翰。"格拉托说。这个瑟西安人必须迅速而灵巧地活动口器才能说出人类的语言，"他以为密教对你展开的训练已经足够完善，为你提供的资料已经足够详细。它们还与你分享了预见之力。"

"的确，但是——"

"他以为你明白这场博弈有多么重要。"

"我明白，但是——"

"你为什么要放弃，约翰？"

格拉玛提卡斯摇摇头，把激光手枪扔回背包里。"对你们而言，我已经没用了，这项任务在当前情况下不再可行。我尝试接近过"阿尔法军团"，但我办不到。他们太警觉了。你们应该另派一位特工，尝试另一个地方，或许另一支军团？"

"你这是在替我们做计划吗，约翰·格拉玛提卡斯？"格拉托没有翻译斯劳·达的问题，他原封不动地传达了出来。那个问题很简单，但是放在灵族的指责性句式里，它听起来像一句死亡威胁。

"我不敢妄为，大人。"格拉玛提卡斯颤抖着说。

"两个太阳年，那就是在一切开始之前我们仅有的时间，"格拉托继续传达斯劳·达的低语，"最多十年，一切就会结束。这是我们的行动时限，是将你们这个目光短浅的种族转变成造福宇宙的宝贵工具的唯一机会。"

"您从来都不怎么喜欢人类，对吧，尊敬的大人？"格拉玛提卡斯问。

"Mon-keigh。"斯劳·达语气轻蔑。

"你们是低劣的种族，是后来者、残缺的族群。"瑟西安人解释道。

"不，把您的真实想法告诉我。"格拉玛提卡斯说。

斯劳·达低声说了什么。"你们是银河的恶疾，你们将会成为它的末日，或者救星。"格拉托翻译道。

"我实在喜欢我们之间的谈话，"格拉玛提卡斯微笑着说，"能与一位将我们整个种族视为银河进化道路上的短暂畸变的生灵坦诚交流，真的让我受益匪浅。"

"你们难道不正是如此吗？"斯劳·达用口音浓重的低哥特语问道。

"你知道什么？去死吧你，你这个脑袋僵化的灵族浑蛋，滚到宇宙里任何一个你自以为安全的角落躲着去，少来烦我。别再通过你的影像侮辱我。"格拉玛提卡斯啐了一口。他的唾沫落到水池里，溅起的波纹被斯劳·达的胫甲挡住了。

"约翰？"格拉托问道，"你为什么觉得这是他的影像？"

格拉玛提卡斯迅速后退了几步，结结巴巴地说。"不,不……不！"斯劳·达向他迈出一步，从弯着腰的瑟西安人身边走过，他的脚步让池底的沉淀物都翻腾了起来。

格拉玛提卡斯扑向自己的背包，但灵族人的动作要快得多，自创世之初就一向如此。一道白色残影闪到他的面前，一把扼住了他的喉咙。覆盖着灵骨甲胄的纤长手指死死掐着格拉玛提卡斯的脖子，将他按在地上。

"求求您！求求您！呃啊！"

斯劳·达握在格拉玛提卡斯喉咙上的手掌渐渐收紧。

"不要乞求，mon-keigh。"

"呃嗯！您……您亲自来了？"

"是的，约翰。"格拉托走到他们身后说道。

"斯劳·达大人亲自来到这里，因为事情太重要了。"

"两年，我们只有这些时间。"格拉托说道，它传达着白色巨人几乎微不可闻的低语，"两年，约翰。密教将我们的预言和先知能力集合在一起，清楚地看到了这些。即便是德拉罕德拉都预见到了，而你是知道它们的行动有多么缓慢的。"

格拉玛提卡斯点点头。德拉罕德拉是密教成员中最沉默寡言也最高深莫测的种族，它们是具有知觉的能量尘，基本已经灭绝，仅存的一些个体以薄膜形态存在于濒临死亡的气态巨星周围。就连它们都感知到了宇宙命运的迅猛重塑。

"我们都会死，只有 mon-keigh 才能改变格局。"

"我真希望他能别再那样称呼我们。"格拉玛提卡斯揉着脖子上的瘀伤，对格拉托说。

"那会被称为一场叛乱。"斯劳·达通过他的翻译员回答，昆虫激动地扭转着口器，"那会让你们种族的成长骤然停顿，即便是你们那位光辉的帝皇也会失落其中。"

"失落？"

"他会死，约翰。"

"老天，您确定？"

"这是预见之中的。他会永远死去，而我们要避免的正是他的永恒死亡。虽然你们的帝皇很渺小，但他依旧是一个关键角色。"

"荷鲁斯呢？"

"他是个怪物。现在还不是，但他很快就会变成一个吞没所有怪物的怪物。"

"你们就不能阻止这些，或许该去接触另一支军团？"

"约翰，我们逐一测试过所有军团。首先是'暗黑天使'，早在几个世纪之前，但他们存在太多的内部腐化。所有较老的军团都要为伟大远征维持战士数量，这一需求加剧了基因种子里的缺陷。无论用什么样的方式，他们全都进行了自我削弱，他们全都存在弱点。但'阿尔法军团'，这最后的一支，最新的一支……他们还足够纯粹，尚未僵化，容易接受改变。"

"肯定会有……"

"约翰，听他的。"格拉托说道，"他带领密教进入了黑图书馆，探究其间的真理。他打破了所有古老戒律来达成此事，这是史无前例的。密教在尝试招募阿斯塔特的过程中已经耗费了数百名特工。"

"人类特工？"

"是的，约翰，人类特工。各个种族的特工，约翰，'阿尔法军团'是我们最后的希望。他们是后来者，他们的基因种子没有被泰拉混战及异形战争所稀释。约翰，我们必须——"

斯劳·达开口打断了他的翻译员。"你的第一次死亡。"他知道格拉玛提卡斯不需要翻译，所以使用了灵族语。

"我的第一次死亡，"格拉玛提卡斯重复道，"安娜托巢都，我从来没有请求过您救我。那是您的选择，记得吗？是您选择将我重塑在这具身体里，让我成为您的特工。所以您别指望让我偿还这份我从来没打算欠下的人情。"

一阵漫长的沉默。

"我必须这样，约翰。"斯劳·达回答。

他又低语起来。

"这已经不仅仅和任务有关了，"格拉托翻译道，"你的任务依然至关重要，但另一个因素已经登场，一个预料之外的因素。"

"是什么？"格拉玛提卡斯问。

"那是一件避开了密教预见之力的事物。密教特意选择了诺斯星球，以此作为向'阿尔法军团'展示原初湮灭者力量的理想机会。如今看来，这场展示的效果恐怕过强了。"

"我不明白，"格拉玛提卡斯说，"您在说什么？"

"那就是我亲自来此的原因。"斯劳·达轻声说。

"我们最近刚刚发现，"格拉托说，"诺斯人拥有一个黑立方。"

第十章

孟罗港，诺斯星球，同一天早上

在侍从们的跟随下，霍楠·穆走入这座砖墙宫殿里的一个宽敞内院，明亮的阳光正在炙烤大地。她的步伐一如既往地迅速，仿佛她要迟到了，而前方没有任何事物能够阻挡她。

其余上校及高阶少校们都聚集在庭院里，或是三三两两地闲聊，或是阅读作战报告。由斯丽·维特准将和戴夫少将负责主持的晨间会议按计划将在半个小时后开始，大家的期望值很高。一支完整的阿斯塔特部队将在军团原体的亲自率领下加入战局，每个人都相信军事行动会迅速升级，很可能要在近期展开全面进攻。所有人都明白，总司令对于孟罗港战场的当前形势非常恼火，他希望"阿尔法军团"能够干净利落地攻陷那里，解决他的麻烦。

侍从们全都喋喋不休。天气晴朗，但是从沙漠刮来的大风让气温很低，天空反向旋转的速度显得比以往更慢了。孟罗港上空的乌云依旧漆黑，但那种尖叫声的音量似乎降低了一些，或者至少是被沙漠的狂风冲淡了。那尖厉声音像耳鸣一样隐匿在听觉范围的边缘。

霍楠·穆停下脚步。"闭嘴。"她用洞察力甩出一道命令，她的侍从们立刻安静下来，"一个一个来。"

"昨晚，防线上发生了两次敌军突袭，"提芬妮说，"一次是在412号地点，午夜左右，奥崔玛团经过小范围交火后将敌人击退。另一次袭击发生在416号地点，被恶棍连迅速驱散了。"

"伤亡人数？"

"两次都没有伤亡，上校。"佳妮说。

"敌军情况？"

"两次袭击由诺斯骑手发起，"黎莉说，"不到三十人，估计是由一个精英刀手率领的轻甲沙漠游骑兵队伍。他们尽可能快地躲回了荒漠里。"

"他们是在刺探我们的阵线，寻找弱点。"佳妮说。

霍楠·穆带着挖苦的神色看着那个女孩。佳妮低下头，咕哝道："当然，你早就看出来了，上校。"

"还有吗？"穆追问。

"有零星的报告表示，昨晚在指挥官的帐篷附近，有一个间谍被驱赶走了。"提芬妮说。

"'驱赶走'是什么意思？"穆问道。

"一名叛乱势力特工在总司令和阿斯塔特展开会晤的时候溜到了帐篷附近，"奈芙缇说，"他被发现之后就逃跑了，很可能潜入了沙漠。"

"这是未经确认的？"穆问道。

"只是传言，总司令手下的人好像不愿意承认这样一件匪夷所思的事情确实发生了。"

"那当然，一名特工如此接近……"

"还有传言说，那名特工可能干掉了一名路西法黑卫。"艾瑞卡补充道。

霍楠·穆转头看着艾瑞卡，那个女孩没有避开上校凌厉的目光。穆十分喜欢艾瑞卡坚强的性格，与穆身边最年长的侍从提芬妮相比，她要年轻得多。作为岁数最小的一个，艾瑞卡很有潜力。她让穆想起了当年的自己——泰然自若，坚定而倔强。

"那名敌军特工杀死了一名路西法黑卫？"穆追问。

艾瑞卡点点头。"就在帐篷外面，但是里边没有一个人听到。当然，总司令的手下全盘否认，但是你知道的，坏事传千里。"

"我恰巧认识一个奥崔玛上尉，他说他看到那具尸体被运走了。"黎莉说。

我能想象得到你是怎么恰巧"认识"那个上尉的，穆心想。"见鬼，"她低声说，"一名路西法黑卫死了？"

"虽然总司令身边的人都拒绝对传言做出评论，"提芬妮说，"但是自从昨天午夜开始，安全系统确实直接提升到了第六级警戒标准。"

穆点点头。第六级是最高强度的安全级别。

"我们听说总司令已经授权路西法黑卫在所有军队单位中展开全面的安全排查。"佳妮说，"任何人都必须做好准备，保证随时能够接受黑卫的盘问。总司令显然迫切地想要在发动进攻之前把我们中间的间谍揪出来。"

"如果是我的话也会那样做。"穆叹了口气。

"我得抢在他们之前把事情处理干净,"她心想,"我必须迅速而高效地扫清千连团的门户,以防那些该死的路西法黑卫认定我们的部队存在问题。我从骨子里知道我们内部有个污点,卢克萨娜,卢克萨娜,那个蠢女人,她在掩藏什么,我需要在古老百团因此蒙羞之前查清楚。"

她抬头看着天空不自然地缓慢反转,就好像冰块融化成水的录像被倒过来播放一样。沙漠的烈风扯动着她们的斗篷。

"上校?"奈芙缇问。

"在这里等我。"穆说着穿过庭院。她的侍从奉命留在原地,窃窃私语。

"督军。"穆说。

弗兰科·布恩转过身看着她,他刚刚正在和珊梓上校及她的侍从交谈。

"上校,"他点点头,"我正准备去找你聊呢。"

"说说吧。"穆回答。

他们从人群中走出来,站在院子南边的角落里、廊柱的阴影下面。

"有怪事。"布恩低声说。

"继续。"她回答。

"我问问你,"布恩说,"卢克萨娜上校?你告诉过我,说她在掩藏些什么事情。有可能是她跟皮厄斯少校的关系吗?"

穆盯着他。"或许吧,虽然我不明白她有什么好隐瞒的,谁在乎?"

布恩耸耸肩,他拿起挂在脖子上的金色小盒,吸了一点鼻烟。"问题是,"他抽着鼻子说,"我们按照你说的,到卢克萨娜的住处搜过了。我们在那里碰到了皮厄斯少校,他很没面子,衣服就更没有了。"

穆大笑起来。她感到十分宽慰,如果仅此而已,如果这就解释了卢克萨娜的古怪行为,那么她一直在瞎操心。

"那就搞清楚了。"她说,"抱歉给你们惹麻烦了。"

布恩的阴郁表情并没有散去。"麻烦才刚刚开始呢,上校。"他说,"我们后来发现,那不可能是皮厄斯,除非皮厄斯能够同时出现在两个地方。无论那究竟是谁,他都滴水不漏地骗过了我和我最棒的两个副手。"

"我不明白你的意思。"穆说。披着斗篷的她突然感觉到风中的寒意,不禁打了个冷战。

"我也不明白,女士。"布恩说,"所以我昨天花了一晚上监视皮厄斯。猜猜我瞧见谁和他混在一起？"布恩挠了挠棱角分明的鼻梁，意味深长地看着她。

"你得告诉我，弗兰科。"她回答。

"索耐卡。"

她盯着那个督军。"嗯，当然了，他们是老朋友。"

布恩摇摇头。"索耐卡的脑门上就写着'可疑'二字，穆。他活着逃出了卡特镇，还跑来给你讲了个故事，关于什么的来着？一具什么尸体，还有赫塔多·布朗兹？索耐卡、皮厄斯，他们两个有问题。"

"我相信他们没问题。"穆向督军保证。

布恩又摇了摇头。"我还是觉得不对劲，上校。"

穆抿着嘴唇，仰起头看看天空，阳光让她眯起了眼睛。"佩托的故事是个幻觉，"她说，"他之后亲口承认了。他受了那么多罪，有些犯糊涂——"

"于是我们打算去找他私下聊聊，"布恩打断道，"安静地聊聊。结果他撞开我们逃走了。"

穆没有回答。

"他在掩藏什么。"布恩说，"索耐卡和皮厄斯，或者说那个装作是皮厄斯的人，肯定是一伙的。放在以前，我会一笑了之，但现在我们有麻烦了。黑卫正在严查，正在清洗。如果他们当真搜出来什么脏东西，咱们的脑袋就要在地上打滚了。你知道纳玛特吉拉能有多宽容，他为了杀鸡儆猴完全可以高高兴兴地把基诺52千连团开膛破肚。"

穆直勾勾地盯着弗兰科·布恩，对方忍不住避开了她的目光。"弗兰科，佩托·索耐卡没有问题。他是个好人，一个见鬼的好人，最近这几周他在鬼门关里走了一趟。我们和他谈话的时候他还神志不清呢。他不是间谍，他逃跑是因为你们吓到他了。我可以用性命担保。"

布恩始终坚持与她对视。"他逃跑了，穆，他撞开我们逃走了。他消失了，今天早上布朗兹也失踪了。他的上尉都不知道他去了哪里。自从昨天晚上开始，他们就没见过他的影子，一点踪迹都没有。我发誓，他们都被牵扯进去了，穆……索耐卡、皮厄斯和布朗兹，最好的三个少校。我们现在说的不是什么傻大个新兵蛋子。他们都是熟知机密的少校，他们手里拿着军队的所有密码本。如果最后发现是他们叛变了，这件丑闻足以让我们整支部队被裁掉。"

霍楠·穆把斗篷裹在身上，尽量挡住寒风。"弗兰科，跟我来好吗？"她问道。

她带领督军沿着长廊走向一道阴暗的楼梯，爬上了可以俯瞰整个庭院的平坦天台。在天台上，狂风和阳光都显得更加强烈。有两个人正坐在天台的边缘等待他们。看见穆和布恩走上来之后，那两人立刻站起身。

布恩惊愕地眨眨眼，拔出手枪。"赫塔多·布朗兹，佩托·索耐卡……你们被拘捕了，不要——"

"把枪收起来，弗兰科。"穆说，"他们是自愿来的。他们请求我安排这场会面，为了能直接和你对话。"

布恩垂下枪，但没有收起来。"我听着呢。"他说。

"督军，"布朗兹随意但尊敬地朝布恩行了个礼，"我的老朋友佩托要向你道歉。对不对，佩托？"

索耐卡点点头。"我昨天晚上逃跑简直蠢透了，真的，我纯粹是个笨蛋，我有点发疯了。我当时不知道在想什么。我很抱歉，布恩督军。"

"没这么简单。"布恩说。

"他说的是实话。"布朗兹说，他从腰包里掏出一叠文件，"看看，医疗报告。他们今天早上给他检查之后出具的，战斗疲劳。"

"谁都会编的故事。"布恩哼了一声，又举起手枪。

"听我说，我花了一天多时间把他找回来，"布朗兹说，"因为他是我最好的朋友，我不想让他挂在绞索上随风飘荡。他搞砸了，就这样。"

"真的？"布恩问。

"他的连队在乌潭镇吃了大亏，剩下的人又在卡特镇被屠杀了。佩托身上出现战斗疲劳的症状很正常。"穆说。

"那种精神创伤足够让任何人想要避开来意不善的督军。"布朗兹补充道，"你的人暗示说卡特镇的屠杀都是佩托的错。"

布恩放下武器。"这倒是……"他把那叠文件从布朗兹手里扯过来，浏览了一遍。纸张在风中舞动。

"我不想让布朗兹或我的上校为我开脱。"索耐卡说，"我可以为自己做过的事负责。很抱歉我对你的人动手了，督军。泰拉在上，我真的很抱歉。"

"我可不想让佩托什么事都没干就吃枪子儿，布恩。"布朗兹说，"我说了，我昨天一整天都在找他，当我终于找到他之后，我就说服他跟我回来自首，找你把话讲清楚，和平解决这事。"

"他得到了我的授权。"穆说,"赫塔多今天早上把昨晚发生的事告诉了我,并向我把事实解释清楚了。"

"赫塔多让我明白应该自首,应该回来面对你。"索耐卡说,"我意识到我绝对绝对不该跑。那让我显得太可疑了。"

布恩把武器收进了枪套里。他怒视着三人,把文件塞回布朗兹手中。"好吧,好吧,但我还是不爽。"

"你当然会不爽。"索耐卡说。

"那就是为什么我们打算给你些好处,"布朗兹说,"补偿我们给你带来的麻烦,并且感谢你的谅解。"

"比如?"布恩酸溜溜地问。

"凯多·皮厄斯,"索耐卡说,"我跟赫塔多都是他的老朋友。我们能从他嘴里弄到一些你们督军永远问不出来的东西,关于他、卢克萨娜上校,或者任何什么不对劲的事。"

"给我们一两天时间,"布朗兹说,"到时候我们会向你汇报我们挖出来的所有情况。"

布恩看着穆。"我不信任他俩中的任何一个。"

"我用性命担保。"穆说,"他们是我手下最棒的少校。让他们去吧,弗兰科。他们会找出我们内部的污点,如果这两个人在骗我们,我就亲自弄死他们。"

"她会的。"索耐卡说。

"她真的会。"布朗兹表示同意。

布恩微笑起来。"这我信,但如果你们这两个浑蛋真的和皮厄斯那么熟,为什么要出卖他?"

"如果凯多·皮厄斯背叛了千连团,"索耐卡说,"就算他是我的亲兄弟也没用。我会活剥了他的皮。"

"连队第一,帝国第二,"布朗兹说,"同袍高于同胞。"

"好吧,"布恩说,"两天时间,不然我会给你们好看。"

"很公平。"布朗兹说。

"没问题。"索耐卡表示同意。

布恩转身作势离开,又扭过头来。"索耐卡,我确实同情你的遭遇,失去一整支连队不是件好受的事。"

"的确不好受，督军。"索耐卡回答。

布恩把他们留在天台上，走回了院子。霍楠·穆看着两位少校，她把被风吹乱的发丝从眼前拨开。"我要去参加会议了。"

他们点点头。"谢谢你帮我。"索耐卡说。

"每位上校都要照顾好自己的部下，"她答道，之后略加停顿，"别让我失望，别让我后悔今天为你们玩命。"

"我们不会的，霍楠。"布朗兹说。

"那就好。"她说，"我希望在二十四个小时之内，在黑卫开始找我们的麻烦之前，千连团的门户就能清理干净。从卢克萨娜入手，我说过，她在隐藏什么。那就是我一开始派布恩去查她的原因。"

"如果我们发现了任何情况，你都会是第一个知道的。"索耐卡说。

"之后我们可以一起去告诉布恩。"布朗兹微笑着说。

"我只是好奇，你们认为皮厄斯有问题吗？"穆问道。

"凯多？"布朗兹问，"从来没觉得。"

"卢克萨娜呢？"

布朗兹耸耸肩。

穆转身准备离开。"哦对了，佩托，"她说，"不管你的医疗报告是怎么写的，你现在能干活吗？"

"我们只需要那些文件来说服布恩，"索耐卡说，"我倒是宁愿有点事情做。"

她点点头。"希班不在了，'丑角'需要一位代理少校，尤其是在我们准备出动的时候。我会办好手续，把你和你的上尉们临时调过去，直到我能找来一位新的少校为止。或许你今天晚一些的时候可以去他们的营地转一圈？他们迫切需要在战斗开始之前找回感觉，现在带着他们的是——"

"史塔妈波，"索耐卡点着头说，"我知道。"

她微笑起来。"好的，很好。那就这样吧。"

她走下天台，消失在楼梯里，高跟鞋踩在石砖上嗒嗒作响。

布朗兹转头看着索耐卡，笑了笑。"希班手下的混球们，那真是——"

"挺讽刺的。"索耐卡回应道。

布朗兹轻笑一声，挠了挠肚子。他站在天台上，遥望着冥府般的孟罗港。

"你觉得我们骗过他们了吗？"索耐卡问。

布朗兹举起手，他的食指和中指交叉在一起。

"我也不是个老手，"布朗兹回答，"不过，我觉得我们没搞砸，但我们最好赶快行动。"

他正要离开，索耐卡却抬起手挡住了他，用那只被斩断了手指的残缺手掌。不知道为什么，布朗兹觉得这颇有深意。

"我不打算卷进任何不利于基诺的事情里，"索耐卡说，"我也绝对不会让穆受到伤害。"

"那我们就想到一块儿去了，不是吗，佩托？"布朗兹说，"我们出发吧。"

在门窗紧闭的私人房间里，狄纳斯·柴恩坐在黑暗中冥想。这间斗室深埋在宫殿地下，潮湿而阴冷，但柴恩没有燃起那个小小的铁质火炉，也没有点蜡烛。

他喜欢这股寒冷。当他还是佐斯星球上一个孩子兵的时候，寒冷就成了他的朋友。尤其是在他十三岁时那个漫长而严酷的冬天里，寒冷磨砺了他的智谋，铸就了他的铁石心肠。寒冷是一个男人或者男孩，用来锻造自己的工具。

柴恩缓慢呼吸，将所有已知事实彻底分解，再重新搭建。赛义德上校、"阿尔法军团"、欧米冈、那张纸条、死去的路西法黑卫、那名令人难以捉摸的间谍以及他种种的惊人能力。还有，那名间谍的骄傲意味着他对自己的伪装信心十足。

一名间谍会藏身何处？众目睽睽之下，他要如何行动？不招人注意，做他理应要做的事，免遭怀疑和评论。达成这种目标的最好方法就是言行合一。如此一来，伪造的身份就很容易扮演了。

一名间谍最理想的伪装就是间谍。

柴恩已经决定要去拜访赛义德上校。自从总司令颁布命令之后，他就安排手下一直监视着她，但毫无成果。如今，纳玛特吉拉已经吩咐他展开清洗，柴恩感觉自己有必要主动出击，把她带回来审问一番了。

晨间会议将在三十分钟后结束。到时候她会出现在返回房间的路上。柴恩打算亲自去截住她，并且绝不留情。无论如何，她一定是关键所在。她与总司令会面的时候就隐瞒了什么，她在为某些人隐瞒什么。

柴恩像重放视频一样开始回忆细节。他将呼吸放得更慢，心率降到了远低于常人的水平。他开始回想那场会面的详细经过。

"卢克萨娜，"纳玛特吉拉当时说，"我听说你负责孟罗港的侦察和监视工作？"

"的确是我负责，长官。"

"你派了侦察员在外边？"

"是的，总司令。"卢克萨娜当时回答道，"大部分都是远距离监控人员。"

纳玛特吉拉之后检查了一下数据板。"但是在这场闹剧爆发的当天早上，至少有一名你手下的情报军官在孟罗港里？"他朝窗户的方向随意摆了摆手。

卢克萨娜当时抿起嘴唇，低下了头。"是的，长官。孔尼格·汉尼克尔。"

"汉尼克尔？嗯，我知道他，他是个可靠的人。后来怎么了？"

"他之前已经乔装渗透过那座城市一次，长官，随后向我提交了报告。他带来的情报很有价值。那天凌晨他再次展开渗透，前去搜集关于客纳尔区北部城墙的驻防信息，他没能回来。"

"唉，我明白了。"总司令当时叹息道，"谢谢你，卢克萨娜上校。"

狄纳斯·柴恩在黑暗中猛然睁开眼睛。如此明显，如此明显！他一直没能发现，实在愚蠢！

一名间谍最理想的伪装就是间谍。

敲门声从他身后传来，他没有理会。他的部下都知道不该来打扰他的冥想。

又是一声。他的盔甲摆在面前堆成一摞，护腕上的警示灯开始闪动。

"是谁？"他高声问道。

"艾曼，长官。我们有消息。"

"等着。"

狄纳斯·柴恩花了四十六秒将自己包裹在全套的漆黑盔甲里面。

他打开门，艾曼和崔斯站在门口。他们都全副武装，肃立在一个神情紧张的年轻人两侧，那是前一天晚上被柴恩命令去检查那张纸条的安保室技师。

打扰路西法黑卫这种事情显然让那名技师非常恐慌。

"说。"柴恩说。

"长官，我完成了你要求的检测。我用远征队所有人员的笔迹资料进行了比对。我找到了一个吻合的样本，长官。是——"

"孔尼格·汉尼克尔。"柴恩说。

那名技师惊愕地瞪大眼。"是的，你怎么会知道？"

柴恩把技师从面前推开，沿着走廊大步前行。艾曼和崔斯紧跟在他身后。

"命令？"艾曼短促地问。

"八个人，"柴恩说。"封锁赛义德上校的住所，把她带来，她的间谍就是我们要找的间谍。"

他们走入上层宫殿，挤开一群群为厨房运送木薯和蔬菜的忙碌仆从，路过一支正在小院子里排练节目的乐团，遇见了一批顶着毒辣阳光听取战斗简报的炮兵军官。他们快步冲上台阶，来到卢克萨娜的房间门前。

白天的温度正在稳步提升，热量开始从砖块中渗透出来。奴隶们将芦苇编成的挡板用清水浸湿。

他们短促而有力地敲了敲卢克萨娜住所的大门。

一名侍从打开门，看到是两位少校之后立刻进去通报。卢克萨娜上校很快就出现了。

"什么事？"她困惑地问。

"很抱歉打扰你，上校。"索耐卡说，"我觉得我的文书可能有些小毛病。我刚刚被任命为'丑角'的临时指挥官，正准备过去跟他们见见。问题是，出了点差错。我拿到的文件说'丑角'被转到你的管辖范围里了。"

"不对啊，"卢克萨娜说，"'丑角'是霍楠·穆手下的。"

"是啊，是啊，"索耐卡耸耸肩说，"但她不知道去哪里了，我得尽快解决这件事。如果你不介意的话，请跟我过去，给我的文件授权一下，我就能开始工作了。"

卢克萨娜皱皱眉。"索耐卡，是吧？"

"没错，上校。"

"布朗兹？"

"你好啊，上校。"布朗兹微笑道。

"显然是有什么地方出问题了。"她说。

"能麻烦你一下吗？"索耐卡问。

"当然，"她说。她从衣帽间拿出一条长纱巾，吩咐侍从们等她。"我很快就回来。"她对图薇说。

两名少校护送着卢克萨娜在宫殿上层穿行,走进一条俯瞰下方庭院的长廊。阳光刺破了静止不动的云朵。

"最近真是混乱。"她说着裹上纱巾。

"哦,糟透了。"布朗兹表示同意。

"都是因为这次行动的规模太大了,我觉得。"卢克萨娜说,"有时候我担心战术部门和后勤部门能不能胜任他们的工作。"

"那么多数据,肯定是场梦魇。"索耐卡语气轻快地说,"谢谢你帮忙,上校。"

"我听说了'舞者'的事,少校。"她说,"我感到非常惋惜。'舞者'是支很棒的连队。"

"战争嘛,"索耐卡领情地点头答道,"能回到战场,我已经很高兴了,这让我重新有了目标。况且,在未来的一段时间里,我们必须确保每支部队都处于巅峰状态,但是希班不在了之后,'丑角'已经开始崩溃。"

"佩托能把他们重塑。"布朗兹微笑着说。

她略有迟疑。"请别介意,布朗兹少校,但是我不太确定你为什么会在这儿。"

"精神支持,"布朗兹行了个礼,"佩托有些不敢打扰你。"

她看着布朗兹,像是不太信服。

"奇怪,"卢克萨娜说,"他看起来可不像是那种缺乏——"

她突然不说话了,有什么事情吸引了她的注意力。她从少校们身边穿过,走到长廊的石制护栏旁,盯着下方的庭院。

"下边那是怎么了?"她轻声问。

他们也走到护栏旁边张望着。在三人下方的宫殿上层庭院对面,身穿黑色盔甲的八个身影冲上楼梯,走向宫殿最高层,在铺着瓦片的屋顶所投下的阴影里如同影子般快速奔窜。

"没什么大不了的,要我说。"布朗兹说。

"他们是路西法黑卫。"卢克萨娜说。

"没错。我也觉得是。"索耐卡说,"不好意思,咱们能继续吗?我的司机还等着呢。"

"他们朝我的房间去了。"她说。

"我看不像。"布朗兹信心满满地回答，"他们估计只是去调查塔顶上那个瞭望哨发出的警报而已。"

"不对。"卢克萨娜坚决地说，她转身想沿着原路往回走。索耐卡挡住了她，脸上带着一副平静而自信的微笑。

"没什么的，上校。我们走吧，好吗？"他说。

卢克萨娜向右边瞥了一眼，布朗兹也靠了过来。"这是干什么？"她意识到自己被两名很有手段的基诺少校困住了。索耐卡看看布朗兹，布朗兹迅速点点头。

"这到底是搞什么鬼？"她质问道。

"汉尼克尔。"索耐卡说。卢克萨娜立刻僵住了。

"是汉尼克尔派我们来的。"布朗兹说，"黑卫盯上你了，他派我们来送你出去。"

"拜托，"索耐卡说，"时间紧迫。"

她盯着两人。"汉尼克尔？"她问。

布朗兹点点头。她毫不迟疑地跟着少校们穿过长廊，三个人开始撒腿狂奔。

房门突然被撞开，图薇和其余女孩都吓了一跳。手持武器的路西法黑卫冲了进来。

"我要求你们——"图薇开口道。

"闭嘴。"一名黑卫说着把枪口对准了她。

狄纳斯·柴恩走进房间，站在荷枪实弹的部下们前面。

"卢克萨娜？"他的声音从狰狞头盔的扩音器里传出来。侍从们恐慌无措地乱成一团，年龄最小的那个低声抽泣起来。

"在哪里？"柴恩嘶声说。

她们都吓得说不出话。柴恩打了个手势，四名黑卫开始搜查旁边的几个房间。

柴恩盯着图薇，她正在安慰另一个侍从，一个刚刚十三岁的女孩。

"你是领头的，你们的上校在哪里？"他问。

图薇咽了咽口水，充满挑衅意味地回应他的目光。

"她不在这里，"图薇说，"她被叫走处理基诺军务了。"

"叫走？"柴恩问道，他朝女孩走来，放下了武器。

"来的是一名少校，那名少校需要她进行某种授权。"图薇回答。

"哪名少校？"

"我不确定。"图薇说。

"可能是两名少校。"另一个女孩说。

"有可能，"图薇说，"我也没有真的看见。"图薇很有野心，但她也很谨慎。在弄清楚局面之前，她不想毫无必要地泄露太多信息。她虽然年纪轻轻，又对领导权充满渴望，但同样坚定地相信"连队第一，帝国第二，同袍高于同胞"这句话。她就是在这样的环境里长大的。

柴恩伸出左手，捧着图薇的脸。她轻声痛呼起来，闭上了眼睛。那看似与情人的爱抚一样轻柔，但事实上他所施加的压迫力给图薇带来了非常强烈的痛苦。

"多久以前？"他轻声问。

"十分钟。不——不到十分钟。"

"她是跟谁走的？"

那只铁手迫使图薇迅速地重新评估了当前事务的轻重缓急。"索——索耐卡。"

在宫殿区域东边，帝国军队的工程兵们挖出一条深深的斜坡，又推翻一座巨大礼堂的墙壁，把那里改造成了规模庞大的车辆补给库。经过加固之后，用来装卸货物的横梁占据了原本属于墙壁的位置。从早到晚，卡车和运兵车都在技术监工及安保人员的指挥下沿着斜坡进进出出，扬起漫天的沙尘。发动机尾气聚集在屋顶，被焊在天花板下的强力排风扇缓缓抽走。照明灯挂在高高低低的众多支架上。整座军需库里回荡着铆钉枪和增压音箱的轰鸣。

"那边。"布朗兹匆匆回来了。索耐卡和卢克萨娜从一辆覆盖荆刺团涂装的武装运兵车后溜出来，他们一起走到那台涂成暗黄和淡粉两色的装甲车旁。布朗兹拉开车门，两人爬了进去。布朗兹则钻进前面那个狭小的驾驶座里。

布朗兹检查过这座军需库里的闲置车辆。如果他使用自己的生物识别密钥，或者索耐卡的，甚至是那位上校的，想必都会触发警报。但他拿出的密钥是他们交给他的那个。

索耐卡关上车门，坐在卢克萨娜身边，绑好安全带。卢克萨娜因恐慌而脸色苍白，但始终压制着自己的焦躁。

"走吧，赫塔多。"索耐卡说。

布朗兹给引擎点火，发动了装甲车。它抬立起来，二十对机械腿开始协调运动，让它如同一条巨型蜈蚣般迅速前行。

他们穿过大门。一个监工扫描了他们的生物识别密钥，热情地挥动荧光棒给车辆放行。

他们开上斜坡，沿着坡道通过西侧出口，然后冲进了沙漠。

布朗兹开得很快，但这辆车波浪式的移动模式让这段穿越沙丘的旅程显得十分平缓。狂风从每座沙山顶端卷起一片泡沫般的细微尘土。布朗兹检查导航界面。只剩一两公里了，不远了，一点儿都不远了……

"孔尼格没事吧？"卢克萨娜问索耐卡。

"孔尼格？"

"汉尼克尔。"她说。

"哦，抱歉。我只知道他姓汉尼克尔。"

"他没事吧？"

"是的，他很好。"

"真的很好？"

"是的。"

她考虑了一下。索耐卡看得出来，对方一点儿都不相信他。

"你是怎么牵扯进来的？"卢克萨娜问。

"我不能告诉你。"

"我觉得你可以。"她坚持道。

"我真的不能。"他说，"抱歉，上校，这是军队情报方面的事。"

她严厉地盯着他。"军队情报，是吗？"

"是的。"

"但是——"

"但是什么，上校？"

这和军队情报无关，这和密教有关，她意识到自己死期将近。她努力吞下喉咙里的哽咽。

"我这样做只是因为我爱他。"她说。

"汉尼克尔？"

"是的，汉尼克尔。"

"我之前没有意识到，"索耐卡说，他显得纠结而不安，"抱歉，我真的不知道。听着，我们——"

"准备好，我们到了！"布朗兹喊了一声。

车子沿着柔软的黄沙开进一块洼地里，停了下来。阳光已经到了最毒辣的时候，如同低功率的激光枪一样灼人。光线极为明亮，周围没有一丝阴影。

"你刚才要说什么？"卢克萨娜问。

"我很抱歉，"索耐卡说，"就这个。没空说别的了，我们没时间了。"

"我想我也没时间了。"她回答。

索耐卡看着她解开安全带站了起来。

"我从来都不想伤害你，卢克萨娜。"他说，"请你明白，这是为了大局。"

"我希望如此。"她微笑着对索耐卡说，那是一副在恐惧阴云笼罩之下显得勇敢而令人沉醉的笑容，"但我并不抱太大希望。"她补充道。

布朗兹打开舱门，他们走进了宛如烤箱的洼地里。周围一个人都没有，明亮的阳光炙烤着沙粒，还有他们的脑袋。

"人呢？"布朗兹不耐烦地四处张望。

"既然我们要等，"卢克萨娜说，"不如你们说点准备好给我听的谎言，就当是满足我的遗愿。我想知道我会面对什么。给我讲讲孔尼格，你们怎么知道孔尼格的？"

"就是我说过的那样。"布朗兹局促不安地回答。

"哦，赫塔多，就告诉我一点吧。"她说，"完全不是你说的那样。"

一阵轻柔的声音响起，沙粒倾泻的声音。

隐藏在周围沙丘里的四个阿斯塔特站了起来，黄沙从动力盔甲的外壳上滑落，他们仿佛是从暗门里突然现身的一样。

"就是她吗？"其中一个问。

"是的，大人。"布朗兹回答。

索耐卡意识到，卢克萨娜颤抖得很厉害。

"她之后跟我们走。"另一个阿斯塔特说。

"哦,老天,"卢克萨娜低声说,"求求你们……"

"没事的,"索耐卡急忙告诉她,他看着步步逼近的四个巨人,"不会有事的,对吗?"

"你完成了任务,朋友。"其中一人告诉他,"我们为此感谢你,我们从这里接手。"

"但是——"索耐卡张口说。

"我们从这里接手,特工。"巨人重复道。那个阿斯塔特将一只庞大的手掌放在卢克萨娜的纤细肩膀上,压着她离开。

她转过头。"佩托!"她喊道。

"抱歉,我——"他高声说。

但她已经消失在了洼地底部的深幽阴影里。

一个"阿尔法军团"战士走了过来。"干得不错。"他说。布朗兹点点头。

"她不会有事吧?"索耐卡问。

"当然不会,"阿斯塔特回答道,他的嗓音浑厚而低沉,"她跟我们走。"

"那不是我问的意思。"索耐卡说。

"我们不会有事吧?"布朗兹抬起头看着那个巨人问道。

"你们按照我们说的做了吗?"

"是的。"

"你们用的是那个生物识别密钥吗?"

"是的。"索耐卡说。

"那就遵照我们设计好的说法,不会有问题。"那名战士说,"相信我,也谢谢你们。"

他转身离开,又回过头,那巨大身影与明媚阳光形成了鲜明的对比。"你们做得对,一旦情况恶化,我们就会把你们弄出来,你们现在是我们的人了。"

他逐渐走远。不到两分钟,那名"阿尔法军团"战士就消失在沙漠里,踪影全无。

布朗兹看着索耐卡。他笑了笑,但索耐卡明白那抹笑容是硬挤出来的。"真是一帮让人瘆得慌的家伙,是吧?"

"是够瘆人的。"索耐卡表示同意。他们走回那辆匍行装甲车。

"有心事?"布朗兹问。

索耐卡摇摇头。

"你不喜欢这样,对吧?"

"我当然不喜欢。"索耐卡说。

他们钻进车里,朝宫殿开回去。在距离西侧出口半公里的地方,一块阴影从头顶闪过,匍行车的目标锁定警报开始鸣响。

"匍行车,匍行车,"一个声音在通信器里响起,"停下车,打开舱门。我们已经用武器锁定你了。"

布朗兹踩下刹车,关闭引擎。匍行车顿时摇晃着停了下来。

"从里面出来。马上!"那个声音命令道。

布朗兹看看索耐卡。"你确定记得该怎么演吧?"他问道。

索耐卡点点头。

他们打开舱门钻了出来,双手放在脑后,在灼目阳光中跪倒,脸朝下趴在匍行车几米之外的沙地里。在上方盘旋的一艘狐狼炮艇在他们身边扬起沙暴,另一艘状如渡鸦骷髅的炮艇则伴着涡轮发动机的厉声轰鸣悬停在附近,它的乘客快步跑来。

"站起来!"

索耐卡和布朗兹站起身,双手继续老实地握在脑后。端着枪械的路西法黑卫包围了他们。空气中充满了被盘旋炮艇卷起来的飞扬沙尘,布朗兹和索耐卡止不住地咳嗽起来。

"赫塔多·布朗兹少校和佩托·索耐卡少校?"离他们最近的那名路西法黑卫质问。

他们点点头,手掌还紧紧交握在脑袋后面。

"奉总司令之命,你们被捕了。"

"这是关于卢克萨娜上校的事吗?"布朗兹盖过炮艇的轰鸣喊道。

"当然是。"

"那么,你们能不能告诉我,"在黑卫押着两人走向炮艇的时候,布朗兹高声问道,"她跑到哪里去了?"

第十一章

孟罗港，诺斯星球，当天晚上

"于是呢？"纳玛特吉拉从办公桌后面抬起头问道。

"我们会释放他们两个，长官。"狄纳斯·柴恩说。

"为什么？"

"他们的说法没问题，那两名少校出于和我们同样的理由怀疑并追踪了卢克萨娜上校。他们打算用一辆运输车把她从宫殿里带到外面，私下审问。基诺的人都会护短，长官。"

纳玛特吉拉将手中的笔放回充能槽，站起身来，用左手食指轻轻敲打着紧闭的嘴唇。这是个看似温和的姿态，表示他正在沉思，但柴恩知道总司令其实是在压制自己的情绪。他看着纳玛特吉拉走到窗前，站在夕阳投下的一池柔和光芒中。阳光让他的镶金长披风熠熠闪亮。

"但那辆车，"纳玛特吉拉问，"不是用一张空白的生物识别密钥开出去的吗？为了避开检查？"

柴恩摇摇头。"那是布朗兹的密钥。不知道什么原因，扫描器没有正常识别出来。据我所知这是常见现象，大量沙尘会影响扫描器的性能。我们重新检查过，确实是布朗兹的。"

"卢克萨娜呢？"纳玛特吉拉问道，他拍拍大腿，那头袋狼立刻从毛皮地毯上站起来，缓步走到他身边，"她怎么了？"

"她成功逃脱，躲进了沙漠里。"

"她从两名前线少校手里逃脱了？"

"我认为他们低估了卢克萨娜的逃脱决心，长官。"柴恩说，"在审问过程中，那两名少校对于她的逃脱都显得很尴尬。被我们找到的时候，他们正在搜寻她的行踪。"

"你相信这种说法吗，狄纳斯？"

"我没有理由不相信，大人。整件事没有任何疑点。不过，我必须承认，每到这种时候我都会感觉有些不安。"

"你在继续监视他们？"

"是的，大人。"

纳玛特吉拉靠坐在沙发里，双手轻轻揉搓着袋狼的耳朵，让它舒服得闭上了眼睛，"卢克萨娜那边呢？"

"我们在审讯她的侍从，但她们似乎并没有发现过任何可疑情况。当然，我们也在追捕卢克萨娜本人。"

"她能在沙漠里活下去吗？"

"如果没有补给物资或者防护服装的话，她活不过一天。我估计我们能够找到的只有她的尸骨。"

布朗兹把酒倒进两只小杯子，递给索耐卡一只。布朗兹举起酒杯，索耐卡不情愿地和他碰了一下。

"敬我们的狗命。"布朗兹尽量轻描淡写地说道。他有很长时间都在努力让他们放轻松一点。索耐卡的情绪很低沉，布朗兹讨厌这样。

"敬卢克萨娜，"索耐卡回答，"但愿她受上天保佑，不要被我们害死。"

布朗兹耸耸肩，喝了一口。"他们会善待她的，佩托。"他说，"他们只想得到答案。"

"他们可不是什么有感情的生物，赫塔多。"索耐卡回答，"他们会使用一切手段来达到目的。为了打乱敌人的阵脚,他们可以让我的'舞者'全军覆没。泰拉在上，你凭什么觉得他们会对卢克萨娜手下留情？"

布朗兹没法回答。

索耐卡又喝了一口，之后盯着他的杯子。"这对你来说很自然，是吧，赫塔多，为什么？"

布朗兹抽抽鼻子。"我不知道，也许因为他们是阿斯塔特吧。被他们选中，为他们效劳，在我看来这是份荣誉。阿斯塔特是伟大帝皇的子嗣，我将全部生命奉献给他的事业。为他们效劳就是为他效劳，没有比这更高尚的职责了。"

"连队第一，帝国第二，同袍高于同胞。"索耐卡问道，"这又怎么说？"

布朗兹皱起眉头，耸耸肩。"那只是我们的说法，不是吗？"

"我还以为那是我们的信念。"索耐卡回答。

布朗兹把酒喝完，又倒了一杯。"帝皇就是帝皇，"他说，"阿斯塔特是他所选，是最光辉、最强大的。为他们工作我毫无怨言。"

"如果他们确实跟我们站在一边的话。"索耐卡说。

布朗兹哼了一声。"那是什么意思？"

索耐卡摇摇头。"没什么，我就是从骨子里反感这些肮脏的诡计。我是士兵，不是间谍，但最近我逐渐不确定究竟哪个词更适合描述'阿尔法军团'了。"

布朗兹摇摇头，觉得是时候换个话题了。他上下打量着索耐卡。

"你这身行头看着不错。"他说。

"有日子没穿了。"索耐卡回答，他调整着军服的袖口。

"你什么时候过去？"

"十到十五分钟吧。"

"'丑角'能有你，是他们的幸运。"布朗兹说。

他们身后的房门没有敲响就被人直接推开。穆走了进来，弗兰科·布恩跟在她身后。

"喝一杯？"布朗兹神态轻松地问。穆盯着他们两人。布恩从穆身边走过，给自己倒了一杯。

"那就是你们的周全计划，是吗？"穆问道。

"好吧，反正我们证明了她确实有问题，不是吗？"布朗兹回答。

"你们遭到了路西法黑卫的逮捕和审问。"穆低吼一句。

"让我们想想，又是谁把我们无罪释放的？"布朗兹反驳道。

"卢克萨娜是怎么逃掉的？"穆问。

"你会怎么逃脱，霍楠？"布朗兹开玩笑地问，"你知道你办得到。"

穆愣住了。

"在必要情况下，每名上校都能变得很不好对付。"布朗兹继续说，他从布恩手里接过酒瓶，又给自己倒了一杯。

"你是来逮捕我的吗？"索耐卡向督军问道，"还是说我可以去见我的新部下了？"

"你没问题，"布恩说，"虽然我希望这件事能够了结得更干净利落一些，但现在这样已经不错了。卢克萨娜是个污点，但千连团保住了颜面。"

"怎么会？"穆讽刺地问。

"这两个家伙是在追踪她的时候被捕的。"布恩一饮而尽,平铺直叙地说道,"这显然证明我们在尽力清理门户、铲除内奸。从各方面考虑,他们遭到逮捕可能是最理想的情况。无论是出于完全意外还是彻底无能,布朗兹和索耐卡都挽救了我们部队的声誉。"

"连队第一,帝国第二,同袍高于同胞。"布朗兹轻笑着说。索耐卡狠狠瞪了他一眼。

"怎么了?"布朗兹问。

索耐卡放下杯子,拿起他的背包。"我得走了。"

"我陪你过去。"穆说。

"一切顺利,佩托,'丑角'也一样。"布朗兹说。

索耐卡点点头,和穆一起离开了房间。

"再来一杯?"布朗兹问布恩。

布恩目光严峻地盯着那名少校。"皮厄斯?他是清白的?"

"大家都知道他没问题,"布朗兹回答,"不管卢克萨娜床上的究竟是什么人,他都欺骗了你们。某种灵能诡计,或许是影响潜意识的伪装手段?皮厄斯没问题。"

布朗兹晃晃酒瓶,说道:"如何?"

"倒酒吧。"布恩说。

他们走进一处下层庭院,最后几名"舞者"站在一辆宽轮运输车旁边,伴随夕阳余晖等待着少校。索耐卡对朗点点头,让沙尔接过他的背包,放进运输车的车斗里。司机发动了引擎。

"你还有什么事没告诉我吗,佩托?"穆抬起头看着他的脸问道。

"比如什么?"

她耸耸肩。"赫塔多是一根老油条,他什么都做得出来,但你,少校,你是个老实人,一直都是。我不认为你有玩弄心计的能力。如果你真的在隐瞒什么,那一定很难受,不如就别费劲了。有什么没告诉我的吗?"

"不,不,一点都没有。"

她点点头。"那好,去吧,好好收拾'丑角',一切顺利。我明天等你的初步报告。"

"是，上校。"

"如果他们找你的麻烦，就告诉我，我来教训他们。"

"谢谢你，没必要的。"

"别总想着'舞者'，佩托。"她说，"你身上没有哪种会传染给'丑角'的诅咒。新的一页，从头再来。让古老百团振作起来，为不久之后的恶战做好准备。"

"我会的。"

穆面露微笑，停顿片刻，之后踮起脚尖，在他的脸上亲了一口。

"我知道你会的。"她说。

索耐卡坐进车里，运输车开出庭院，驶向大门。

霍楠·穆那孩童般的小小身形站在逐渐拉长的阴影里，直到运输车消失在视线之中。

"我们现在是'丑角'了，对吧？"朗的声音盖过了引擎的轰鸣。

"看来是的。"索耐卡说。运输车行驶在崎岖的土路上，他们在座位里颠簸不已。

"你还好吧，少校？"沙尔问。

"是啊，"索耐卡说，"怎么了？"

"你一直在揉你的腰，是被靠背硌到了，还是那里起了个泡？"

"不是，"索耐卡摇摇头说，"就是被这件破衣服磨的。"

索耐卡转过身，透过脏兮兮的窗户看着沙丘从外面闪过。太阳终于从天空滑落，沙漠覆盖了一层栗色的光晕。

他腰上那个"九头蛇"的印记还是让他心里觉得很不舒服。

洞穴很凉爽，棱角非常鲜明。卢克萨娜猜测这是用热熔工具或者高精度钻头从岩壁中开凿出来的。十米见方的洞穴被角落里的照明球点亮，它们发出的光芒映在黑暗石壁上，让她感觉自己仿佛身处水下，或是在某颗没有空气的卫星上。这里充满了尘土和岩石的冰冷气息。那也是绝望的气息。

她在恐惧中颤抖不已，这种慌乱加剧了她的躯体反应，让她的体温降低得更快。她努力放慢自己的呼吸。

他们让卢克萨娜坐在洞穴正中央的一个木凳子上，把她的手反绑在背后。

之后他们就把她一个人留在了这里。她感觉已经过去了数个小时，虽然她怀疑仅仅是几分钟而已。

一个身影从洞穴唯一的入口走了进来。

他是个巨人，远远超过了任何普通人类男性所能达到的身高极限，那是一个阿斯塔特。他穿着简单的黑色紧身衣，但这身装束比动力盔甲更加明确地展现出了他魁梧的体形和壮硕的肌肉。他的头颅光洁无发，容貌英武，气势雄浑，皮肤是古铜色的。他的双眼如同碧蓝的天空一样明亮。

他缓缓穿过洞穴，站在了她的面前。她抬头看着对方。

"卢克萨娜·赛义德上校？"他的嗓音令人联想起散发光辉的余烬，他的话语就像淌下勺子的蜂蜜一样润泽。

"是的。"

"我是阿尔法瑞斯，'阿尔法军团'的基因原体。"

"我知道阿尔法瑞斯是谁。"她回应道，一阵几乎无法抑制的恐慌涌上心头。

"你知道你为什么会在这里吗？"他问道。卢克萨娜点点头。"请说出来。"

"孔尼格·汉尼克尔，"她说，"你们在寻找孔尼格·汉尼克尔，而你们认为我知道他在哪里。"

"你知道吗，上校？"

她摇摇头，迫切盼望自己的双手是自由的，这样她就可以捂住胸口，尽量说服自己的心跳放慢一些。

"我们会查清楚的，你知道孔尼格·汉尼克尔的真名是什么吗？"

卢克萨娜顿时抬起头看着那个巨人。

"我能看出来你不知道，没有人能伪造出那样的反应。你挚爱的孔尼格的真名是约翰·格拉玛提卡斯。"

"约翰？"

"格拉玛提卡斯，约翰·格拉玛提卡斯。那么密教呢，上校？关于密教你都知道什么？"

"我不知道那是什么。"她回答。

"我能看出来你知道。你之前的反应无法伪造，刚才的反应也无法掩饰。你知道密教。"

卢克萨娜咬着嘴唇。"他提起过，仅此而已。"

阿尔法瑞斯低头盯着卢克萨娜，他露出了一副几乎称得上和善的表情。

"帮助我就是帮助你自己,上校,孔尼格·汉尼克尔在哪里?"

"我不知道,我真的不知道。他在我那里待过一段时间,接着就消失了,昨天,就在欢迎仪式之后。我不知道他在哪里。"

"我们会查清楚的。"阿尔法瑞斯说。他点点头,一个身穿长袍的矮小身影走进洞穴,站在原体身边。

卢克萨娜眨眨眼,尝试看清楚对方。虽然她能明确地看到那个包裹长袍的轮廓,却始终无法分辨出此人的面孔。

"这位是舍尔,"阿尔法瑞斯说,"他会帮助你消除疑虑。"

"做好准备。"他又说道。

那座砖墙宫殿的安保中心是个低矮而宽阔的房间,里面塞满了闪烁鸣响的沉思机和忙碌穿梭的技师。燥热的机械让房间中的空气永远酸臭刺鼻。墙壁上排列着冷却系统。

夜幕已经降临,技师开始交班。他们穿着褐色长袍,按照名册上的顺序来接替那些已经值过一轮班的工作人员,他们在走上岗位的时候用各自的生物识别密钥进行签到。

他坐在自己对应的设备前面,他的密钥被接受了。下班的技师和他道了晚安。

"向你致敬,阿鲁姆技师。"屏幕上显示出一行字。

很好,这就是他。

阿鲁姆技师输入了权限密码,数据顿时显示在他的屏幕上。他裹紧了自己的褐色长袍,俯身研究那些图像。

"注意!"房间中央高台上的贤者喊道,所有工作人员都绷紧了身躯。

"继续。"狄纳斯·柴恩迈入房间,走到贤者旁边。

阿鲁姆技师冒险向身后瞥了一眼。柴恩在高台上与贤者低声交谈,距离他只有不到五米。

阿鲁姆技师决定继续做自己的事情。

他迅速输入,用偷来的密钥提取出很多机密内容。卢克萨娜上校……正式审查……最近十五个小时之内路西法黑卫的行动记录……

"哦,卢克萨娜……哦,吾爱,我都对你做了什么?"他在心中哀叹道。

"你。"他身后的一个声音说。

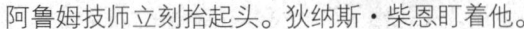

阿鲁姆技师立刻抬起头。狄纳斯·柴恩盯着他。

"长官？"阿鲁姆问道。

"你为什么在查看这些资料？"柴恩问。

"我的上级命令我这样做，长官。这是来自基诺52千连团准将的要求。"

"想必是要清理门户。"柴恩说。

"我猜测也是如此，千连团很清楚他们内部出现了一个叛徒。"

柴恩点点头。"好，继续吧。把你找到的信息交给准将，但首先要把详细内容发给我一份。"

"长官？"

"这是命令。"

"是，大人。"

柴恩转过身，接着与贤者交谈。

阿鲁姆技师继续输入。他调出了当天下午黑卫提交的审讯报告，那里面有两个名字。

他抽出密钥，站起身来。贤者和狄纳斯·柴恩都看着他。

"技师？"贤者问道。

"请求授权进入案卷库。"

"去吧，阿鲁姆。"贤者点点头，转身继续谈话。

阿鲁姆技师走出房间。在外面的大厅里，他脱掉褐色长袍，收起识别密钥。约翰·格拉玛提卡斯把那些物品都塞进视线之外的一座壁龛里，沿着灯光照耀的走廊离开了。

他得到了两个名字：索耐卡、布朗兹。

狄纳斯·柴恩突然打断了贤者。

"那个人，那个岗位。"他指着空闲的沉思机说。

"阿鲁姆吗，长官？"贤者问道，"他是个不错的人，工作很认真。有什么问题吗，长官？"

"他身上的什么东西，感觉很熟悉。"柴恩嘀咕道。

"长官？"

"我马上回来。"柴恩说着走出房间，外面的大厅空无一人。

第十二章

孟罗港，诺斯星球，黑色黎明

最先意识到事态有异的人是赞吉巴瑞兵团一位名叫勒科·坦哈的上尉。坦哈在日出之前就醒了，他脑袋酸痛，迫切地希望能够继续睡觉。但他是个可靠的老实人，所以他穿好靴子，披上斗篷，从营地里爬到工事上，去监督哨兵换岗。

他吸了点鼻烟来恢复神志。这是一天之中比较怪异的时刻，第一缕阳光渐渐渗进天空，一团幽灵般的浓雾将庞大的工事与被困的城市卷入其中，在轻风吹拂下快速地涌过旷野。

坦哈仔细检查自己的配枪，悄悄又吸了一小撮鼻烟，接着和另外两个当值的军官聊了聊。他走进工事边缘一块平台上的观察碉堡里。这座碉堡没有天花板，晨风搅乱了坦哈的发型。他拿起战地望远镜，遥望着孟罗港。

"那是什么？"他抽了抽鼻子问道。

"什么是什么？"碉堡里的值班通信官问道。

被晨风冲淡的遥远尖叫依旧如同耳鸣一样，空气中有种闻起来像是蒿草的气味。

"那种味道。"坦哈说。

"那些该死的异教徒在烧什么东西，"通信官说，"熏香？"

"不，"坦哈说，"是别的什么。"

他抬起头，仔细听着风中的响动。某种模糊的声音混杂在尖细耳鸣里。坦哈把手掌按在用沙包加固过的碉堡栏杆上，他感觉到了一股不祥的深沉颤动。

"给我接通少将。"他匆忙说。

"什么？"通信官回应道，"这大早上的？"

"马上给我接戴夫！"坦哈厉声命令。

通信官跳了起来。坦哈再次举起望远镜，看着那团翻滚浓雾的边缘。

勒科·坦哈上尉看到了究竟是什么在向他们汹涌袭来。

他在绝望和恐惧中结结巴巴地说出了妻子姓名的前两个音节。之后就一命呜呼了。

在西边一公里之外，整整三十秒之后，瑞格诺特荆刺团第二连的高阶军官切利卡指挥官突然转头看着自己的副官洛法。

"我们以往能在这里听到海浪声吗？"他问。

副官摇摇头。"听不到，长官。"

"但你听见了吗？大浪冲到海滩上的声音？"

洛法显得疑惑不解。"我确实听到了什么。"他承认。他们正在展开一次例行的晨间巡视。切利卡转身望向东边，一团庞大的云雾包裹住了一公里之外的那条工事。浓重雾气悬浮不散，仿佛一座凭空出现的苍白山丘。

"那是什么？"切利卡问道。洛法没有回答，他们脚下的遮泥板开始颤动。

切利卡和洛法条件反射式地竖立起了盔甲表面的尖刺，将自己覆盖在随心而动的钢针之下，他们的兵团正是由此得名的。全身遍布尖刺的两人抽出武器，共同迎敌。

可惜，古老战甲上那些精美的机械化尖刺没能拯救他们，手里的武器也是一样。

"起来！"特克吼道，"马上起来！"

"滚开，要不我就杀了你。"布朗兹在睡袋里翻了个身，警告自己的上尉。

特克一脚踢在布朗兹的屁股上，这是个非常容易瞄准的大型目标。

"赶紧起来！"特克喊道。

布朗兹站起身，揉着惨遭袭击的臀部，在帐篷里的昏暗灯光下眨着眼睛。他的脑袋里一团糨糊，还在麻木地努力分辨着什么是真实的记忆，什么是刚才的梦境。

他很确定基诺上尉们通常不会采取这种用靴子接触臀部的方式来叫醒自己的少校。

"怎么了？"布朗兹问。

特克盯着他，眼里流露着一丝不安，那种目光是特克这样一位人高马大、肌肉发达的家伙从来都用不上的。"醒醒，少校。"特克重复道。

布朗兹已经冲向了帐篷出口，一蹦一跳地试图边跑边穿上靴子。如今他能够很清楚地听到那种声音了。

那种低语。

在一定距离之外，战斗听起来往往是一种独特的声音。地面的震动、引擎的轰鸣、武器的嘶吼、爆破的闷响、士兵的呼喊，所有这些交织成一种不祥的低语，仿佛是山丘对面逐渐苏醒的怪兽所发出的凶蛮咆哮。

类似的低语声赫塔多·布朗兹这辈子听到过很多次了。那些向来昭示着他侥幸保住小命的日子，或是他永远无法忘记的时刻。

在帐篷的外面，曙光已经降临。营地里乱成一团，"小丑"们匆忙备战。布朗兹抬起头看着天空。缓慢转动的云朵染上了一层粉色，就好像掺杂了鲜血的水流，或是诺斯人的丝绸。他在难闻的晨风中嗅到一股蒿草气味。在东边，似乎有一场慢慢爬动的庞大沙尘暴笼罩了帝国军队的阵线，就连漆黑的防御工事都被彻底吞没。

布朗兹从涌动不息的人潮中挤出去，大声呼喊命令，要求建立通信。上尉们就像手雷炸出的破片一样分散在他的周围，用清晰的语调传递命令，为这支措手不及的连队注入刚硬的纪律。

布朗兹一边呼唤通信官，一边自己爬上观察哨塔的梯子。爬到一半的时候，他低头看向特克，喊了一声对方的名字。特克把他的望远镜扔了上来。布朗兹单手抓住望远镜，掀开盖子，向东边扫视。

在"小丑"营地近旁，一支奥崔玛步兵部队从帐篷和兵舍里冲出来，和基诺士兵同样忙乱。

在更远处，是的，他看到了。

在沙尘的遮蔽下，枪炮的闪光间隙浮现，就像是有人在信号灯前方晃动一条防沙面罩。爆炸像鞭炮声一样频繁密集。他能听到重型武器的嘶吼，以及炮兵阵地惊醒之后发出的低沉轰响。还有鼓声，那是货真价实的战鼓，是狂野而急促的鼓点。数秒之后，东南方几座碉堡里的激光枪开始向北边的沙尘深处投射明亮光束，将自己的尖鸣加入那阵杂乱的低语之中。

布朗兹先是在步步逼近的沙尘暴边缘捕捉到了什么动静，之后才分辨出一个个人影和轮廓。

"见鬼。"他轻声说。

在童年里，布朗兹曾经目睹过一次蝗灾爆发。数个世纪以来，为了让家园世界休养生息，帝皇制订了提高粮食产量的若干规划，其中包括在奥斯若恩和美索不达米亚三角洲的大片土地种植经过基因改良的玉米，然而每隔几十年，农作物的超高产量都会诱发昆虫的过度繁殖。遮天蔽日的蝗虫群像河流般能够绵延数十公里。

他从未忘记一万亿对翅膀共同扇动的声音，那隆隆轰鸣恰似战争的低语。他也从未忘记那幅景象。

现在，他被迫回忆起了往日的一切。

成群结队的诺斯人从翻滚的云团中奔涌而来，埋头冲锋的步兵和横冲直撞的骑手如同亿万蝗虫般席卷着防御工事，以地裂山崩的势头降临在帝国军队的阵线上。诺斯刀手身先士卒，他们舞动的长刀在昏暗光线中锃亮夺目。潮水般的诺斯步兵紧随其后。在沙尘的遮蔽下，他们身上的粉红丝绸色泽发黑，恰似半空中无以计数的蝗虫。布朗兹看到了描绘着芦苇和鳄鱼图案的飘扬旗帜，众多用蜥蜴皮制成的旌旗像脆弱易碎的绿色金属般疯狂摇摆，耸动起伏的图腾柱上涂着鳞片、尖牙和分叉舌头的图案。

他们毫无组织，毫无军纪。诺斯骑兵和大群步兵一起冲锋。他看到零星几名长矛手骑在壮硕如牛的巨蜥身上厉声喊叫。通体乌黑的巨型鳄鱼猛扑过来，它们的鳞甲和利齿都镶嵌着黄金，宽大的脊背上驮着挤满了诺斯弓箭手的坐轿。利用火药驱动的原始火箭如同烟花般窜出，在帝国军队的营地里爆炸。装有尾羽的箭矢像雨点般漫天洒落。

那种低语已经不再，它变成了狂吼。

布朗兹从梯子上跳下来，落在部下们的身边。无论奥崔玛步兵营地东边的那块区域是由哪支部队驻守的，它都已经被这场诺斯风暴吞没了。而且布朗兹心里很清楚，在那来势汹汹的风暴面前，奥崔玛士兵正在遭到收割，就像经过基因改良的农作物遭遇饥肠辘辘的成群蝗虫一样。布朗兹估算，在诺斯人的攻势降临到自己身上前，他们只剩下五分钟时间。

"阿卡德阵形！"他对上尉们喊道，"六排，火炮在前！迫击炮放到山脊上！传达命令！传达出去！"

"小丑"连队如同一架精密的机械般转动起来，在工事南边的空地上列阵。

交替排列的长矛和卡宾枪负责巩固那条位于畜栏和厕所后方的北部阵线。龇牙咧嘴的炮手努力将他们的重型武器、弹药箱和三脚支架搬到新的位置。肩上扛着迫击炮炮管的士兵从他们身边匆匆跑过。

"向前！向前！"布朗兹朝一群手持激光枪的士兵吼道。他在头顶挥动短剑。特克出现在他身边，把通信器塞进布朗兹手里。

"'小丑'，'小丑'，'小丑'！"布朗兹喊道，"88号地点及东部阵地，大规模入侵。大批敌军已经抵达！我们正在准备迎战！请求增援！"

"'小丑'领袖，我们了解。"通信器里传来回答，"待命，一切顺利，我们正在向你的位置调拨部队。"

"待命。"布朗兹简洁地说，他把通信器扔回给特克，"把旗子立起来！"

布朗兹回过头去，看着那团即将吞噬他们的末日风暴。他意识到自己害怕的并不是数量庞大、疯狂号叫的敌军，而是随之一同出现、比工事高出十倍有余、不断吐出敌人的那团沙尘云雾。

它就像是一座压顶而来的山脉。

砖墙宫殿里那个担任指挥中心的房间此刻塞满了大呼小叫、手舞足蹈的人。一群基诺上校和高级军官刚刚冲进宫殿，急迫地寻求战斗信息，推推搡搡着朝房间中央挤过去，想要看一眼那张庞大地图桌上的全息战略示意图。其中一些人衣冠不整、睡眼惺忪，另一些人还在忙着系好衣服和长袍的扣子。在房间的外围，战术和后勤部门的通信技师纷纷喊出各个沉思机工作站的计算报告，他们的声音和人群的询问混杂在一起。

"88号地点及东部阵地的入侵报告！"

"大批敌军！"

"支援哨所遇敌！我们——"

"89和90号地点没有回报！"

"向第四骠骑连的哨所要一份报告来！"

"91号地点汇报伤亡，以及——"

"再说一遍！重复！"

"没有你们的信号，90号地点——"

"93号地点汇报遇敌！"

"安静！"戴夫少将从西边入口走进房间，"回到你们的岗位上去，注意你们的言行举止。"他吼道。基诺上校和高级军官们被少将的嗓音和军阶震慑得纷纷安静下来，满含敬意地挺直了脊梁。

几名随从接过少将的头盔和佩剑，戴夫迈步走到地图桌前面，扫视局面。

"他们的突袭没有预警？"他问。

"完全没有，长官。"贤者说道。

"评估结果？"少将躯体前倾，俯视着地图桌问道。桌子表面全息投影的光芒照亮了他的脸。

"我们还在等待轨道鉴定，"贤者回答，"大气层的遮蔽导致——"

"我不要等轨道鉴定，"戴夫尖锐地说，"随便是谁，给我一份正经的评估！"

"一场大规模入侵已经突破了88号地点和96号地点格兹洼地之间长达十一公里的工事阵线，"基诺准将斯丽·维特用手指在全息地图上比画着，"我无法得知敌军的确切数量，但感觉足有数万人。"

"我同意准将的估计。"班奈娅上校说，"他们的部队在八分钟之前抵达，利用纯粹的数量优势冲破了工事。"

"同时还让我们毫无预警？"戴夫问道，"如此庞大的部队？他们的一支军队就这么偷偷摸摸地出现在了我们眼皮底下？这是不是不太可能？"

"他们得到了某种云雾的遮蔽，"珊梓上校说，"那绝不仅仅是他们行动时扬起的沙尘。云雾率先对工事发起冲击，其动能大约是海啸的量级。"

"又是天空魔法？"一名新月团军官说。

"千万不要，"戴夫指着那个人，"千万不要让总司令听见你说出那几个字。"

新月团军官急忙行了个礼，匆匆退开了。

戴夫隔着地图桌注视几位基诺军官。"感谢你们的坦诚评估，有多精确？"

"我们的洞察力很敏锐。"珊梓上校说。

"我们能感觉到这些，"班奈娅上校说，"我在90号地点有一支部队，贵族连。我的洞察力告诉我，他们已经全军覆没。"

戴夫点点头。"对于你的损失，我感到非常惋惜，班奈娅上校。"

班奈娅点头示意，眼含泪水地接受了斯丽·维特安慰的拥抱。"今天，每个人都会为这样的损失感到悲伤的，长官。"斯丽·维特说。

"我们正在调动713号地点的装甲部队，"荆刺团的奇尔指挥官说道，"以及驻扎在舍拉克镇的奥崔玛预备队。"

"斯丽·维特已经派遣了四个基诺连队沿阵线前进，前去增援 88 号地点的部队，"霍楠·穆说，"我认为还需要更多增援。"

"但必须是配备装甲力量的部队，"一名荆刺团军官说，"我们需要的是装甲——"

"装甲是不够的，"穆回应道，"一场强有力的步兵反击可以展开得更快。这些是拿着刀剑和黑火药的低科技战士，而且——"

"不要再把时间浪费在争论上了！"奇尔瞪着体形娇小的穆上校低吼一声，"这简直是一团乱！毫无统一指挥可言！"

霍楠·穆直视着奇尔的眼睛，或者说她至少直视着对方头盔上众多竖立钢针之间勉强能分辨出的那双眼睛。"我认为，指挥官，"她语气平静地说，"戴夫少将拥有指挥权。"

"我也是这样认为的，奇尔，所以退下来，闭上你年轻的嘴巴。"戴夫摆摆手说道，"贤者，最近的泰坦在哪里？"

"耶维斯机长已经派遣了距离入侵位置最近的三架泰坦前去参战。"贤者回答。

"谢天谢地，那个老山羊主动行动了。"戴夫点点头，"我们需要把赞吉巴瑞和新月团派过去堵住他们。"

他开始在明亮的全息地图上规划部队的调动路线，不时与贤者和军官们交流意见。斯丽·维特静静旁观，认真评估少将的决策，借助洞察力指出每一处不妥的细节。

穆仔细思索，是不是他们的骄傲自满招致了今日的状况。这个错误是围城部队常常会犯下的。远征队已经击垮了整个世界，将最后一丝抵抗力量逼进城中等待灭亡。谁也不认为诺斯人还能够展开反攻。

不，问题并不在于自满，穆最终认定。她提醒自己，诺斯人的思维方式与帝国子民截然不同。引导他们行为的那套价值观在穆和她的同胞看来是完全陌生的。在濒临战败的时候，诺斯人并没有接受那份无法避免的命运。

他们发动了反击，困兽犹斗。

穆在心中暗想：在这场战役里，我们已经太多次低估了这个星球的住民，千万不要再发生一次了。

空气中充满了刺鼻的蒿草气味，迅速逼近的千军万马发出震耳欲聋的呼吼，布朗兹已经听不见身边士兵祈祷的声音了。

他左右扫视阵线。"小丑"们没有让他失望，他们面对极端形势，被迫匆忙集结，但还是组成了完美的防御阵型。他们高举长矛和卡宾枪，严阵以待。

布朗兹敢打赌，"小丑"应该是今天早上第一支用组织和纪律来面对敌军突袭的帝国部队。"小丑"们在接下来的三十分钟里作何表现必定至关重要。这些基诺士兵绝不可能力挽狂澜，但通过拖延敌人的进军、减缓对方的步伐，他们就有希望决定这见鬼的一天的走向。

一支飘扬着萨玛尔军旗帜的奥崔玛连队冲到了"小丑"的右翼，在兵舍小道和南边沙漠旁的峡谷之间组建阵线。另一支规模较小但配备了武器机仆的奥崔玛部队移动到了同僚后方。通信报告表示，新月第6团的一支装甲单位及步兵支援在一两分钟之内就会抵达"小丑"后方。

"小丑"阵地的左翼是工事的墙壁。布朗兹和他可靠的上尉们巧妙地将"小丑"部署在了较高的地势上以及兵舍之间起伏的地形里。他们借助通信得到了优秀的战术指示，洞察力也与他们同在。布朗兹看得出来，穆的心灵正在接触自己手下的士兵，让他们细微地调整并缩紧阵形。布朗兹点点头，他的连队处于最佳状态。他抬起短剑，高举在空中。保险栓打开的声音顿时响起。

敌军如潮的攻势距离他们只有不到四分之一公里，沙尘暴也随之席卷而来。逃出陷落阵地的几十名奥崔玛士兵正在埋头狂奔。布朗兹意识到，那些可怜的蠢货恐怕在劫难逃。他们处在火力范围之中，而他没有条件去命令自己的部下等到他们逃离之后再开火射击。

人在战争中往往不得不做出一些抉择。在乌潭镇，"阿尔法军团"已经展示过他们面对这种抉择时的冷漠态度。怜悯是属于自由主义的愚蠢举动，是为了拯救一个生命而导致另外一百个生命的死亡。

布朗兹抬起头，看着干燥空气中那面软垂的连队旗帜。他端详着旗子上那个咧嘴欢笑的小丑形象，"骗术之神"崔苏玛吉斯特衣着花哨，手持带有铃铛的权杖和望远镜。那位小丑之神深谙命运无常，也明白对于沉迷所爱之物的人而言，时间的流逝有多么迅猛。布朗兹相信他对命运女士同样有所了解，只要付出代价，就能得到她的服务，但同时要记住，她会在心血来潮时转投旁人的怀抱。

头顶的天空变得更加昏暗，已经转为鲜血般的暗红色。

"基诺！"他高喊。

士兵们拉开嗓子做出回应，时候到了。

布朗兹用短剑做出短促的挥砍动作，在空中旋转——那是第一个信号。

在他右边的低矮山脊上，连队的迫击炮手将炮弹填进斜向炮管里，接着后退一步，扭过脑袋。一阵空洞的爆破声接连响起，测距精准的迫击炮弹飞到半空中，坠入敌群。布朗兹观察着炮弹落地时爆发的烈焰和闪光，他满意地点点头。每一次爆炸都扬起了白色烟尘和破碎尸体。

他将短剑前后挥动——第二个信号。

三脚支架上的重型武器以及人工操纵的机仆开始发出轰鸣，将炫目的激光刺向不断逼近的敌人。成群结队的敌军前锋灰飞烟灭，烟尘和血雾笼罩了奔涌袭来的诺斯阵线，鲜血像雨点洒落在他们的头上。布朗兹看到诺斯刀手在重型火力的撕扯下颤抖、解离。他还看到一头狂奔的巨蜥四分五裂，翻滚着压扁了骑手。

布朗兹将短剑向下挥砍——第三个信号。

卡宾枪阵列顿时开火，枪口发出的爆鸣像树枝断裂的声音般回荡开来。在上尉们的呼吼及穆的洞察力指挥下，一排排士兵瞄准，射击，瞄准，射击。

火力齐射产生的效果是毁灭性的。五百支安娜托激光卡宾枪朝诺斯人一同开火，它们的脉冲往复器由乌拉克-1020式战斗枪支改良而成，那是冲突年代各支军阀部队都普遍配备的主力武器，如今由一批训练有素的职业士兵进行瞄准射击。"小丑"连队的枪法久负盛名，布朗兹为此很是自豪。在帝国军队的同僚们眼中，身穿"小丑"制服的家伙全都是神枪手，没有一个人不能在九百米之外击中正在飞行的野鸟。布朗兹时常接到其余部队的申请，他们会为了训练目的而借用一两名射击手。他苦涩而懊悔地想起，他手下最优秀的两个射击手詹诺·法本和泽瑞科·曼兹尔今天早上缺席了。十五个月之前，他把那两个家伙作为教官借给了驻守在萨奇佐星球上的格德罗西亚兵团。根据他最近得到的消息，两人的培训工作已经结束，正在归队的路上。

詹诺和泽瑞科错过了所有乐趣，那两个幸运的浑蛋。

训练有素的齐射火力干掉了诺斯部队最前面的八排敌人，步兵和蜥蜴骑手一同命丧黄泉。虽然有几个正在逃命的奥崔玛士兵不幸中弹，布朗兹还是欣慰地看到，他麾下士兵们的枪法名不虚传，成功避开了大部分战友。

惊恐万状的奥崔玛幸存者们冲进基诺的阵线，哭喊着寻求庇护。特克看着他的少校。

"继续射击，"布朗兹在战场轰鸣中做着口型，"命令不变，直到接敌。"

特克点点头。

布朗兹举起短剑抬在面前，与视线齐平——第四个信号。

穿插在卡宾枪阵列中的长矛手左脚向前跨了一步，他们低垂武器，组成一道致命围栏。受到多层抗重力外鞘加固的可伸缩长矛顿时延展出去，直达十米之长。长矛手们将右脚压在武器尾部的配重球上。

长矛锋刃尖端的激光脊散发出炽热能量的灼目光辉。

"一头扎上去吧，浑蛋们，"布朗兹心想，"到时候你们就会明白，基诺连队能用什么手段弄死你们。"

仿佛是听从他的意愿，诺斯人纷纷照办。

成群蝗虫般的敌人涌过最后一片空旷地域，在激光枪的齐射火力下，他们迈出的每一步都要用无数性命来换取。十米，五米，两米……他们虽然伤亡惨重，却在不断逼近。每当一个诺斯人死掉，都有另外两个顶上他的位置，而在他们死掉之后又有四个人冲上来。

诺斯人到达了长矛围栏面前。

第一排敌人被直接斩落，第二排像肉串一样被穿刺在长矛上。基诺长矛手转移重心，对抗接连来袭的冲击和数名敌人的重量。一些人因抵挡不住而跌倒，被敌人尸体的庞大重量压弯了手中的长矛。配重球无法对抗惊人的压力，古怪的矛杆不堪重负地碎裂折断，负责保护矛杆的抗重力外鞘也无济于事。长矛手们开始用手中武器的残柄刺击敌人。

"开始了。"布朗兹心想。

诺斯人的迅猛冲锋与基诺防线迎面相遇，将一道冲击波送进了布朗兹麾下的规整阵型。在片刻间，"小丑"们如同洪水面前的大坝一般岿然不动，但敌军施加的压力迅速提升。成百上千的诺斯人汹涌而来，逐渐堆积在基诺防线前方。在长矛围栏的缺口处，诺斯战士相互推搡着猛冲过来，挥动武器攻击基诺士兵。一个个"小丑"或是被飞旋的长刀当场斩杀，或是被刀手后面的敌人所淹没。卡宾枪在近距离继续开火，毫无准头可言。在两军前线之间的缓冲区中，数量惊人的死者与伤员让"小丑"被迫后退，同时努力维持阵形。双方的尸体组成了一道恐怖的山脊，诺斯人急不可耐地翻越障碍。

"拔刀，拔刀！"布朗兹大喊。

他手下久经沙场的弗奥上尉转身传达命令。一根铁矢突然刺穿了他的头颅，让他整个人扑倒在地。诺斯人的箭矢像滂沱大雨般从天而降。布朗兹视野之内的每个人都被击中了。布朗兹感觉到一支箭矢划过了他的右腿，另一支钉在他的左脚靴子上。

他大吼一声发动冲锋，一只手挥舞短剑，另一只手握着帕提亚手枪。

理智被本能彻底取代。他打出一枪，击中了一名刀手的头颅。他又挥动短剑，削掉了一颗脑袋。有什么东西撞了他肚子一下。他上气不接下气地扭过身去，一剑扎穿了那个诺斯人。他用自己的体型优势撞开另一个，又结结实实地给了那浑蛋一枪。他转回身刺透了一个敌人的胸膛，之后用力扭动剑身才把武器拔了出来。

在二十秒之内，他就已经打空了子弹。他低哼一声，把手枪扔在一个诺斯人的脑门上。他抽出备用武器，是一把胡椒瓶造型的转轮手枪。

横行无忌的诺斯骑手闯入了深陷鏖战的密集人群，不由分说地利用他们的凶猛势头将诺斯人和帝国士兵一同践踏在脚下。骑手们驱使着蜥蜴踩在步兵头顶摇摆扭动，恰似是驱使坐骑越过奔腾的洪流。长矛手成功击杀了其中一些，将他们从鞍具上挑落，失去骑手的野兽继续用它的尖牙锐爪撕扯阵线。更多铁矢从迷雾深处飞落，击倒了数十名士兵。饱受践踏的土地上扎满了箭矢，仿佛长出了某种古怪的农作物。

第一头硕大无比的巨鳄从沙尘之中缓缓步入视线。布朗兹从来没有见过如此庞大的动物：长着浑浊双眼的头颅像悬浮艇一样巨大，那副身躯不逊于帝国坦克的尺寸，尾巴仿佛长度无穷。在这些怪物宽厚的脊背上，身穿蓝色丝袍和银色链甲的诺斯弓箭手站在华丽的坐轿和平台里，用小型双曲弓不断射出铁矢。

那些巨鳄简直不可匹敌。它们完全无视轻型火力，用黑色鳞甲便能折断长矛，将任何胆敢挡路的目标轻易碾在脚下。

布朗兹收起短剑，用手枪瞄准。他感觉到自己背后的衣服很沉重，心里明白那是因为布料浸透了鲜血。他把六发子弹全都送进了最近那头巨鳄背上的坐轿里。

布朗兹亲手制作了这些子弹，将金属单丝和弹药紧密压制在精金弹头之中。六发子弹的爆破冲击足以撕碎整台坐轿及里面的所有敌人。破片和金属丝也伤到了那头巨鳄。格外迟钝的痛苦反应让它缓缓晃动着身躯。布朗兹打开弹仓，让飘散着青烟的弹壳自动弹出，之后用颤抖不已的手指填进了六枚新的子弹。

那头巨鳄转过头来，用庞大的双颚将众多士兵甩到半空。布朗兹合上弹仓，重新瞄准，把右手大拇指的指根顶在脸上。他再次开火，微小而又致命的子弹伴随着飞溅的血肉炸开了巨鳄的喉咙和右肩。它顿时翻倒在地，森森巨口犁过沙土，两条后腿抽搐踢动。庞大的尾巴横扫出去，将数十个倒霉鬼的身躯一同抽飞。

布朗兹准备重新装填子弹，然而没有得到机会。两个刀手挥动长刀冲向他。他用打空子弹的武器挡住了第一刀，之后扔掉手枪，与那个诺斯人扭打起来。敌人朝他厉声尖吼，但布朗兹一把握住那柄长刀，把对方拽到面前，随即使出一记头槌撞断了他的鼻梁。诺斯人稍稍瘫软，布朗兹急忙利用长刀的握柄把对方当作肉盾扭到侧面。另一名刀手已经向布朗兹挥出武器，结果锋利的刀刃埋进了他战友的后背。

布朗兹手里的那把长刀突然就真正属于他了。他将武器从一双僵死手掌里抽出来，旋转着刺向第二个刀手。修长的锋刃贯穿左脸，在敌人脑后冒出刀尖。布朗兹拔出那把陌生的武器，向第三个从左侧逼近的刀手疯狂挥动。他没有击中对方，但那个刀手还是倒地而亡。

特克抓住布朗兹的肩膀。是他用手枪杀死了那个敌军士兵。

"后撤，少校！"特克喊道，"我们必须后撤！"

布朗兹明白特克说得对。在这团混战之中，一切阵形和纪律都已经不复存在,不断涌现的诺斯人正在将"小丑"分割包围。迫击炮阵地已经被放弃，位于右翼的奥崔玛部队似乎早就彻底崩溃了。

如同裹尸布一样追随诺斯人而来的翻滚尘云正在缓缓卷入"小丑"的阵地。

他们已经倾尽全力了。赫塔多·布朗兹感觉他们好像奋战了三四十分钟，但事实上还不到十分钟而已。上校的洞察力在催促这些苦战抗敌的基诺士兵尽快后撤，重整阵形。

"就这么办！"布朗兹对上尉喊道，"脱战，后撤！"他幻想着自己的手下能够撤离前线，在重整阵形之后运用游击战术干扰诺斯人的侧翼。

但沙尘逐渐将他们包裹起来，诺斯战士无处不在。他突然意识到，大家如果能活着出去就已经算是幸运了。

纳玛特吉拉臭名昭著的暴躁脾气此时无影无踪。他沉着冷静、深思熟虑地耐心研究着战术部门每分钟提供的简报。这个有趣的特质显然对于纳玛特吉拉跻身军界高层很有助益。在真正的危机面前，他会被一种冰川般的冷静所笼罩。纳玛特吉拉没有时间或者精力能够浪费在长篇大论和推卸责任上，那些都要等到战斗结束之后再作处理。在战事正酣之际，他需要的是冷酷、精确、全神贯注。

"我们的第一线抵抗力量，包括基诺"小丑"连在内，已经被敌军的攻势淹没了。"戴夫少将告诉他，"奥崔玛234、奥崔玛3667，以及赞吉巴瑞第十八连都遭到了歼灭或击溃。"

纳玛特吉拉点点头。戴夫少将和其余高级军官等待他开口下令。技师的耳语和沉思机的低吟从周围传来。

"泰坦呢？"纳玛特吉拉问。

"六分钟后接敌，"怀尔德领主回答，"它们应该能够挽回局势。"

纳玛特吉拉转身走出房间，他的随从们紧跟在后面。柴恩停下脚步，对戴夫点点头，示意他应该跟上。

纳玛特吉拉展现出了属于年轻人的充沛活力，大步流星地走上观察平台，他抓着长袍的边角，每一步跨上两级台阶。他的路西法黑卫加快脚步跟上总司令。

他们走上平台，站在色泽渐变的黎明光辉里。宫殿顶层边缘一块墙壁低矮的露台被改造成了远距离观察站，沉重的望远镜和探测系统矗立在栏杆旁，一丛丛高大的通信天线就像精心修剪过的树木一样扎在露台中央。观察站的工作人员尊敬地对总司令行礼。

"继续。"他吩咐众人，同时以近乎恭敬的庄重态度回以点头。他穿过平台，走到面向东方的栏杆处。两名技师躬身行礼，从一个配备三脚架的机仆旁边退开，将那架沉重的光学望远镜让给他。

"我想亲眼看看。"纳玛特吉拉对走到自己身边的戴夫轻声说。

"是，大人。"

纳玛特吉拉盯着目镜，将望远镜缓缓转动，小心微调。

防御工事的顶端结构充斥了东北方的天际线。在南边，宫殿墙壁之外是那条由帝国工程兵修建的宽阔道路，源源不断的运兵车和坦克如同河流般隆隆驶向东边，朝那团迅速逼近的风暴埋头冲去。一群狐狼炮艇组成了紧密阵形，从头顶呼啸而过，转向东南发动空袭。虽然这架望远镜分辨率很高，但纳玛特吉拉还是看不清敌人的模样；只有那团掩盖一切、遮天蔽日的翻滚云雾。

"真是让人叹为观止。"纳玛特吉拉挺直身躯说道。他看着戴夫，那双明亮的眼睛几乎显得激动难耐。

"如果感觉战争平淡无奇，那就意味着到了退役的时候。"纳玛特吉拉说，"今天的事情让我明白，我还愿意为帝皇再效忠一段日子。"

"长官？"戴夫问，"为什么呢？"

"因为这是一项挑战，戴夫，是一种启示。我们从来没有料到敌人的这一招，而这恰恰是对我们的考验。在各种推演场景里，我们可曾有任何一次考虑过敌人会发动全面反击？"

"没有，长官。或许会有小规模的突袭、针对我军侧翼的骚扰，但绝不是这种规模。我们没有意识到他们还保存着足够的兵力。"

"他们给我们上了一堂课，"纳玛特吉拉说，"我们将他们全面围困，我们具有数量优势，我们具有明显的科技优势。然而他们却对我们发动了突袭。"

"这是孤注一掷。"戴夫提出，"我们即将夺取他们的世界。这是背水一战，或许是将我们击退的最后努力。"

"一场英勇的努力，"纳玛特吉拉回答，"而且对我们有利。"

戴夫略加迟疑。"对我们有利，长官？"

"他们结束了这场围攻。他们主动进入了开阔的地形，寻求一场生死决斗。我们会满足他们，我们会消灭他们。今天晚上，诺斯星球就要被纳入帝国的疆域。在长达数月的胶着和苦战之后，他们把一份迅速而全面的最终胜利亲手交给了我们。"

戴夫点点头。

纳玛特吉拉抬头看看缓慢旋转的天空。"就好像他们正有此意。"他沉吟道，"虽然他们凶猛的突袭一开始会让我们承受伤亡，但他们一定明白，我们的火力优势最终会把他们轻易剿灭。他们简直是在进行集体自杀，就好像他们宁愿在一场最后的烈焰风暴里抛弃性命，也不要苟延残喘地面对可耻的失败。"

纳玛特吉拉转身走向台阶。"把赞吉巴瑞和新月第6团全部投入战场，跟在泰坦后面碾碎敌人。绝不留情，少将。"他停顿片刻，"顺便问一句，'阿尔法军团'在哪里？"

"我……我不知道，长官。"戴夫说。

"联系他们，少将。"纳玛特吉拉说，在转瞬间，他刻意压制的怒意迸发出了一点火花，"询问他们的情况，之后尊敬地询问他们是否打算加入我们。"

赫塔多很有可能已经死了。

当这种预感在心中浮现之时，索耐卡站在战场以西八公里外的一座沙丘顶端。这种不祥的感觉渗透到了他的骨子里，赫塔多已经死了。战术部门告诉他，"小丑"被敌军的突袭不偏不倚地碾了过去。他已经两次申请派遣"丑角"沿着南部后勤路线前去支援，也两次遭到了拒绝。"丑角"必须原地待命。"在这个时候，我们不知道敌人会不会尝试从其他位置突破我们的阵线。"

索耐卡知道这很有道理。帝国军队必须维持工事全线的防御阵型，否则就会犯下最为低级的军事错误。况且，从沙尘云团不断逼近的效率来判断，在一个小时之内"丑角"也会被卷进去的。

但他还是希望自己能去帮助老朋友。

他仅仅有不足八个小时的时间来了解自己的新部下。运兵车在天黑之后很久才把索耐卡和几名上尉送到"丑角"的兵舍。那时候"丑角"已经在篝火旁展开了庆祝活动，对他们的临时指挥官致以热情欢迎。"丑角"们用源源不断的烈酒让那个在星空下度过的夜晚显得格外漫长。索耐卡与被他叫成"史塔妈波"的史塔波，聊了两个小时，发现他比狄米特·希班所描述的要干练和有趣得多。在高级基诺少校缺席的这段时间里，史塔波想方设法地维持着连队的正常运转。在他们结束交谈的时候，索耐卡已经对这名上尉有了一定的尊敬，显然正是他借助一瓶由魅力与威吓混合而成的胶水将"丑角"们始终凝聚在一起。他们聊了聊希班，索耐卡提起了他和狄米特在卡特镇的经历。

他刻意没有将希班死亡的真相告诉史塔波。他如何能够解释像狄米特·希班这样优秀的军官被"阿尔法军团"处决，同时又不把整件事描述成一场叛乱？

索耐卡盯着踏入黎明的大地。在太阳应该升起的地方，那团恶兆般的浓厚云雾挂在地平线上。天空凝固成了一团团褐色与琥珀色的乌云，逆着风向缓缓飘动。那团云雾比天空更明亮一些，其黄白色泽像是荒漠深处的沙丘被正午骄阳暴晒而成的。索耐卡能闻到风中的某种气味，一种像是属于蒿草的树脂气味。

在最后这几天，他总是想起希班。他当时是否应该发现某种变化，某种表现出希班已经不再是他本人的征兆？混沌的蛛丝马迹究竟要如何分辨？"阿尔法军团"掌握了某些绝无失误的判断方式，如果他们的说法可信的话。

如果他们的说法可信的话，索耐卡对此反复思考。经历了这一切事情之后，他还是不愿相信他们。

前一天晚上和史塔波喝酒的时候，索耐卡想起了他在头颅镇与希班的一段闲聊。当时，那番对话显得毫无意义，但事到如今，索耐卡不禁思索那是否就代表着某种征兆。

"我最近一直在做梦，"狄米当时说，"我在梦里听到了一首诗。"

"哦？一首诗？"索耐卡回答。

"我给你讲讲吧，怎么样？"

"如此说来你还记得？"

"你难道不会记住梦里的每一个字吗？"希班问。

"从来不记得。"他当时说道。

希班耸了耸肩。"有意思。"

"那首诗？"索耐卡追问。

"嗯，是这么说的——"

"那些又脏又饿的地精，

要把你撕成七零八落的碎片，

那个裸男身边的魂灵，

会按《穆尼斯之书》所写的保你安全。"

"我记得这个。"索耐卡当时说。

"你记得？"希班回答道，"真的？"

"小时候妈妈曾经给我唱过,她管这个叫《疯癫之歌》,还有另外几首,不过我记不得了。"

"真的?它讲的是什么?"

索耐卡耸耸肩。"鬼知道。"

他现在依旧不知道,但他有种糟糕的感觉,怀疑说出那番话的不是狄米特·希班本人,而是嵌在狄米特·希班脖子里的诺斯人骨片。

那些骨片污染了索耐卡的朋友,腐化了他。"阿尔法军团"战士立刻就有所察觉,并将他处死了。混沌当时已经将沾染毒素的爪子嵌进了狄米特·希班的灵魂。

如果确实如此,那么索耐卡为什么会记得这首诗?为什么他的妈妈会知道这首诗,并且唱给他听?

"长官?"

索耐卡从思绪中惊醒,向左边看去。朗挎着一把卡宾枪走了过来。

"有什么消息?"索耐卡问。

朗摇摇头。"指挥部重复下达了原地待命的指示。两支奥崔玛部队正在从东边转移过来,打算把这里强化成一处后备防御地点。"

索耐卡点点头。"谢谢,咱们准备好给他们腾出点儿地方吧。"

"哦,还有就是史塔波在找你,长官。"朗说道。

索耐卡沿着沙丘顶端望过去。"丑角"已经列队完毕,直面着沙尘云雾里那一块应该代表太阳所在位置的苍白痕迹。他们肩膀上的长矛在病态的阳光中熠熠闪亮,连队的旗帜如同垂死的风帆一样软塌塌地挂着。史塔波沿着柠檬色的沙丘朝他们走来,身后跟着两个射击手,以及一位身穿基诺少校制服的高个子。

索耐卡不认识那名少校。

"长官,"史塔波走到他面前,敬了个礼,"这位少校刚刚抵达我们的阵地,提出要来见你。"

"他的名字是?"

"呃——"史塔波刚要开口。

"商·费考。"少校伸出手说。索耐卡和他握了手,他从没听过这个名字。

"我们能私下谈谈吗?"费考请求道。

索耐卡点点头。他回头看着朗。"让'丑角'准备好，"他吩咐道，"阿卡德阵形，莱卡德预备阵形。等他们到了之后，让奥崔玛部队从南边绕过来，把他们安排在我们的左翼，之后我们去找他们的军官聊聊。注意把命令传达给所有人，尤其是——"

"史塔妈波？"史塔波问道。

索耐卡露出一抹坏笑。"是的，尤其是他。"

朗和史塔波都笑了起来，他们转身朝着连队的方向走下沙丘。

"商·费考？"索耐卡把商·费考少校拉到一边质问，"商·费考又是在哪支连队里服役的？"

少校耸耸肩。"或许你对我的另一个名字更熟悉，先生。"他说，"孔尼格·汉尼克尔。"

索耐卡盯着对方。他的手缓缓挪向腰间枪套里的手枪。

"没必要这样。"汉尼克尔说，他看着索耐卡，"我的真名是约翰·格拉玛提卡斯，我需要将一份情报传递给'阿尔法军团'。据我所知，你可以办到这件事。"

"据你所知？"

"别兜圈子，可不可以？"

"有可能吧。"索耐卡谨慎地回答。

"希望如此，动作要快，这是黑色黎明，我们没有多少时间了。"

布朗兹带着大约半个连队的残兵败将撤到了战场以南两公里之外的小镇。他们全都筋疲力尽，灰头土脸。他们经历了半个小时之久的恶战，成功突破了汹涌而来的敌群。战场的轰响让他们耳鸣不止，布朗兹知道他绝不是唯一无法恢复平静、想让双手停止颤抖的人。两支七零八落的奥崔玛部队也撤到了这里，还有二十余名被迫放弃火炮阵地仓皇逃命的新月第6团炮手。布朗兹把这些人一并纳入麾下，将他们的总人数和位置报告给了指挥部。他吩咐上尉们确保晕头转向的炮手们都有武器，即便只是一把刀子或一支断裂的长矛。

透过望远镜，布朗兹能看到组成扇形的一支帝国装甲部队从西边跨越沙漠驶来，用高速滚动的履带各自扬起了一团沙尘。那是赞吉巴瑞兵团的完整力量，从苏恩洼地的集结位置推进过来。他不明白那支部队为什么显得有所保留。戴夫少将习惯于将快速装甲部队像重型骑兵一样刺入敌人的步兵集群，现如今他们显然已经集结了足够规模的部队，有能力扭转乾坤，但他们始终停在敌军以西一公里的位置上按兵不动。

这种行为方式背后的缘由随即显现。

暗淡朦胧的巨大身影在西边的黄沙深处显现，从阿恩艾可特洼地中缓缓升起。那些锃亮的钢铁巨兽如同神明般从沙漠谷底里进入视野。耶维斯的泰坦来到了前线。

共有三台。呼啸飞扬的沙尘极为厚重，以至于泰坦遥远的轮廓从视野里消失了几次，即便它们的体形雄伟无比。布朗兹能听到那些庞大笨重的机械之躯偶尔发出的金属嘶鸣。它们势不可挡，穿过静静等待的赞吉巴瑞装甲阵线，俯视着脚下的重型坦克和武器平台，随后并排冲向诺斯大军。

其中一台开火了。

布朗兹眉头紧皱地垂下望远镜。泰坦臂膀的武器发出的脉动光芒令人目眩，在他的视网膜上留下一块明亮的残影。

"泰拉在上。"他嘀咕道。

粗大而辉煌的能量束喷出炮口，状如流星的巨大光球及色泽乌黑的重型炮弹紧随其后。那些泰坦仿佛从头到脚都飘散着轻烟，然而那仅仅是从它们身上震落的沙尘。武器阵列的强大后坐力所引发的密集颤动将之前累积在钢铁身躯表面的厚重沙尘全都震了下去。

布朗兹能听到泰坦激光武器的尖鸣嘶吼，以及火炮短促的雷霆。震耳的声响与爆炸闪光不合拍地滚滚涌来。他先前目睹过泰坦参战，那幅景象一直让他满怀敬畏。那匪夷所思的射击速度，以及如洪流般从泰坦臂膀与肩头迸发出去的多彩光束让他叹为观止。

它们缓步行进，让面前的大地开始波动扭曲，营造出一丛丛森林般四散的黄沙、飞扬的泥土和翻滚的火球。毁灭性火力的振动与闪光铺开了一条地毯，将昏黑的烟尘和气化的沙土送进那团跟随诺斯人一同涌现的苍白云雾。布朗兹能感觉到它们的强悍突袭所引发的无情震撼让自己的五脏六腑颤抖不已。

大地在战栗。

他身边的士兵们开始欢呼呐喊，但布朗兹能感觉到他们的恐慌。这种场

泽西斯军团的泰坦步入战场

面没有任何人能毫无惧意地观看。

他不禁猜想，有多少厉声尖叫的诺斯人在第一秒、第二秒或第三秒里灰飞烟灭。即便透过望远镜也看不清楚，他只能瞧见翻滚飞旋的浓厚烟尘、毫不停顿的疯狂轰击，还有骤然迸发的连锁火球不断地扩散、交叠、烧尽万物。他在转瞬间瞥见一个可能是巨鳄的黑暗轮廓冲出了肆意狂舞的爆炸火光，随后就像失事的海船一样轰然沉没。

蒿草的气味已经消散。取而代之的是超高温气体、坦克燃料、熔融沙粒以及烧焦肉体的刺鼻味道。

泰坦继续推进，踏过了毁灭性火力所造成的一片焦土，远远看去仿佛是几个在薄雾中埋头行走的路人。它们的轰击从未停歇。在它们身后，赞吉巴瑞的装甲部队开始前进，布朗兹听到了坦克主炮开火的遥远咆哮。

泰坦来到了诺斯云团的边缘，毫不迟疑地大步迈入了苍白的雾气。自从黎明以来，那道不祥的遮罩终于开始翻卷收缩，仿佛三架顶天立地的战争机械是来自沙漠的一缕清风，缓缓吹走了污浊可憎的云团。

索耐卡领着汉尼克尔，或者随便他叫什么名字，走到一块用来停泊连队支援车辆的洼地里。他感觉到一股深切的不安，仿佛他正在昧着良心背叛伙伴。但他也知道，现如今再考虑这些已经为时已晚。他早已做出了选择，没有退路。

"他们在找你。"他说。

"谁？"汉尼克尔问。

"所有人。"索耐卡回答。

"我知道。我也知道我想让谁找到我。"

"阿斯塔特？"

汉尼克尔点点头。

"为什么？"索耐卡问。

"很复杂。简单来说，我相信他们愿意听听我有什么话要讲，而你在帝国军队里的那些上级只会把我当作诺斯人的间谍直接处决。"

汉尼克尔露出一抹古怪的笑容看着索耐卡。"不过，他们已经不是你的上级了，对吗？"他问道，"再也不是了。我的意思是，你不再首先效忠于他们了，对吗？"

索耐卡没有回答。

"你是怎么入门的？"汉尼克尔追问，"你已经当了很久的特工，还是最近才开始的？他们是与你合作还是胁迫你就范？"

"够了。"

"我只是好奇，我对他们的机制和组织很感兴趣。"

"你问错人了，"索耐卡告诉他，"在这里等着。"

汉尼克尔点点头，站在原地。索耐卡走到一辆开顶的履带车旁，吩咐驾驶员出去散步。

"长官？"

"我需要用通信器，"索耐卡说，"是保密内容。"

"遵命，长官。"那人说着从驾驶舱里跳出来。他朝一群坐在运兵车阴影里的驾驶员同僚走去。

索耐卡启动了履带车的通信器，让它开始预热。他时不时地朝汉尼克尔瞥去一眼，但对方丝毫没有试图溜走的意思。等到通信器可以运行之后，索耐卡从口袋里掏出自己的生物识别密钥。他注视了那件物品许久。他可以很简单地把密钥插进去，联系穆上校，汇报这件事。很简单，连队第一，帝国第二，同袍高于同胞。真的为时已晚了吗？

他叹了口气，把密钥扔在通信器上，转而敲进去一串七位数的频道号码。通信器低吟片刻，随后传出一个声音。

"表明身份。"

"勒拿841。"索耐卡说。

通信器低声嗡鸣。索耐卡看着屏幕上的加密指示灯逐一亮起。"请讲。"

"这个频道是安全的吗？"索耐卡问道。

"你自己看得到。"

"这个频道是安全的吗？"

"是的，佩托。别担心。你有情报要提供给我们吗？"

索耐卡咽了下口水。"孔尼格·汉尼克尔在我这里。"

一阵停顿。"重复，佩托。"

"孔尼格·汉尼克尔在我这里。"索耐卡说。

"被你抓捕的？"通信器里的声音问道。

"和我同行的。十分钟之前他来找我。他说有一条情报要传达给你们,显然很重要。"

又是一阵停顿。

"你的位置,佩托?"

索耐卡读出了他的坐标。

"把他带给我们。"

"我不能就这么——"

"把他带给我们。"

"听我说,我正在率部待命。我的连队在战场上,你们看到这边发生的事情了吗?"

"我们看到了。"

"我不能就这么擅离职守,我有责任——"

"是的,你有责任。"通信器里的声音说,"别无选择,相信我们,立刻把汉尼克尔带到583号地点。我们会掩护你。"

"我——"索耐卡张口道。

"明白吗?"

"听我说,我没法——"

"明白吗?"

"是的。"索耐卡轻声说。

"请确认你明白。"

"是的,我明白。"索耐卡说。

"请确认坐标。"

"583号地点。"

通信连接中断了,加密指示灯逐一熄灭。

索耐卡靠在座位上,长叹一声。他关掉通信器,收起他的密钥,走出了履带车。

"怎么样?"汉尼克尔问,"你显得不是很高兴。"

"别跟我说话,闭上嘴,跟我走。"

他们爬上洼地边缘的柔软沙丘,索耐卡让汉尼克尔等着,把朗叫了过来。

"怎么了?"朗一路小跑过来问道。

"我得走了。"

"什么？"朗笑道，"走？去哪里？"

"我不能解释。这是……是机密。"

朗盯着他。"机密？你在说什么，少校？你突然变成情报部门的人了？"

"差不多吧。"索耐卡朝汉尼克尔的方向甩甩头。

"听着，朗。我觉得这家伙知道一些事，"他压低嗓音说，"我觉得他很有可能就是大家都在谣传的那个间谍。"

"什么？"

"听着，我得把他交给督军之类的人。"

"你要走多久？"朗问。

"半个小时吧。我不知道，你来负责。告诉史塔波，我让你代我指挥。"

"你刚刚和'丑角'待了几个小时。"朗说。

"所以他们也不会太想念我，不是吗？"索耐卡回答，"这很重要，我尽快回来。"

上尉显得并不满意。最终，他耸了耸宽厚的肩膀。"听你的，少校。"他说。

"谢谢。"

"穆上校知道这件事吗？"朗问。

索耐卡摇摇头。"我不敢用通信器，就算是加密频道。"

"如果她找你呢？如果指挥部找你？"

"让他们等着。就告诉他们，我离开岗位处理一件重要事务。我会尽快向她汇报。"

朗点点头。

"一切顺利。"索耐卡说。

"你也是，少校。"

索耐卡从补给部门弄来了一辆越野车，两人穿过一片恍若干涸海床的开阔沙漠向西南方前进。阳光染上了一种更加令人不安的怪异色调，天空逐渐变成了黄铜色。

"天一点儿都没变亮。"索耐卡开着车咕哝道。

"你注意到了？"汉尼克尔回答。

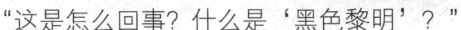

"这是怎么回事？什么是'黑色黎明'？"

"某种预料外的事情，某种秽恶的事情，这是诺斯人送来的最后一件礼物。"

"送给我的？"

汉尼克尔笑着说："送给帝国远征队的。"

"这个说法有意思，"索耐卡用力握住方向盘，控制越野车驶过崎岖的路面，"暗示着你不是帝国的一员。"

"我不是。"

索耐卡向他瞥了一眼。"你到底是什么？"

"我是人类。至少，对你而言，我算是个人类。我不是敌人，你只需要明白这一点。我和你们为同样的目标而努力。"

"什么目标？"

"种族的存活。我唯一的愿望就是把人类种族从即将降临的漫长折磨与痛苦灭亡中拯救出来。"

"你要是能说点儿细节就更好了。"索耐卡说。

"一场战争即将到来。"汉尼克尔说。

"我们一直都在打仗，这是人类在当前纪元里的常态。"

汉尼克尔望着从两旁闪过的沙漠灌木。"那是一场特殊的战争，它会让其余所有战争都显得渺小而琐碎。而帝国对此毫无准备。"

索耐卡检查地图，把行驶方向往西边调整了几度，沿着一条宽阔谷地继续前进，热风从谷地边缘扬起白色的沙粒，看着就像蒸气一样。

"我能问你一个问题吗？"汉尼克尔说。

"你可以试试。"

"卢克萨娜还活着吗？"

索耐卡作答之前略加犹豫。"是的，我认为她活着。至少我上一次见到她的时候。"

"是阿斯塔特派你把她送过去的，对吧？"

"是的，"索耐卡说，"为了她的安全。"

"如果他们是这样说的，"汉尼克尔评论道，"那就一定是真的了。"

"她——"索耐卡开口回应，"我很抱歉。我并不是很情愿把她交给他们，我一直都感到后悔。当时，帝国军队的情报人员就要抓住她了。他们发现了她和你之间的联系。"

汉尼克尔点点头。

"佩托·索耐卡——"他说。

"怎么了？"

"没什么。挺有趣的。不久之前，我差点就决定成为你。"

"那是什么意思？"索耐卡问。

"我说的是借用死者的身份，结果你并没有死。"

583号地点是砂石峭壁顶端一座能够眺望广袤沙丘之海的诺斯人堡垒遗迹。交错排列的山脊向北边延伸出去，与大陆架的边缘融汇到一起，随后下落形成了孟罗港的海岸。南边高高低低的沙丘一望无际，在今天这种不祥的光线中变成了银灰色，好像一套锁子甲覆盖在目力所及的地面上。没有热度，只有冰冷无情的狂风。

索耐卡把越野车开进峭壁的阴影里，两人下了车。这座堡垒是古代诺斯人建立的一串瞭望塔之一，用来看守沙漠的边缘地带，但是早在远征队降临的几个世纪之前，它就遭到遗弃，沦为废墟了。它由庞大石块搭建而成，有些地方已经破损崩塌。上层建筑不复存在，空洞的观察孔如同骷髅的眼窝般凝望着无垠沙丘。

他们爬上饱经风霜的坡道，越过散乱的巨石。很多较大的石块都曾经属于那座被岁月推倒的高塔。整个地方充满了冰冷的回响。每当他们的靴子惊扰松动的石块，就会有一股幽灵般的空洞声响在周围回荡。

"这不对劲。"索耐卡掏出手枪说。

"他们不打算在我身上冒任何风险。"汉尼克尔告诉他。

索耐卡抬头看着堡垒高处的粗劣墙壁。他显得不太信服。

他们又往上爬了一小段，来到堡垒脚下。

"那边，你看到了吗？"汉尼克尔说，"就是这里。"他指着前方的巨石，上面烙印了微小但明显的'九头蛇'印记。那个印记与索耐卡身上的完全一样。

"又一座'九头蛇'的巢穴。"汉尼克尔嘀咕道。

"什么？"

汉尼克尔从他身边走过，爬上一座沙丘，走向哨塔敞开的门廊。经过那个带有印记的石块时，他伸手摸了摸。

"还是热的，"他转头说，"他们刚到没多久。"

他们从沉重的门楣下方走过，进入哨塔。里面的地板和楼梯早已消失，只剩下一座空荡荡的露天烟囱。他们的眼睛花了一点时间来适应建筑内部的黑暗。透过狭窄的窗户及开放的天顶，他们能看到一块块冷寂而暗淡的天空。

"你们好。"汉尼克尔说。

"你好，约翰。"

两个阿斯塔特站在黑暗中等待他们。两人身穿全副盔甲，但没有佩戴头盔。在昏暗的光线中，索耐卡意识到他根本分辨不出那两个人之间的区别。他们就像是双胞胎一样。

"赫佐格，佩克。"汉尼克尔说着对他们点点头。

"你是怎么——"索耐卡开口道。

"约翰·格拉玛提卡斯是一个感官非常敏锐的生物。"他们身后的某个低沉嗓音说道。第三个阿斯塔特从阴影中现身。

"阿尔法瑞斯。"汉尼克尔说。索耐卡听得出来，那个间谍的声音缺少了一点儿自信。

"你能确定吗？"第三个阿斯塔特问。

汉尼克尔稍稍恢复了镇定。"是的，我在帐篷那里听到过您的声音，我从不会忘记任何人的嗓音，而且您的身材也比两个连长更高大一些。您是基因原体阿尔法瑞斯。大人，我花费了很多时间与精力，克服了很多困难才见到您。"

"从你想方设法躲避我们的行为来看，约翰，似乎你是很希望拖延这场会面的。"阿尔法瑞斯评论道。

"情况产生了变化，"约翰·格拉玛提卡斯说，"我比之前任何时候都更需要和您谈话，而您也必须听我说。"

"那我们就回去谈谈。"阿尔法瑞斯说。两位人高马大的连长走上前来，站在汉尼克尔的两边，夹着他走向哨塔大门。

汉尼克尔转头看看索耐卡。"谢谢。"他说。

索耐卡耸耸肩。阿斯塔特把汉尼克尔领出了哨塔。

"干得好，佩托。"身披铠甲的巨人说。

索耐卡收起枪，庄重地行了个礼。"我必须返回我的连队了，大人。"他说，

"我越早回到岗位,就——"

"不,佩托。我很抱歉,你不能回去。"

"为什么不能?"索耐卡问。

"佩托,有个问题你没有问过自己。"

"什么问题?"索耐卡回答。

"孔尼格·汉尼克尔怎么知道你是'阿尔法军团'的特工?他怎么知道如何找到你?"

第十三章

诺斯星球的最后一天

地下很冷。索耐卡本以为诺斯星球的沙漠是干燥贫瘠的，但是在地下隧道和洞穴里，岩壁表面凝聚了很多水珠，如同黑色的唾液般从洞顶滴落下来。

他们目前穿行的通道是在几周之内新开凿出来的。石壁和地面上都残留着热熔钻孔器和岩石切割器的标志性痕迹。"阿尔法军团"已经来到这里多久了？索耐卡不禁猜想着，他们在公开现身之前究竟做了多少精心准备？

索耐卡突然发觉，通道的黑暗与脚步的回声被他们抛在了身后，一行人返回开阔地带。他眨着眼四下张望。

他们来到了山岩之中的一处极深的凹陷里。一圈光秃秃的峭壁矗立在周围。头顶上，黄铜色的云朵不断膨胀，集结成了肿瘤的形状，风中满是刺鼻的气味。似乎连阿斯塔特都注意到了气候的迅速恶化，仿佛整个星球都身染恶疾。

"这个世界在崩溃。"格拉玛提卡斯说。

阿尔法瑞斯看了他一眼。这是索耐卡头一次在白天正面看到这位基因原体的面孔。他相貌英俊，气势强悍，头颅光洁无发。在这诡异的光线里，他的古铜色皮肤变成了灰绿色，眼睛则显出格外凌厉的乌黑。

约翰·格拉玛提卡斯忙着研究他们周围的环境细节。他看不到舍尔或者"阿尔法军团"的其余灵能者仆从，但他能感觉到至少有两个人潜伏在附近，严密监视着他，只要他的心灵胆敢僭越雷池哪怕一步，就会立刻出现把他放倒。

在下方的岩石盆地里，格拉玛提卡斯看到了二十个"阿尔法军团"战士，这是他在同一地点见到他们最多的一次。他们正在穿戴盔甲，检查爆矢枪，从铁箱里取出支援武器。大约十几个普通人类穿插其间，协助他们调整盔甲，或是运来弹药箱和工具。更多普通人披挂着形形色色的军队制服，也有一些穿着面纱和长袍这种当地的沙漠服装。当他们一行人从峭壁上的通道洞口里出现时，没有一个阿斯塔特或凡人特工抬头张望。

在深邃的盆地的另一头，一架重型运输机停在带有粗大铁爪的起落架上，被密实的伪装网笼罩起来。那架运输机并非常见的型号，至少格拉玛提卡斯不熟悉。

约翰·格拉玛提卡斯能够感觉到功率强大的通信发送器所产生的低沉震颤，他能嗅到在周围反复穿梭的加密对话、信息片段，还有江河入海般的大量数据。"阿尔法军团"正在紧密备战，这个地方想必是整装待发的诸多秘密基地之一。

时间紧迫……

"原体大人——"格拉玛提卡斯开口道。

因格·佩克狠狠瞪了他一眼，格拉玛提卡斯安静下来。阿尔法瑞斯转身走开，沿着斜坡侧面的石阶来到了麾下战士正在集结的盆地里。其中一个尚未穿戴全套盔甲的阿斯塔特站起身，开始与他交谈。

格拉玛提卡斯带着骤然浓厚的兴趣静静旁观。对方距离太远，他没法偷听，这个角度也不允许他读唇语，但他能够分辨出他们的肢体语言。而且他能够对比这两个人的体型。与阿尔法瑞斯交谈的那位战士十分高大，即便以阿斯塔特的标准来衡量也格外魁梧。他和基因原体在各个方面都很相似。他们的肢体语言完全相同，甚至包括最细微的手势。还有他们的脸……他们就像是双胞胎。

格拉玛提卡斯不禁猜想，自己先前的鉴定是不是犯了错误，或者遭到了刻意的误导。究竟谁是基因原体？谁是阿尔法瑞斯？这个军团为自己编织了多少层欺瞒诡诈的蛛网？

"那是谁？"他问佩克。

"你问的是谁？"佩克闷声闷气地反问。

"那个和阿尔法瑞斯交谈的人。"

佩克看看赫佐格，后者耸耸肩。"欧米冈。"佩克说。

"欧米冈？"格拉玛提卡斯重复道。

""鬼灵潜行"小队的指挥官。"赫佐格说。他和佩克一起笑了笑，仿佛这是个内部笑话。

格拉玛提卡斯突然意识到了这究竟是怎么回事。他瞪大了眼睛，他明白自己必须加以检验，他探出了心灵的触手。

一股灵能尖啸涌入他的脑袋，让他头痛欲裂。他尖叫一声，扑倒在地。

+不，你想都别想。+一个声音说道，是舍尔的声音。

索耐卡吓了一跳。汉尼克尔突然就倒在地上抽搐起来。

"没事的，佩托。"佩克镇定地说，"他就是太好奇了。"

"我不明白，"索耐卡说，"他什么都没做啊。"

"他要做的事情你看不见。"赫佐格提示道。

汉尼克尔趴在沙地上，一边痉挛一边呻吟。鲜血不断从他的耳朵里淌出来。

"你们把他给杀了？"索耐卡问。

"要想把他弄死，这样可远远不够。"赫佐格说。他特意抬起手中的重型爆矢枪，暗示他知道至少一种可靠的方法。

索耐卡从壮硕的第二连连长旁边挤过去，蹲在汉尼克尔身边。这样的冒犯让赫佐格笑着瞥了佩克一眼。

"他倒是有种。"

"所以我选了他。"佩克回答。

索耐卡把汉尼克尔翻过来，确保他能够顺畅呼吸。突然倒地的汉尼克尔嘴边涌出白沫。

"呼吸，汉尼克尔，"他说，"慢慢呼吸。"

"我知道……"对方呜咽一声。

"嘘。"

"我知道，"汉尼克尔坚持道，他的嗓音很浑浊，"我知道怎么从灵能攻击中恢复过来，给我一点儿时间。"

他睁开眼。其中一只眼睛遍布血丝。"约翰，先生。"

"什么？"

"我的名字，我的真名，是约翰。一直都是。"索耐卡点点头。

阿尔法瑞斯以及刚才与他交谈的那个战士迈上斜坡，朝他们走来。

"那么，是时候谈谈了，约翰·格拉玛提卡斯。"阿尔法瑞斯说。

"他受伤了。"索耐卡抗议道。

"他没事。"阿尔法瑞斯身边的那个阿斯塔特说。

阿尔法瑞斯抬起手。"我钦佩你的同情心，佩托。谢谢你。"

在索耐卡的帮助下，约翰·格拉玛提卡斯坐直身体，抹抹嘴角，抬头看着那两个高大的战士。

"你们很相像。"他说。

"这对我们有利,"阿尔法瑞斯说,"共用身份可以帮助我们隐藏身份,我们刻意确保彼此相像。"

格拉玛提卡斯轻笑着咳嗽一声。"我不是那个意思。"

"在普通人未经强化的眼睛里,所有阿斯塔特都很相像。"赫佐格说。

"你们无法分辨我们的特征,无法找出我们的区别。"佩克说,"对你们而言,我们是从一个模子里刻出来的非人生物。"

格拉玛提卡斯摇摇头。"我也不是那个意思。"在索耐卡的搀扶下,他站起身来,"你们太相像了,比其他人更甚。面孔、声音、体形、姿态,就像双胞胎。"

"你不可能辨别或者区分出我们之间的微妙——"阿尔法瑞斯开口道。

"不,我可以。我真的可以。这是我的工作,"格拉玛提卡斯说,"是的,你们都很相像,在普通人眼里。你觉得他们长得很像,对吗,佩托?"

"全都一个样。"索耐卡回答。

格拉玛提卡斯点点头。"在佩托看来,你们都很像,但我不一样。他,他比旁边的人要高出三到三点五厘米。他的颊骨更厚重一些,他的脖子更粗,毛发生长更迅速。那边两个长得很像,除了眼睛周围的明显差异。"

"基因库的共有性状。"佩克说。

"不,"格拉玛提卡斯说,"是为了确保彼此相像的刻意装扮。除了你们——"他看着阿尔法瑞斯和欧米冈。"你们确实是相同的。"

"我们之间的区别过于微弱,让你无法辨别。"欧米冈说。

"我表示怀疑,真的怀疑,你们之中谁是阿尔法瑞斯?"

"我是。"阿尔法瑞斯说。

"好吧,我换个方式来问。"格拉玛提卡斯说,"你们之中谁是基因原体?"

阿尔法瑞斯面露微笑。"我觉得轮到我们来提问题了,约翰。你前来寻觅我们、追踪我们,而你也找到了我们。之后你又尽一切努力躲避我们。现在你再次来找到我们,为什么?"

"我奉命与'阿尔法军团'展开协商。"格拉玛提卡斯回答。

"奉你所说的密教的命令?"佩克问。

"是的，是它们派遣的我。我知道这是一项危险的尝试，我知道你们不容易接受我，所以我采取了十分谨慎的态度。但是，情况已经产生变化，所以我公开来找你们。"

"密教知道你改变策略了吗？"赫佐格说。

"是密教指示的我改变策略，"格拉玛提卡斯回答，"协商的事情可以日后再说。我来这里是为了警告你们，这个世界只剩下大约一天的生命了，你们必须在它崩溃之前逃离这里。"

"我们往西走。"布朗兹说。特克把地图按在一块巨石上，点点头。

"西边。"他表示同意。

"补给路线可能——"

特克摇摇头。"不，沿着洼地下去，从这里走，干燥的河床。太靠北的话，我们可能会被卷回去的。"

"哦，得了。"布朗兹说，"一切早就结束了，除了收尸工作之外。"

"是吗？"特克问道，"你看见天空什么样了吗？"

"见鬼的天空。"布朗兹骂道。

"行吧，反正洼地可以确保我们避开任何潜在的战斗，我就是这个意思。"特克反驳道。

"嗯，我觉得这主意不错。"布朗兹承认。他目前集结起来的这支队伍太弱小、太零散，绝不能再被卷进一场大规模战斗。如果他把这些人带到西边的宫殿去，或者至少是宫殿的周边区域，那么上校们就可以恰当地重新部署，派他们前去增援其余部队。

"好吧，我们出发。"布朗兹告诉他的老上尉，"叫醒他们，告诉大家我们要去哪里。"

特克跑了过去，大声呼喊指令。其余上尉立刻警醒起来，开始传达命令。"小丑"们服服帖帖地站起身，拿着自己的背包和武器。奥崔玛士兵则显得十分迷惑。

"动起来！"布朗兹朝他们喊道，"好了，我们该走了！"

包括"小丑"在内的大部分士兵刚刚花了四十分钟时间来观看一场值得为儿孙讲述的旷世奇观。泰坦和赞吉巴瑞装甲部队火力全开地轰击敌军，这是篝火故事的绝佳素材，是让爷爷或太爷爷显得分外伟大的珍贵经历。

泰坦把整片大地都化作了炼狱，那幅景象无比震撼，它们缓缓踏入那团云雾，赞吉巴瑞兵团的坦克紧随其后。布朗兹想象不出究竟有多少吨弹药被倾泻到敌军阵线了。倘若有哪怕一个诺斯人侥幸存活，他都会大吃一惊。帝国军队以及来自泰拉的同胞兄弟——火星的泰坦军团完成了使命。帝皇保佑机械神教！他们碾碎了敌人，他们歼灭了敌人，他们用压倒性优势挫败了诺斯人的企图。

那场气势恢宏的表演已经淡出了视野，泰坦和重型坦克所组成的支援力量消失在云雾深处。布朗兹依旧能听到它们在开火射击，能看到炮口在闪光，能感觉到一次次爆炸所产生的遥远颤动。

诺斯风暴，在凌晨时分彻底击垮工事阵线的那团云雾，正在逐渐消散。布朗兹想象着一大片铺满了诺斯人的尸体和爬行动物残躯的沙地上印着泰坦巨兽冒烟的足迹。

"行动，行动！"他喊道，"都站起来，你们这帮蠢蛋！出发！沿着峡谷往西走！"

他抬起头，忽然意识到天空变得有多么昏暗。

"诺斯人拥有一件叫作黑立方的装置。"格拉玛提卡斯说。

"解释这个名词。"佩克坚持道。

"我不能，我不理解它。我只知道它的功能，它是一件古老的装置，古老得超乎你们的理解，是在人类崛起之前就存在的一种武器。密教认为，黑立方是银河早期的初生种族在上古战争中相互攻伐所使用的武器。"

"又是个神话预言，毫无根——"赫佐格开口道。

"听我说！"格拉玛提卡斯高喊一声。他用最强大、最具说服力的方式运用着自己的声音。没有时间保持谨慎了，他必须迫使他们倾听并理解。他发挥着在数个世纪以来炉火纯青的技巧，调整自己的语音和声调，让索耐卡吓了一跳，让"阿尔法军团"战士全都盯着他。

"密教相信，这种邪恶的装置如今只剩下最多五个，"他说，"它是一件混沌仪式武器。在激活之后，黑立方会制造一场黑色黎明。从那以后，整个星球上的一切生命都危在旦夕。"

"黑立方如何激活？"佩克问。

"鲜血，"格拉玛提卡斯说，"血祭。你看不出来吗，诺斯人想让你们杀死他们。他们想让你们把他们屠戮殆尽，如此一来，他们的武器就会被激活。"

一阵秽恶狂风从山中扫过。在盆地里，那些正在穿戴盔甲的阿斯塔特及众多特工都停下了手里的事情，其中一些站了起来，他们也都在倾听。

"我们如何阻止它？"阿尔法瑞斯问。

"你们无法阻止，现在已经不行了。"格拉玛提卡斯说。

"那要如何应对？"

"你们必须放弃这场战役，"格拉玛提卡斯说，"你们必须立刻离开这个世界，撤退到安全距离。这样还有机会拯救'阿尔法军团'。而且，如果你具有足够强的说服力，或许还有机会拯救远征队。"

"纳玛特吉拉不会——"阿尔法瑞斯开口道。

"你是个基因原体！"格拉玛提卡斯厉声说，"至少，你们其中有一个人是。只要你适当运用自己的影响力，即便是总司令都会听你的！要么这样做，要么就扔下包袱，放任他们去死。重要的是……'阿尔法军团'过于宝贵，不能以这样无谓的方式白白牺牲掉。"

"那么你是来拯救我们的，对吗，约翰？"欧米冈问。

"你为什么在乎？"阿尔法瑞斯问。

格拉玛提卡斯叹了口气。"因为我担任使节，负责为你们和密教建立对话。我已经告诉过你们了。我告诉过佩克，我已经说烦了。暗中劝服的时机早就过去了。跟我走，逃离这个世界，逃离这个末日，我会引领你们接受启示。"

"我从不临阵脱逃，"阿尔法瑞斯说，"我已经承诺参战。在我立下誓言之后，我不能简简单单地扔下包袱抽身而去。"

"你不能吗？"

格拉玛提卡斯和阿斯塔特都转过头去看着索耐卡。"是你在说话吗，佩托？"佩克问。

佩托·索耐卡略有迟疑。

"是的。我说……我的意思是……你们正是那样做的。我亲眼看到你们那样做的。"

阿尔法瑞斯眯起眼睛。"佩托？"

"实用主义,脱离感情的实用主义,似乎是你们的特质。我并不是,请见谅,我并不是在质疑你们的荣誉或者勇气,但你们确实如此。你们运用任何必要的手段来达成更重大的目标。"

阿尔法瑞斯朝他迈了一步。"你突然变成'阿尔法军团'的军事理念专家了?"

索耐卡摇摇头。"我只是说出我亲眼看到的事情。毫不迟疑,毫不留情,你们用一切手段夺取胜利。被我留在乌潭镇沙场上的那些'舞者'能够做证。"

"你把我们描述得冷酷无情。"阿尔法瑞斯说。

"你们的作战方式是泰拉所创造出的最有效的战斗机制,"格拉玛提卡斯在他身后说,"这听起来很糟吗?"

一段漫长的沉默中,只有恶风的呼啸。阿尔法瑞斯盯着欧米冈,之后简洁地点了点头。他转向赫佐格和佩克。"命令军团脱离战斗状态,准备进行紧急撤退。快速撤离模式,逐个单位,标准重整方案。"阿尔法瑞斯瞥了格拉玛提卡斯一眼,"安全距离是什么?"

"星系的边缘会比较保险。"格拉玛提卡斯回答。

阿尔法瑞斯转头看着他的连长们。"标准重整方案,"他继续道,"星系边际,立刻执行。"

他们敬了个礼,匆忙走开,向盔甲内置的麦克低声下达命令。

"通知总司令,我会在三十分钟后前去见他。"阿尔法瑞斯告诉欧米冈,之后他转身看着格拉玛提卡斯。

格拉玛提卡斯抬头与基因原体对视。

"如果我最终发现你使用任何手段玩弄了我们,约翰。"阿尔法瑞斯说,"如果这是一场骗局或者诡计,我就会亲自监督你的死刑,之后把你的宝贝密教猎杀干净。"

"大人,那完全合理。"约翰·格拉玛提卡斯回答。

第二部分

停留点

第一章

九头蛇42号星球附近,诺斯星球灭亡的五个月之后

舱门旁边的解锁面板识别出他的指纹,在一阵柔和闪光中确认了他的身份,舱门随之打开。他拿起沉重的帆布袋,挎在肩上,走了进去。

"你好啊,约翰。"他说。

约翰·格拉玛提卡微笑道:"你好,佩托。已经又是新的一天了?"

"是啊。"佩托·索耐卡回答,他把布袋放在了铁桌子上。

"真是感觉不出来。"格拉玛提卡斯一如既往地说道。这已经成了他们之间的例行对话,每天都只有微小的区别,寄托着同伴之情。

这个房间很简陋,但尺寸大到足以让人在其中踱步来消磨时间。一张床、两把椅子、一张桌子、墙边的洗脸池以及一个化学马桶是仅有的家具。没有窗户,灯永远亮着。经过持续数周的温和抗议,格拉玛提卡斯终于得到了一副眼罩,让他能够模拟出夜晚。

索耐卡从来不会把身后的舱门关上。每次他来访时,那扇门都开着,充满诱惑性地开着。他猜测这是一种刻意为之的心理暗示。索耐卡没有把身后的门关上,因为他奉命不要把身后的门关上。

循环空气、马桶里的异味以及昏暗的灯光,这个房间算不上环境宜人,而格拉玛提卡斯虽然被迫居住在这样的环境里,却总是容貌整洁、彬彬有礼。他们每三天给他送来一套换洗衣物,而他则在洗脸池里把衣服洗干净。他长出了乱蓬蓬的灰色胡须,活像一位老将军。他们没有允许他使用剃刀。

索耐卡打开布袋,把里面的东西拿了出来。

"我们今天有什么?"格拉玛提卡斯假装兴高采烈地问。

"冷肉和奶酪,"索耐卡告诉他,拎出一个个蜡纸小包,"一小罐酸豆、一瓶酒、一条面包,以及例行的维生素。"

"真是丰盛的大餐。"格拉玛提卡斯说。

"奶酪尤其不错。"索耐卡表示同意。

他们面对面坐在桌旁，开始分享食物。索耐卡从袋子里拿出两个盘子、两只杯子、两个碗、两副刀叉和两把勺子，然后把布袋扔在了地上。格拉玛提卡斯用一副刀叉切开了带有外皮的奶酪，分成了两人份。索耐卡把酒瓶的塞子拔出来，倒满了两只杯子。他们举手投足之间显得熟悉而轻松，恰似一对摸清了对方脾气的老夫老妻。一起吃了五个月的饭，谁都会这样。

"你睡得好吗？"索耐卡问道，他把杯子递给格拉玛提卡斯。

"佩托，我有一千年没睡好过了，"格拉玛提卡斯回答，"但我不会抱怨。我有理由相信，我的任务即将完成了。"

"真的？"

格拉玛提卡斯咬了一口面包，一边咀嚼一边喝了点酒，之后把杯子放在桌子中间。他指着酒杯。

"怎么了？"索耐卡问道，他把一片奶酪放在自己的面包上。

"波纹，佩托，波纹。"

某种难以察觉的细微震动从远方蔓延过来，沿着甲板和桌子传递到酒杯里。小小的同心圆如同雷达扫描图一样在酒的表面扩散。

"行驶速度改变了，"格拉玛提卡斯说，"我觉得引擎正在减速，准备跃迁。"

索耐卡把几颗肥硕的酸豆扔进嘴里，笑着点点头。"我们在一个小时之内就会跃迁。什么事都瞒不过你，是不是，约翰？"

格拉玛提卡斯嚼着满嘴的食物，讽刺地挑起了一侧的眉毛。

他们吃完饭之后，索耐卡就把餐具收回布袋里，对着格拉玛提卡斯点头告别。在他关上身后的舱门时，他看到格拉玛提卡斯还坐在桌旁，目不转睛地盯着他。

在舱门关闭的一瞬间，深深的寂寞感顿时钻回索耐卡的心中。虽然从各方面来看，他都无法把格拉玛提卡斯称为朋友，但那名密教特工是索耐卡在半年以来接触过的最接近于同伴的人。

生活在阿斯塔特之间是一种奇特的经历，但最初的新鲜感早就褪去了。

第一连长佩克正在他的房间里练习近身格斗技巧。他穿着一件无袖紧身衣，手持一把用硬木制成的练习剑。他步法轻捷，行云流水般地闪躲、格挡和反击。在他的周围，八名特工完美地模仿着他的一招一式。他们整齐划一的动作令人惊叹。索耐卡在门口站了一阵，旁观他们的格斗练习，直到佩克点头示意训练结束。

特工们从索耐卡身边鱼贯而出。其中一人是森奈尔，就是在那个决定命运的夜晚里布朗兹带他去见的人。森奈尔微微抬头，朝索耐卡打了个招呼。

特工之间没有战友情谊。每个人都封闭在各自的孤寂世界里，专注于自己的工作和职责。索耐卡并不指望与阿斯塔特结交，因为他们完全是另一个物种，和普通人类之间存在显而易见的区别，但特工们的行为方式让他感到十分困惑。他们依旧是人类，是被共同的目标吸引到一起的人类，但他们之间却毫无关联。索耐卡从未见过如此疏离冷淡的一群人。军队中常见的战友情谊在这里毫无踪影，从来没有人提起自己的过去或故乡，没有人一起喝酒谈笑。这让他们显得比阿斯塔特更加远离普通人类的范畴。

佩克示意索耐卡过去。

"约翰今天怎么样，佩托？"他把练习剑放回架子上。

"和平常一样，克制，有耐心。他判断出我们快要抵达了。这似乎让他的情绪变好了一些。"

佩克点点头。"还有什么吗？"

索耐卡耸耸肩。"是的，有一件事。他今天没有向我打听卢克萨娜的情况。"

"没有？"

"五个月以来，我不记得他有任何一天没提起卢克萨娜。我一直说，时候到了会允许他去见她，但今天，他没有问。"

"好吧，至少你用不着撒谎了。"佩克回答。

"这倒是。"

佩克穿上他沉重的靴子。"接下来几天，我想让你跟着我，佩托。"他说，"行动就要开始了，我需要你随时提供关于格拉玛提卡斯的看法和建议。你比任何人与他相处的时间都要多。"

"我不敢说了解他，"索耐卡回答，"他可并不信任我。"

"谁都不了解他。"佩克说着套上一件长度及膝的厚重外袍。他叹了口气。

"有时候我希望我们能直接把那些秘密从他脑袋里挖出来，舍尔估计会喜欢这样。"

索耐卡明白，"阿尔法军团"对于如何处置格拉玛提卡斯进行过激烈的争论。最终他们决定慎重起见，不要冒险伤害甚至杀死目前与密教的唯一联系人。

"我们一路走到了这里，"佩克说，"但我们依旧不知道他是不是在撒谎。"

"关于诺斯的事，他可没撒谎。"索耐卡说。

五个月之前，诺斯星球灭亡了，正如格拉玛提卡斯所说。最后那一天的黎明从未真正到来，天色变得愈发昏暗沉闷，最终归于创世之前的深幽长夜。大气层凝聚成剧毒尘埃，笼罩在众生的头顶，飓风剥离了地面上的一切事物，让海洋也开始沸腾。

纳玛特吉拉起初断然拒绝了阿尔法瑞斯发出的即刻撤离诺斯星球的指示。放弃来之不易又近在咫尺的胜利，如此荒谬的想法，以致他当面嘲笑了原体。然而随着情况继续恶化，他的轻蔑笑声也变得愈发空洞，最终即便是他也看得出来，留在星球地表无异于自杀。带着与那场吞没天空的末日风暴同样凶猛炽热的满腔怒火，纳玛特吉拉下达了撤退的命令。

混乱随即爆发。任何一支像670号远征队那样规模庞大的作战力量都不可能轻松随意地展开部署或者进行撤退，即便有紧急预案也无济于事。一批批重型运输船顶着恶劣的强风降落在临时撤离点，一支支连队匆忙集合。帝国堡垒和装甲车都被抛弃了。众多部队在奋力赶往撤离点的路上迷失在了不断聚拢的黑暗中。有些不堪重负的运输船葬送于大气层里的狂风暴雨，未能返回轨道。另一些则空载而归，没有找到合适的降落地点或任何救援对象。

撤退行动在慌乱中彻底变成了一场梦魇，在十七个小时之后它终于被叫停了。远征队近乎半数的兵力都没能活着离开诺斯星球。在后勤方面，重型车辆的回收工作也有明显难度，这意味着装甲部队所承受的损失尤其惨重。耶维斯机长公开谴责纳玛特吉拉，专业超重型运输船的短缺让他手下的六架泰坦遭到了遗弃。在诺斯星球覆灭的一个星期之后，耶维斯带领他的部队脱离了670号远征队，径直返回火星，并且警告总司令说他再也不必指望获得机械神教的协助了。

在帝国远征队中，没有任何人亲眼看到过那个杀死了整颗诺斯星球的物体。它的大小、来源和功能从来没有得到过确认，甚至没有人知道它究竟是不是个立方体。没有人能够阐明它的使用效果，或者恰当地描述出它释放了什么形式的末日灾难，人们仅仅知道那好像是某种恶疾，某种席卷一切有机物和无机物的凶猛瘟疫。

　　但是帝国人员的心灵感觉到了。那熔岩般炽热的嘶吼从诺斯星球溃散的大气层里泄漏出来，腐蚀着夺路而逃的远征舰队所发出的星语通信。它引发了疯癫和幻觉。基诺52千连团的上校们受到的影响相对轻微，但她们依旧感觉到了。私下里，她们一致认为那听起来就像某种恶魔的嘶鸣，仿佛是一只走投无路的愤怒恶魔从诺斯星球变成的那座昏暗火坑里苏醒了。

　　佩托·索耐卡至今还会梦到昔日的浩劫，他再也睡不好了。而他没有梦到那团来势汹汹、湮灭万物的翻滚黑云时，他就会躁动不安地梦到石雕头颅，以及从狄米特·希班喉咙里念出来的那段诗句。

第二章

高层轨道，九头蛇 42 号第三星球，第二天

在索耐卡抵达的时候，格拉玛提卡斯已经穿戴整齐。他坐在金属桌子旁，显得激动而紧张。

"我猜他打算和我谈谈了。"格拉玛提卡斯说。

"是的。"

"终于，"格拉玛提卡斯说着站起身，"我们位于高层轨道？"

"九头蛇 42 号第三星球的高层轨道。你们实在找了个有趣的地点，约翰。"

格拉玛提卡斯微笑道。"这是特意选择的，作为对'阿尔法军团'印记的一种致敬。他们对此满意吗？"

"我觉得这个名字只会让他们起疑心。不过，基本上什么事情都会让他们起疑心。"

格拉玛提卡斯笑了笑，但索耐卡能听到对方声音里的一丝紧张。"约翰，"他说，"我并不是真的明白这究竟怎么回事，但如果你想让事情按照你预期的方向发展，如果你想让你的任务取得成功，你就必须振作起来。你被关在这里太久了，你绷得太紧了，尽量放松一点。千万不要太激动，也不要跟他们胡来。"

格拉玛提卡斯点点头，清了清嗓子。他深吸一口气。"我明白，"他说，"谢谢你的建议，我的确有些紧张。"

他们一起走出房间。格拉玛提卡斯最后又回头扫了一眼，仿佛他会看到自己还坐在里面。

索耐卡带领着他沿着灰暗的金属走廊离开了拘留区，经过其余空旷牢房的舱门，之后穿过两道借助指纹识别解锁的栅栏门。

"你的手怎么样？"格拉玛提卡斯问。

"比原来的好。"索耐卡回答。

他们走进战斗母舰的一条主通道。甲板是网格状的，通道宽敞得足以让

一辆坦克轻松驶过。嵌着冷冽灯管的青铜色墙壁仿佛无穷无尽地延伸出去。他们的脚步声在金属甲板上回荡，周围空无一人。

"他们信任你。"格拉玛提卡斯评论道。

"什么？"

"他们派你单独押我过来，没有护卫。"

"这是一艘阿斯塔特战斗母舰，约翰，这是在人类管辖空间中最结实、最安全的战舰之一。你能逃到哪里去？"

"说得好，不过他们确实相当信任你。"格拉玛提卡斯说，"你有没有想过，他们为什么派你干这个？"

"干什么？"

"接近我，每天跟我共进午餐？"

索耐卡做了个鬼脸。"我不去问。各方面来说，我几乎跟你一样是个囚犯。"

"你肯定想过。"格拉玛提卡斯逼问道。

"我猜是吧。"索耐卡说，"他们认为你我更能拉近距离，人类与人类。"

"或者人类与一个随便什么东西。"格拉玛提卡斯轻笑道。

索耐卡瞥了他一眼。"其实，是我主动申请的。他们和我不一样，他们甚至都不吃东西，至少我没见过。在最开始的几天，我都是自己先吃完饭，然后给你送吃的。非要把这两件事分开做显得有点儿犯傻。"

"他们就同意了？"

"他们就同意了，"索耐卡说，"当然，我很快就明白了他们的真正意图。他们想让我汇报你的情况，而这种情况是他们任何一个人都没法亲自掌握的。"

"他们有没有担心我会……影响你？"

索耐卡看着格拉玛提卡斯的眼睛。"我觉得他们其实希望如此。"

"你是什么意思？"格拉玛提卡斯问。

"你肯定不敢对阿斯塔特下手，但如果是一个低等的特工呢？我认为，他们想要通过观察你的行动来了解你。"

格拉玛提卡斯抿起嘴唇。"你还真是心思敏锐啊，佩托。那么，你觉得你有没有陷入我的掌控？"

索耐卡耸耸肩。"我又怎么知道？我明白你是个危险的人，约翰，你能够单单凭借话语办到一些让总司令运用泰坦都办不到的事情。在我的印象中，我们一直是以朋友相称。我不觉得你会承认我们之间还有其他类型的关系。"

格拉玛提卡斯点点头。"当然不会。"他说。

又走了一小段，格拉玛提卡斯停下脚步，回头张望。

"怎么了？"索耐卡问。

"我以为，"格拉玛提卡斯张口道，"我以为我听到了——"

"什么？"

"我以为我听到了她在呼唤我。"他说。

"只是你的想象，约翰。"索耐卡告诉他。

从拘留区走到会议室的路上，他们没有看到任何活人，只有两个负责修理墙壁面板的蛛形机器人，以及一架从头顶呼啸而过并飞快消失在漫长走廊远方的无人飞行器。

那扇巨型盾牌般的防爆舱门上雕刻着"九头蛇"的印记。索耐卡在这段时间里见过了战斗母舰的很多区域，全都是纯粹实用性的白板一张。这是他所见过的唯一一处装饰。

当他们走近的时候，舱门自行打开了，底端带有利齿的厚重大门从甲板上的凹槽中缓缓升起，就像城堡的吊门。

里面的房间几乎一片漆黑，但他们都能感觉到其中庞大的尺度。在他们前方二十米之外，一个琥珀色的照明球散发着光亮，阿尔法瑞斯坐在一尊毫无装饰的厚重钢铁宝座里。他穿着全套盔甲，头盔摆在宝座右侧的宽阔扶手上。他注视着两人。

"进。"

"约翰·格拉玛提卡斯，大人。"索耐卡说。

"谢谢你，佩托。请留下。"

索耐卡点点头，站到了一边。

"约翰。"阿尔法瑞斯说。

"大人。"格拉玛提卡斯回应道。

"我认为我们该摊牌了，"阿尔法瑞斯说，"我期望你会配合。"

"我会尽我所能。"格拉玛提卡斯说。

"我们停靠在指定星球的高层轨道上。"阿尔法瑞斯说,"远征舰队大概比我们滞后九个小时。一旦他们抵达位置并整顿完毕,我们就会向地表展开部署。"

格拉玛提卡斯咽了咽口水。"这意味着进入战斗模式,您的盔甲也是。"

阿尔法瑞斯点点头。"我不会赤手空拳地埋头扎进未知领域,约翰。你告诉过我,你的这个密教要求你带我到这里来。你说它们想要讨论重要事务。我喜欢开诚布公,也享受新思想和新理念所带来的刺激感,但我并不愚蠢。帝国军队和我的部队都会集结待命。我们一旦发现阴谋或者背叛的蛛丝马迹,那么你的密教就会面临极端制裁,前提是它确实存在。"

"您当然要服从自己的意愿,大人。"格拉玛提卡斯说,"从合作的角度来讲,我必须表明,密教并不特别喜欢威胁的姿态。它更愿意在没有军事压力的情况下与你进行交流。但是,我相信密教能够做些变通。它们明白你是一位领军的将帅,而且你会遵从自己的天性。毕竟,恰恰是你的天性让它们感兴趣。"

阿尔法瑞斯又点点头。"那么我们就取得了初步的共识。"他抬起左手。

一阵深沉的机械闷响传来,右舷的整块舱壁缩进天顶,一束束光线打入房间。索耐卡意识到一排巨型遮板在逐渐掀开,显露出一座规模宏大的星空观察室。柔和而明亮的黄色光线从缓缓收回的遮板下面倾泻进来,像夏日的阳光般充满了整个房间。

这间会议室和他预期中一样宽敞,拥有黑色的网格状地板、裸露的厚重金属支柱,以及高高的圆顶,一切事物都沐浴在涌入大厅的金色光芒中。在阿尔法瑞斯那尊造型朴素的庞大宝座后方,三十五名全副武装的"阿尔法军团"阿斯塔特如同纪念雕像一样立在内墙脚下。他们一直都在那里,静静地站在黑暗之中。

他们都是连长或小队指挥官。索耐卡借助连队标志认出了佩克与赫佐格,也看到了身穿乌黑盔甲的欧米冈,还有披挂着终结者铠甲、宛如一头巨兽的兰科。在金色光芒的照耀下,这恍若一幅天堂的景象。

格拉玛提卡斯也看到了他们。索耐卡察觉到对方眼睛里那股无法掩饰的恐惧神色。

阿尔法瑞斯站起身。遮板停在了完全打开的位置。透过这座巨大的观察穹顶,他们目睹的景象与刚刚现身的超人战士一样震撼人心:无垠太空比索耐卡此前目睹过的更显深邃，点缀其中的遥远群星就像阳光照耀的细小尘埃一样熠熠闪亮。耀眼的星云如同蝴蝶翅膀一样色彩缤纷、纤柔轻灵，恍若几条铺展在浩瀚星海里的绚丽纱巾，让一些星辰像精心切割的珠宝那般璀璨，也让另一些星辰像未经雕琢的原石那般模糊。

在近处，也或许是一亿五千万公里之外，躺着一颗暗淡的红色球体，它就是这个星系的恒星，是那股金色光芒的源头，是邻近太空及整座房间都被禁锢在琥珀光泽里的原因。在更近的位置，在舰队的下方，是一颗行星的夜面地表。

阿尔法瑞斯指着那颗恒星。全息影像顿时在观察室中点亮，展现出恒星的外形，描绘着它的轮廓。柱状图和统计数据开始在房间中滚动显示。

"定格。降低亮度，放大六倍。"阿尔法瑞斯说。全息投影仪应声闪动，将调整亮度并放大之后的星球影像投射在观察室里。

"九头蛇42号，"阿尔法瑞斯说，"这是一颗古老的第二星族恒星，低金属性。它的寿命即将走到尽头。九头蛇42号，你有什么要说的吗，约翰？"

格拉玛提卡斯一时失语。

"大人？"索耐卡说。

"说吧，佩托。"

"在我看来，九头蛇42号是对军团的一种致敬。是一个内部笑话，可以这样说。我觉得，事后看来，约翰可能对这个轻率的姿态感到懊悔。"

阿尔法瑞斯点点头。

"正是，"格拉玛提卡斯说道，他轻咳一声，但迅速恢复镇定，"正是如此，大人，绝无不敬或嘲弄之意。九头蛇42号之所以被选中，是因为你们的印记。"

"我们会在密教身上看到更多的类似行为吗？"佩克问。

"不。"格拉玛提卡斯说。

"很好，"欧米冈说，"因为这很幼稚。"

"九头蛇42号有六颗行星，"阿尔法瑞斯继续说道，"其中的第三颗，九头蛇42号第三星球，就是你指引我们前往的地方，约翰。我们目前位于它的高层轨道。"

"就在艾欧里斯上方。"格拉玛提卡斯说。

"再说一遍？"

"艾欧里斯，"格拉玛提卡斯说，"那是密教对这颗星球的称呼，九头蛇42号第三星球，就是艾欧里斯。"

"记下来。单独显示，放大。"

画面回到恒星的原始大小，之后转向他们下方的黑暗星球，将它切分出来，放置在观察室中央。更多数据出现在影像里。

"渺小而寻常。"阿尔法瑞斯说，"它被有毒气体和酸性降雨所包裹。根据我们对生命迹象的扫描结果，这里没有任何居民，自动探针仅仅检测到了最低级的生命形态。"

他略加停顿，然后命令道："区分。"

全息投影展现出星球表面斑驳的地质图像，并覆盖了线条纵横的气候图。这个世界看起来就像一只带有斑点的灰色瞳孔。

"换句话说，就是位置偏远的一潭死水，"阿尔法瑞斯说，"对人类生命极端有害。然而……"

他又停顿片刻。"放大。"

全息投影迅速勾勒出一片区域，将其放大显示：一团圆形的白色气体，如同斑驳灰云之间的小小岛屿。

"在南半球，"阿尔法瑞斯继续说，"我们侦测到了直径三百公里的一片区域具备能够支持人类生存的基本大气。这是不是太巧了？"

"确实很巧。"格拉玛提卡斯回答。

"你想要解释一下吗？"阿尔法瑞斯问。

格拉玛提卡斯又深吸了一口气，好让自己保持镇静。"那就是会场。大概五年之前，环境处理器在这里启动了，为你们的来访准备场地。它们勉强有时间创造出一个说得过去的小型局部气候圈，但也够用了。"

"大气改造？"赫佐格问。

"是的，先生。"格拉玛提卡斯回答。

"放大细节。"阿尔法瑞斯命令道。被选中的那团白色气体闪动着放大了几次，显现出云层的轮廓，之后是单独的云朵，直到视线穿过一丝丝白云，聚焦于地表的细节。索耐卡仔细看着。他不确定自己应该看到什么：几座山峰，或许是一道山脉，从远处看来显得冰冷而灰暗。山谷中聚积着一块块阴影。在画面中部，较高的几座山峰簇拥着某种难以分辨的图案，像是某座建筑的轮廓。

"我发现这格外有趣，"阿尔法瑞斯说，"这个结构让我联想到了什么。"

他回头看着观察室，抬起手。"与 N6371 号档案进行比对。"

另一幅投影出现在旁边，显示着在不同条件下拍摄的轨道图像。这显然属于另一个世界。网状线条迅速将两幅图像上的各个区域连接在一起，显而易见，二者之间存在数百个相似点。两幅投影随后重叠在一起。两张图上的地表结构就令人不安地重合了。

"N6371 号档案，"阿尔法瑞斯说，"是孟罗港的轨道图像。"

漫长的寂静。

"一座同样类型的建筑曾出现在一场险些消灭我方的气候灾难中心。"阿尔法瑞斯说，"如今你把我们领到了与它相同的一处地点，而且这颗星球的气候已经遭到人为改变。"

"我得承认，这确实显得不太对劲。"格拉玛提卡斯承认道。

"约翰！"索耐卡嘶声道。

格拉玛提卡斯看了看阿尔法瑞斯，尊敬地低下头。"原谅我，大人。"他迈步穿过观察室，靠近投影，指出了一些细节。

"它们是相同的，因为它们都是'停留点'。"他说。

"解释这个名词。"佩克提出要求。

"当然，"格拉玛提卡斯说，"密教非常古老，并且包含很多……你们所谓的异形种族。它们没有共同的家园。从最早开始，在密教成立之初，它们就居无定所，在各个世界之间游移，就像泰拉古代帝王的宫廷马戏团一样。"

"它们在一个地方停留多久？"欧米冈问。

"它们随心所欲，大人，"格拉玛提卡斯回答道，"需要多久就停留多久。经过很多个世纪的漫长旅程，它们在立足过的星球上都建立了停留点。降落区域，明白吧？在其中一些星球上，比如诺斯星球，当地居民后来占据了停留点，但并不了解其原本的功能。"

"这意味着相当长的时间跨度。"佩克说。

格拉玛提卡斯伤感地点点头。"我需要你们理解密教活动的漫长时间和广阔范围。孟罗港的停留点是在大约一万两千年前建造的。艾欧里斯的更古老，大概九万年。正是密教先前对诺斯星球的造访以及它们对当地文化的了解，促使它们选择在那里向你们展示——"

"等等，"阿尔法瑞斯说，"你刚才是说九万年吗？"

"是的，原体大人。"

阿尔法瑞斯似乎考虑了一下。"继续。"

"我……我有些想不起来要说什么了，大人。"格拉玛提卡斯说，"其余没有什么我能够解释的了。密教已经准备好这个会场，而您也前来会见它们。我建议……"他清了清干哑的嗓子。

"我建议您继续行动。我是您手中的钥匙，大人。您必须带我前往星球地表，并且——"

"等等。"欧米冈说。他从旁观的阿斯塔特之间走出来，穿过观察室。索耐卡起初担心他打算伤害格拉玛提卡斯，但他只是盯着下方的黑暗星球陷入了沉思。他摘下了头盔。

"你用一些隐晦的故事把我们引到了这里，约翰·格拉玛提卡斯。"他说道，"你预言某种即将来临的灾变会吞噬全人类甚至是整个宇宙。你声称我们可以扮演一种力挽狂澜的角色。在军团正式登陆之前，我还要多了解一些。"

格拉玛提卡斯大笑起来。

欧米冈目光凌厉地俯视着他。

"抱歉，欧米冈大人。"格拉玛提卡斯说着还是忍不住轻笑，"但你们已经听信这些'隐晦的故事'，果断带领一整支作战舰队跨越数光年的距离来到了这里。在我看来，你们早已投入全部力量。不要再敷衍我了。"

欧米冈瞪着对方。"第一连长佩克说，你把这场灾变描述为'与混沌的战争'。"

"是的，大人。"格拉玛提卡斯说，"与混沌的战争自创世之初以来就一直如火如荼。但是，人类种族如今成为这场战争的焦点，帝国更是被双方选中的战场。密教很早就有预见，随后几年发生的事情对于所有种族而言都将是至关重要的。"

欧米冈转过身看着那颗星球。"在愚昧的孟罗港，佩克还提到了你说过的另外一些话。他说你把这场即将来临的事件称为'你们的自相残杀'。这似乎是在描述内战，约翰·格拉玛提卡斯。"

"是的。"格拉玛提卡斯盯着他说道。

"帝国的内战是不可能的。"阿尔法瑞斯说着走到他们旁边,"很简单,它不可能发生。帝皇的计划是——"

"乌托邦式的,"格拉玛提卡斯大胆地插话进来,替对方说完,"因此可以想见是无法达成的。拜托,'阿尔法军团'是所有军团中最实际、最低调的。你们不像其他人那样被帝国的教条所蒙蔽。你们不受基里曼那套行为规范的束缚,不像鲁斯的战士那样拥有根深蒂固的部落传统,也不像多恩的部下那样以愚忠死板闻名于世,更不是安格隆身边那种狂暴兽性的杀人机器。你们拥有独立的思想!"

"这是我听过的最接近叛乱的话。"阿尔法瑞斯轻声道。

"而您正是因此才愿意听我说这些话,"格拉玛提卡斯微笑着说,"您听到了实情。你们只会招收那些最聪明伶俐的新兵,你们拥有独立的思想。"

他站在两个巨人之间,开始左右局势的发展。索耐卡欣慰地看到约翰·格拉玛提卡斯重拾了自信。

"帝皇追寻一个乌托邦式的目标,"格拉玛提卡斯宣称,"这本身并没有任何问题。它可以点燃民众的热情,为大家提供动力,让每个士兵都拥有目标。但完美永远都只是一个理想。"

"我们考虑过这些问题。"佩克轻声说。

"于是呢?"格拉玛提卡斯问。

"我们意识到乌托邦式的目标最终是与种族的延续相悖的。"佩克回答。

"一个完美的状态无法自行生成,也无法迫使其生成,"另一位连长说,"因为对于一个不完美的种族而言,完美是一种无法达成的极限。"

"持续性地控制并维护人类的缺陷才是更好的方式。"佩克说。

格拉玛提卡斯躬身说道。"感谢你们的坦诚。我要为你们的深刻见解喝彩。"他抬头看着阿尔法瑞斯,"先生,帝国即将内乱。密教就在艾欧里斯的停留点,等着为你们揭示,按照第一连长的说法,如何能够最好地控制并维持人类的缺陷。"

阿尔法瑞斯呼出一口气,他低头盯着格拉玛提卡斯。"我在想,多年以后,我是否会为没有当场把你处决而感到懊悔。"

"内战,先生,"格拉玛提卡斯警告道,"想一想。"

阿尔法瑞斯摇摇头。"我正在想。约翰,我的原体兄弟之间存在冲突和竞争,他们会发生争吵，会相互疏远，就像任何亲属一样。我很晚才加入这个家庭，但我已经对它颇有了解。举个例子，罗伯特蔑视我，而我无视他。有时候这会引发敌意，但绝不会结下血仇。如果一场内战即将爆发，那么原体之间就要生死相见。那是永远都不会发生的，约翰。这完全无法想象。如今在战帅的领导下，我们——"

"战帅？"格拉玛提卡斯惊问。

"狼神荷鲁斯是战帅。"阿尔法瑞斯回答。

"什么时候的事？"格拉玛提卡斯问道。他脸上突然显露出一种像是恶心的表情。

"四个月之前，就在乌兰诺的宏大胜利之后。帝皇退出了伟大远征，并任命他的首席子嗣荷鲁斯为战帅。没能参加那场仪式让我很遗憾，但是从诺斯星球的撤退以及你带给我的这摊事情让我无法抽身。不过话说回来，我也不喜欢那种场合，我派了使者去。"

"荷鲁斯已经是战帅了？"格拉玛提卡斯低语道。他瘫坐在甲板上，低垂着脑袋。高大的阿斯塔特纷纷俯视着他，仿佛他是个胡乱发脾气的小孩子。

"怎么了，约翰？"欧米冈问道。

"已经是了，"格拉玛提卡斯摇着头嗫嚅道，"太快了。两年，他说的，两年。我们根本没有两年时间。"

"约翰？"

格拉玛提卡斯没有抬头看周围的阿斯塔特。索耐卡走过去把他搀扶起来。

格拉玛提卡斯在颤抖。

格拉玛提卡斯抹抹嘴，仰视阿尔法瑞斯。"荷鲁斯就是催化剂。求您了，大人，和我一起去会场吧。您想要带多少卫队都行，我会指引你们。我会担任中间人，把你们引荐给密教，为你们担保。必须如此。没有时间了。荷鲁斯是战帅。哦，天啊，荷鲁斯是战帅！"

"佩托，把约翰送回他的房间。"佩克说。

索耐卡扶着格拉玛提卡斯，点点头。

格拉玛提卡斯开始挣扎。"我必须先下去。我必须打通道路！"他喊道。

索耐卡用胳膊锁住他，把他拽向舱门。

"在远征舰队抵达之后，我们就会在他们的支援下派遣队伍降落到会场去。"阿尔法瑞斯说。

"你们是在浪费时间！"格拉玛提卡斯挣扎着高喊，"你们是在浪费宝贵的时间！"

"把他带走。"阿尔法瑞斯说。

索耐卡一巴掌拍在解锁面板上开启了舱门，然后把格拉玛提卡斯扔了进去。

"我可不喜欢身上青一块紫一块的，约翰。"他揉着胳膊说。

"你什么都不喜欢，佩托。"格拉玛提卡斯站起身低吼道，"荷鲁斯是战帅，你明白这意味着什么吗？"

索耐卡耸耸肩。

"这意味着我们时间不多了！这意味着那场战争实际上已经开始了。佩托，你必须帮助我。我必须下去，到地表去。我需要为你们铺平道路，'阿尔法军团'不能蛮横地硬闯，那会毁掉一切的。密教不会屈从于军事压力，求你了，佩托。"

"我帮不了你，约翰。"

+求你了，佩托！+

索耐卡猛然退开，就好像灵魂被脑海里的声音刺到了。"哦！别那样做！"

"抱歉，抱歉，"格拉玛提卡斯嗫嚅道，"我很抱歉，佩托。听我说，你必须帮助我到地面去。"

"原体的命令不是这样。我办不到。"

"佩托……"

"我办不到！"

"泰拉在上，"格拉玛提卡斯说着坐在床上，"必须在一切都太迟之前说服'阿尔法军团'，而我必须打通道路。"

"我没法帮你。"索耐卡说。

"你恨这个地方！"

索耐卡点点头。"是的，我恨死这里了。我一辈子从来都没有这样孤独过。我越来越不信任'阿尔法军团'，我明确地反感其余特工。我不明白自己究竟是卷进什么事情里了，但我厌恶它，每一天都是。"

"那就帮帮我！"

"怎么帮？"

"你深受信任！他们信任你！"

索耐卡摇摇头。"我办不到。我很抱歉，约翰，我就是办不到。"

"佩托！"格拉玛提卡斯喊道。

佩托挥挥他新换的手掌，舱门轰然关上，将格拉玛提卡斯锁在了里面。

索耐卡沿着昏暗的钢铁走廊离开了拘留区。在通道远端，当他再也听不见格拉玛提卡斯愤怒的叫喊与捶打墙壁的声音之后，他靠墙坐到了地上。

"佩托？"

他没有听到栅栏门打开的声音。他一跃而起，揉着眼睛。

"他不好对付吗？"佩克问道，"他对你用他的那些招数了？"

索耐卡点点头。"是的，长官。"

"你还好吗？"佩克问道，"你还能继续工作吗？如果你愿意的话，我可以把另一名特工指派给格拉玛提卡斯。"

"不，长官。"佩托·索耐卡回答道，"我能行。你交给我的职责，我会完成的。"

因格·佩克点了点头。

"那就好好干吧。"他说。

第三章

高层轨道，九头蛇42号第三星球，十四个小时之后

　　机械合成的嗓音从喇叭里传出来，在"劳顿"号运输舰的主登机甲板中回荡。"移动到预设标记！移动到预设标记！三十三分零秒后，以连队为单位开始登机！"

　　扩音器放声嘶吼，一遍遍地广播通告，奋力对抗着由机械噪音和人员呼喊在这块宽阔甲板中混杂而成的震耳轰鸣。

　　在喷薄的蒸汽和沙哑的警笛声中，下一批登陆船乘着贯穿数层甲板的电梯从停机坪里抬升上来，身穿红褐色制服的地勤人员立即跑了过去，借助动力工具把负责固定起落架的螺栓一一拧开，机仆们则伸展手臂阔步上前，将安装在驾驶舱下方凸起处的自动导航天线拆封并激活。

　　头顶上，机库的主吊装系统抓着几架长有鹰钩鼻的战斗机，横穿甲板将它们放置在舰尾方向的弹射轨道上。坦克引擎启动的雷霆轰鸣骤然响起。四十辆配备双联炮管的突击坦克沿着甲板上那些粗大的黄色箭头标记排成了一列，它们纷纷发动引擎，从排气管中喷吐废气。与此同时，地勤人员开始降下重型运输机的装卸跳板。

　　"移动到预设标记！"那个合成嗓音重复道。

　　赫塔多·布朗兹在数据板上华丽地签了字，之后从边上的插槽里拔出自己的生物识别密钥。

　　"你的连队已经通过认证，少校。"身穿制服的武器官收回数据板，态度庄重地说，"祝你一切顺利。"

　　布朗兹按照统一战争时期的古老传统把拳头砸在胸口行礼，他点点头，返回部下那边。

　　"你们都听见了，"他喊道，"预设标记。动起来！"

　　"预设标记！"特克重复道。

　　"小丑"们拎起沉重的背包和武器，从认证区域转移到主平台上。上尉们

大声呼喊，挥动手臂，指引士兵们前往甲板上的红色区域就位。

"请求为部队出征展开连旗。"特克说。

布朗兹点点头。他肚子里像有一团熊熊烈火，这是数月以来的头一次。他的胃口回来了。

他扫视着巨大的平台。他的上尉们正在展开旗帜，长矛手暂且把他们的长柄武器放在地上。在他左边四十米之外，"狂欢者"也来到了预定标记位置集合，再远一些则是"吟游诗人"。在他右边，赞吉巴瑞兵团 41 连涌向自己的位置。空气中充满了机油的浓重味道和引擎的刺鼻烟尘。在某个角落里，一支军乐团正在勤勉地演奏着，与嘈杂的环境展开徒劳的斗争。

霍楠·穆和诸位侍从挎着小背包，身穿整套应对恶劣天气的防护服，她们穿过开阔的甲板向他走来。

"布朗兹少校。"穆说。

他行了个礼。"亲爱的上校。你今天显得格外芬芳而又——呃——防水。"

侍从们窃笑起来。

"情况如何？"穆保持镇定地问。

"我们刚刚通过认证，"他回答，"准备好集结了。我们什么时候能知道究竟要去哪里？"

"随时，布朗兹。"穆承诺道。她能理解少校的不快情绪。纳玛特吉拉对于这次行动的具体计划极端保密，在她看来这是个错误。经过诺斯星球的灾难之后，总司令本该努力重振士气，但他反而比往常更加凶恶暴躁。穆怀疑这是失败带来的怨恨，然而他没有借口可找。

在撤离行动全盘崩溃的二十八个小时之后，远征舰队在诺斯星系边缘重新集结。从那里出发，他们转移到了安皮索星球进行整顿休养。所有人都在当地的露天市场和马戏团里度过了短暂的假期，但这远远不够。据说纳玛特吉拉和舰队高级军官在展开密切讨论，着手计划某项新的行动。有传言表示，整支远征舰队都要被派往 63-19 星球，前去协助"影月苍狼"发动的归顺战争。穆认为那是好事。一切的失败和折损以及诺斯星球这个苦涩的污点，都会被迅速抹消，取而代之的是效劳于新任战帅及其麾下高贵军团所带来的光辉荣耀。

但是，纳玛特吉拉显然另有安排。他宣布远征舰队将要协助"阿尔法军团"展开下一场行动，并且命令全军立刻出发，这个过于仓促草率的决定导致八千名没有作战能力的伤员被留在了安皮索星球，同时被丢在后面的还有四艘尚未完成检修的运输舰。

为了补充670号远征队江河日下的兵力，纳玛特吉拉运用特权，从普拉马提亚星球紧急调拨了两支卢西谭重型步兵旅、一支装甲骑兵连，以及他们的运输舰和补给船。此外还有十六艘舰队辅助船和火力支援船。当远征舰队从安皮索星球开拔的时候，其作战军力已经恢复到了诺斯归顺战争之前的三分之二水平。即便在耶维斯机长所率的泰坦缺席的情况下，这依旧是一支规模庞大的军队。

当然，还要算上在舰队中一马当先的那艘"阿尔法军团"战斗母舰。

纳玛特吉拉命令麾下部队投入长达四个半月的跃迁，前往一个保密地点。他们一如既往地在航行途中开展训练，但士气迅速低落了下去。没人告诉他们这是要去哪里，又要展开什么样的行动。纳玛特吉拉似乎对此漠不关心。他仿佛急切地想要证明什么，或是想要在诺斯大局崩盘之后重回战场。穆私下觉得，总司令从"阿尔法军团"那里沾染了太多冷酷无情的实用主义作风。

在抵达目的地一周之前，纳玛特吉拉下达指令，要针对地面进攻展开全军备战，并且宣布行动代号为"42HtX"。

这引发了广泛的困惑。按照规矩，这场战役的官方名称应该是"670-26"。显然，他们即将展开的并不是归顺行动。"42Ht"是一颗星球的代号，"X"则代表特别行动。纳玛特吉拉告知指挥层，他要派遣远征舰队支援"阿尔法军团"进行一项机密行动，而且该特别行动的级别是阿尔法瑞斯从战帅那里取得的直接授权。

准备地面部署带来了巨大的工作量，对武器进行维护和检修的日常事务也并不能间断，大家的脑袋很快就被任务填满，以至于无暇思索自己究竟是被卷进了什么事情。

穆转头看看提芬妮，后者打开手中的黑色小皮包，拿出一个带着印章的信封。穆接过来，递给布朗兹。

"你的行动指令。"她说。

"终于，"布朗兹说道，他把信封放到耳边摇了摇，"这说的是什么呢？"

穆忍住笑容。"我完全不知道，我们会在同一时间得知细节，你要在空降过程中做战斗简报。我在了解整体情况之后可能会临时用洞察力给你下达指示。"

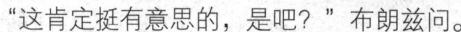

"这肯定挺有意思的,是吧?"布朗兹问。

"那就要取决于你对'有意思'的定义了,赫塔多。"她回答。

他耸了耸覆盖着护甲的厚重肩膀。"好吧,你知道的……像瞎子一样埋头扎进某个未知区域,面对某些我们不知道是什么的东西,而且毫无具体战术可言?就是这类事情。"

穆用一个酸溜溜的表情回应着他的坏笑。"如此说来,这肯定挺有意思的。"她表示同意。

纳玛特吉拉伸出手,两个仆人为他戴上了与手臂等长的手套,系好肩膀和腋下的扣子,这副手套组成了暗褐色紧身皮上衣的袖子。他稍稍活动手指,让手套贴合得更紧密,随后另一个仆人将一袭由貂皮和斑马皮制成的斗篷披在他的左肩,并用一枚金质扣针固定住。

他伸出右手,护印者小心翼翼地将沉重的玺戒戴在他的中指上。戒指由黄金打造,两侧镶着顶面切平的红宝石,中间的宽大方形底座上是阴刻的总司令徽记。戒指内部还包含着具备相应指挥权的生物识别密钥。在纳玛特吉拉戴上它之前,这枚戒指一直被存放在静滞力场盒里,由护印者的武装卫兵严加保管。他们的安全手段滴水不漏。这枚戒指本身就拥有法律效力。

短促的鼓声在总司令私人更衣室外面的会客厅里响起。纳玛特吉拉照了照等身的大镜子,之后转向旁边的卫士。其中一名路西法黑卫握着总司令的仪式巨剑,另一人则捧着金色的筒式毛皮帽子。

狄纳斯·柴恩走进房间,行了个礼。

"他到了吗,狄纳斯?"

"他的船刚刚到。"

纳玛特吉拉打了个响指,所有侍从以及护印者和他的武装卫兵都从仆人出口匆匆离开。总司令转身从镀金的拱门走进会客厅,黑卫们整齐地跟在他身后。

纳玛特吉拉的旗舰名为"布拉迈尔斯"号,以纪念总司令格外敬仰的一位动荡年代的海军将领。"布拉迈尔斯"号是帝国舰队中配置最豪华、装备最先进的战舰之一。

他刚刚迈入的这间会客厅就像古代教堂的正厅般宽阔,地板是黑白两色的,墙壁上装饰着金质女像柱和高大的水晶镜子。遥远的天花板上用壁画描绘着统一年代的场景。在总司令现身之后，礼乐队立刻奏起响亮的乐曲，由六百名奥崔玛长矛手组成的荣誉卫队也齐刷刷地抬起武器致敬。

在会客厅中央，披挂全套制服的戴夫少将与詹·凡·昂格尔舰队长，以及八名身穿翡翠色长袍的技师一起等待着总司令。当纳玛特吉拉来到面前的时候，戴夫立正站好。在纳玛特吉拉停下脚步的那一刻，鼓声顿时停息。

"总司令，"戴夫说，"远征舰队已经做好部署准备。我们等待你的授权。"

纳玛特吉拉点点头。"詹·凡·昂格尔大师？"他问道。

身披貂皮长袍和镜钢护甲的老迈舰队长行了个礼。"舰队整装待发，总司令。"他说，"所有单位和次级单位都运作正常。护卫机群待命出击。针对地面坐标的火力方案已经提供给了炮击护卫舰、轨道炮平台以及所有长程火炮。我们随时可以发动轨道轰炸。"

"谢谢，詹·凡·昂格尔大师。轨道轰炸只在必要时才会展开。"

詹·凡·昂格尔皱起眉头。"我先前提出过这一点，长官，轰炸应该在登陆之前进行。如果我方部队已经抵达地面，我们就无法有效地轰击——"

"谢谢，詹·凡·昂格尔大师。"纳玛特吉拉说，"你已经得到指示了。"

詹·凡·昂格尔不悦地昂起下巴，但最终还是默默告退了。

"总司令？"戴夫轻声说道，他抬手示意旁边一位老技师用天鹅绒垫子捧着的翡翠小盒。

"稍等，少将。"纳玛特吉拉说。就在此时，一阵嘹亮的号角声在会客厅外面响起，远处的两扇大门应声打开。身穿锃亮盔甲的阿尔法瑞斯独自迈入大厅，朝众人走来。全副武装的他分外高大魁梧，以至于黑白两色的地砖在他的脚下如薄冰般纷纷开裂。

"原体大人，"纳玛特吉拉躬身说，"欢迎。"

"总司令，"阿尔法瑞斯回应道，他做出帝国鹰徽的手势，之后解开头盔。他把头盔夹在胳膊下面，"你传信说想要与我谈话。"

"我们的工作即将展开。"纳玛特吉拉说。

"希望有所收获。"阿尔法瑞斯说。在这间宽阔会客厅的银色灯光下，他的眼睛几乎和技师手里的翡翠盒子一样碧绿。

"我即刻就要下达命令了，"纳玛特吉拉说，"有什么我不该这样做的理由吗？"

"没有，大人。"阿尔法瑞斯回答，"我们必须尽快分割占领行动的目标。你预计三天时间？"

"三天，原体大人，除非我们遭遇意料之外的艰险地形和恶劣天气，或是之前未能发现的抵抗力量。"

"没有任何补充数据能够显示此类困难的存在，大人。"阿尔法瑞斯回答。

"那么我们继续吧。"纳玛特吉拉说。

"为了帝皇。"阿尔法瑞斯说。

"为了帝皇！"荣誉卫兵们齐声吼道。

少将打了个手势，技师走上前来，跪在地上，将翡翠盒子呈给总司令。另一名技师用一枚银色钥匙打开了盒子。在盒盖掀起之后，里面的生物密钥扫描器顿时如花朵般绽放开来。

纳玛特吉拉把手伸进去，将玺戒按在扫描器上。一阵轻响，亮光短促地脉动起来。

"身份确认。"技师说。又一阵号角声响起，警笛开始在众人脚下的旗舰中回荡。

纳玛特吉拉抽回手，技师合上盖子，随即退下。

"原体大人，670 号远征队开始部署。"纳玛特吉拉说。

"谢谢。那么，你打算和我谈什么事情？"阿尔法瑞斯问。

"哦，那件事。我们私下谈吧。我想那样最好。"纳玛特吉拉回答。

警报又响了一阵。

"十分钟！"布朗兹朝他的连队喊道，盖过了吊装系统的怒吼。

他看看穆。"我们亲爱的总司令真是分秒必争啊，按照这种速度，咱们就指望车到山前必有路吧。"

她没有上钩。

布朗兹还不死心。"我都觉得，如果我现在打开信封，会看到一张纸条上写着'玩得开心，回头见'。"

穆微微笑了笑。

"上校？"拉妮说。

穆转过身。布恩督军横穿平台朝他们小跑过来。

"指令终于下达了。"他边跑边喊。

"终于。"布朗兹说。他用牙齿撕开了装着命令的信封。穆从提芬妮手中接过她的那份，更为端庄地打开了。他们都默默阅读。

"怎么样？"布恩问。

"空降并坚守。"布朗兹说。

"看起来不是很糟。"穆说。

"降落位置十分开阔，要注意，而且地形似乎挺复杂的。"布朗兹说。

"看起来不是很糟。"穆重复道。

"我们离五分钟的警报不远了，"布恩说，"趁还来得及，有什么事要办吗？"

布朗兹摇摇头。

"那么一切顺利。"布恩说道，之后就跑向了下一个连队。

穆转头看着聚集在她身边的侍从们，开始用洞察力做简报。布朗兹又看了一眼命令，确认他没有漏掉什么，之后踱步走向他的部下。大家都转过来看着他，之前坐在地上的人也站了起来。

"'小丑'！"他喊道，"今天，高贵的总司令恩赐我们展开轨道空降，进入开阔场地，夺取并坚守目标。"

并没有太多抱怨声响起。

"据说目标区域被中度降水所覆盖，我相信战术部门的这种说法就代表着像瀑布一样大的雨。"

士兵们笑了起来。

"我们应该为将遭遇困难地形做好准备，也就是说空降过程会有些麻烦。都注意着点，尤其是那些带着重型装备的。我可不想看见任何人从跳板直接蹦到斜坡或悬崖上一头撞死。不要扭断脖子，拜托，也不要摔断腿或脚腕，最好连扭伤都不要有。我在看着你呢，恩寇米列兵。"

更多笑声传来。

"落地之后全面分散，毗湿奴阵形，穆上校会用洞察力把地标传达给你们。找到地标，构筑防线，这次行动的目标是夺取领土。在我们站稳脚跟之后，就按照我的命令，视情况展开行动。按照计划，我们这次要徒步越野，幸运的小子们，所以希望你们没有错过之前的耐力训练。"

更多不满的呻吟声传来。

"记住，我的'小丑'们，降落点就像个狡猾的猎物，要稳健地压上去，在开始行动之前、确保你们找到了那些重要的位置。"

士兵们又笑起来。

"如果空降按计划进行，"布朗兹继续说，"'狂欢者'会在我们的西边，一支轻型装甲部队会在我们的东边。当然，空降不会按计划进行，因为从来都不会，所以我们一头扎到该去的地方也是意料之中的。好了，安静，也没有那么好笑，老周。"

士兵们安静了下来。

"这不是去晃悠，"布朗兹宣称道，"这是一次正经的行动，特别行动。你们知道了吗？所以不要到处乱跑，不要原地打转，不要把脑子丢在家里，不要瞎扯，不要犯错误。你们是基诺的'小丑'，是千连团的精锐，所以集中精神，保持警惕，不要辜负骗术之神的期望。如果有谁还不明白的话，就是说，你们要成为来自泰拉的最棒的突击步兵。有问题吗？拉皮斯？"

"会冷吗？"

"闭嘴吧！"布朗兹摇摇头，"是的，所以戴好你的厚手套和围巾，拉皮斯，你这个小妞。"

士兵们大笑起来，拉皮斯列兵抵挡着旁人开玩笑式的拍打。

"冷静点，"布朗兹说，"实话实说，下面看起来又湿又冷。扫描结果显示开阔地形、缺乏遮蔽、稳定降水，也就是下雨的意思，卡斯韩列兵。有谁忽略了今天早上的常规命令，没有穿鞋垫、没有戴防水手套、没有把武器罩上，举起手来。算了，还是别举手了。我不想知道你们今天起床时的决定有多么的傻。如果你们得了壕沟足或者皮肤病，如果你们冻伤了，如果你们发现武器没法开火，那就是你们自己的烂摊子，督军会找你们算账的。还有问题吗？"

特克举起手。

"特克？你是打算提个有意义的问题，还是像上次那样询问当地的特产水果？"

"我喜欢水果。"特克抗议道。

"真棒。你要问什么？"

"唯一你没有提到的事，少校，"特克说，"我们会遭遇什么敌人？"

"小丑"们凶恶地呼吼起来。

布朗兹抬起手让大家安静。"好问题，好问题，特克。我没有提到这个是有原因的。根据情报，我们的目标世界没有居民，没有敌人。"

这引起了最喧闹的一阵欢呼。

"没错，没错……我们要跑到星球地表去溜达一圈，欣赏欣赏壮丽的山水，"布朗兹盖过他们的呼声，"闭嘴吧！好多了。士兵的第一条守则是什么？杜阿特列兵？"

"永远假定你的任何上级都没有告诉你全部情况？"

"好小子。这件事绝没有看起来那么简单，所以别松懈。"

一阵粗犷而洪亮的警报声在宽阔的甲板中响起。

"是时候了！"布朗兹喊道，"五分钟警报！拿起东西，抬起屁股，把你们所有的抱怨和后悔都扔在这里，等你们回来的时候肯定还能找到。'小丑'们，你们准备好了吗？"

"一切顺利！"他们大吼着回应。

"连队第一，帝国第二，同袍高于同胞！"他喊道，"现在都动起来！"

他走回霍楠·穆身边。她的简报也结束了，侍从们围成一小圈，激烈地低声讨论着战术细节。

"没有敌人？"他对穆说，"肯定是扫描数据出问题了，对吧？"

穆耸耸肩。"也有另一种可能性，这是一场夺取和坚守行动。总司令要求我们确保目标区域的安全，我只能推测那里存在某些珍贵物品，我们之所以被派下去夺取那片区域，就是为了回收那件物品。"

"比如什么珍贵物品？"

"我不知道，"她说，"或许是总司令温和友善的那个人格？"

布朗兹眨眨眼。

"怎么了？"穆问。

"你开了一个玩笑，上校。"他的脸上绽放笑容，"一个实打实的、真正的、百分百的玩笑。"

穆看着布朗兹。她的嘴角并没有笑意，但她的眼睛里有。"是的，好吧，别告诉其他人，否则大家都要来听了。"她说。

甲板颤动起来，他们听到舰尾方向那些等离子弹射器启动时产生的震耳尖啸。

"那是第一批护卫机群,"布朗兹说,"快了。紧张吗?"

"我为什么会紧张呢,赫塔多?"穆问。

他沉下肩膀。"上校通常不会和我们这帮士兵一起扎进枪林弹雨的,你们一般都跟着补给队伍走。"

"行动需要。"她回答道,"我们没法在轨道上为你们提供可靠的洞察力覆盖。"

"嗯。所以,我在想……我可以把我安排在你旁边,万一很颠的话,我就可以握着你的手。"布朗兹提议。

"那没有必要。"她回答,"我也有过一些战斗空降的经历。一切顺利,赫塔多。"

"好好指引我们,霍楠。"布朗兹说。

上校微微躬身,之后回到了其余女孩们身边。

布朗兹最后扫视了一下运输舰的宽阔甲板,一列运送弹药的电车呼啸着驶过。四名地勤人员挤在旁边一架登陆船的机头旁,匆忙置换出现故障的液压泵。又有两架长着鹰钩鼻的护卫战斗机被主吊装系统紧紧抓住,从众人头顶闪过。坦克终于开始登机了,更多装甲车从底层甲板开上来,在跳板前面排成一列,准备开往登机等候区。

与每次空降之前一样,布朗兹举行了自己的私人仪式。他用手指触碰嘴唇,之后弯腰按在甲板上。

"但愿我们都能再见到你,"他轻声说,"但愿我们都能安全回来。"

他站起身。他从口袋里拿出装着命令的信封,最后检查一次,确保自己没有遗漏。

事实上,他确实有所遗漏。

一小条绿色物品藏在信封的折叠处,就在那份命令旁边,之前他以为是一片叶子。

他意识到,那是制成蜥蜴鳞甲形状的一片纤薄金属。上面用艾迪萨语写着一句怪诞的话语,翻译过来是"你的父亲欢呼,你的母亲痛哭,这就是士兵的命运"。短语旁边雕刻着一个"九头蛇"的印记。

布朗兹用拇指搓了搓那个印记。他把绿色鳞片放进口袋里,走向等待出发的登陆船。

纳玛特吉拉领着阿尔法瑞斯走进"布拉迈尔斯"号旗舰的前部瞭望台。巨大的花瓣形舷窗排列在两侧的墙壁上,在前端聚成一个造型尖锐的结构,俯瞰着长达一公里的舰首在下方延伸出去。

"退下吧。"纳玛特吉拉厉声说,仆人和旗手们匆匆离开。柴恩把舱门关上,站在门口,双手交握在背后进行守卫。阿尔法瑞斯转过身盯着那名路西法黑卫。

"我走到哪里他就跟到哪里,"纳玛特吉拉解释道,他从旁边的橱柜里拿出细长瓶子的冰酒,给自己倒了一杯,"狄纳斯有最高的机密级别。"

阿尔法瑞斯点点头。"很好。"

"喝一杯吗,原体大人?除非你没有这个习惯。"

"为什么不呢?"阿尔法瑞斯回答。

纳玛特吉拉又倒了一杯酒,递给阿尔法瑞斯。基因原体手甲中的微型伺服装置发出轻声嘶鸣,适应着握住酒杯又不将其捏碎的精细动作。

纳玛特吉拉走向右舷窗口。他的袋狼卧在窗边的一排座椅下睡觉。"那是'马斯基林'号,"纳玛特吉拉抬起拿着酒杯的那只手示意远方,"一艘重型运输舰,很全能。那一艘,在它后面的,是'坦克雷迪'号,奥崔玛的军舰。"

阿尔法瑞斯走过来,站在总司令身后,从瞭望台看到的这幅景象颇具压迫感。舷窗的玻璃板已经自动变色,降低亮度,尽量削弱当地恒星照进来的光芒。无垠太空在他们的脚下和头顶延伸出去,亿万星辰在这永恒不变的幽暗夜色中闪耀。在"布拉迈尔斯"号的右舷方向,目标星球坐落在黑暗之中,一线亮光刚刚显现在那颗巨大球体的边缘。舰队的主要部分都在旗舰右舷远方组成阵列,在目标星球的阴影中熠熠闪亮,头尾相衔地连接成一条长达数千公里的锁链。

"那是'阿戈斯蒂尼'号,"纳玛特吉拉继续说,"在它后面是炮击护卫舰'巴布斯蒂昂'号。后面是运输舰'劳顿'号——"

"我知道每一艘舰船的名称和编号。"阿尔法瑞斯说。

纳玛特吉拉面露微笑,转过身看着他,啜饮了一口冰酒。"这我相信,大人,但奇怪的是,我却不知道你那艘宏伟的战斗母舰名叫什么。"

他转头望着窗外。"就在那里,对吗?"他指着"布拉迈尔斯"号右舷方向七百公里之外的一团乌黑阴影问道,"那个被遮蔽的物体?"

"我们不给战舰取名字,"阿尔法瑞斯说,"我们仅仅为它们进行编号。"

"哦,那么,这艘战斗母舰的编号是什么呢?"纳玛特吉拉问。

"贝塔。"阿尔法瑞斯说。

"啊。我忍不住要猜想,阿尔法今天在做什么。"纳玛特吉拉微笑道。

"它在别处另有职责。"阿尔法瑞斯回答。

纳玛特吉拉转过身,上下打量着眼前巨人。"那么,谈公事吧。我的原体大人,我请你来谈话是因为我怀有一些疑虑。"

"疑虑?"阿尔法瑞斯问。

"在安皮索星球,大人,你向我许下了一份坚实的承诺。你发誓说这次行动可以将诺斯星球的那场惨败一举抹消。你保证让我有机会弥补损失,让我在泰拉议会的眼中重铸尊严和声誉。"

"我的承诺没有改变。"阿尔法瑞斯说。

纳玛特吉拉走到窗边的一张沙发旁落座。他又喝了一口酒。

"你向我解释过,"他说,"这次行动的目标是获取一些关乎帝国存续的重要信息。你说帝皇本人都会因为我获取并呈递这些信息而感谢我、奖赏我。我甚至有可能在高阶议会中拿到一个席位。我简直无法想象,究竟是什么样的信息能够如此重要?"

他略加停顿。"而这就是我心中疑虑的源头。我想象不到,因为你没有告诉我。我觉得是时候请你向我多透露一些情况了。"

"我理解。"阿尔法瑞斯说。

"你刚刚亲眼见证我下达命令、指挥部队为你效劳,阿尔法瑞斯大人。"纳玛特吉拉带着一丝威胁的意味说道,"我有权知道更多情况。"

阿尔法瑞斯抿起嘴唇,将一口都没喝过的冰酒放下。"当我昔日提出与你的远征队共同开展这项行动的时候,"他说,"你的态度很积极。昔日有我的承诺就足够了。"

"好吧,但现在看来,那恐怕不够了。"纳玛特吉拉说。

"令人惋惜。"阿尔法瑞斯说。

"这究竟是什么样的信息?"纳玛特吉拉问道,"是关于什么事情的?它在哪里,我们要如何获取?它在谁的手中?你是如何得知它的存在和位置的?什么事情能够如此重要、如此宝贵、如此发人深省、如此神神秘秘,以至于整个人类文明的命运都押在它的身上?"

"我愿意告诉你什么，你就会知道什么，纳玛特吉拉。"阿尔法瑞斯说。

"我的总司令说他需要了解更多情况。"狄纳斯·柴恩用轻柔而坚决的声音说。他向前迈了一步。

阿尔法瑞斯缓缓转过头看着柴恩。"否则呢，亲卫？为了你自己好，我希望你不是在威胁我。"

柴恩没有动。

阿尔法瑞斯不再理会柴恩，低头看着纳玛特吉拉。"我听说路西法黑卫都非常勇敢，但我没有意识到他们也都疯了。"

"退下，狄纳斯。"纳玛特吉拉随意挥了挥手，"阿尔法瑞斯大人理解指挥权所带来的沉重压力。他很清楚，在我所处的位置上，麾下部队的安全和福祉就是最重大的责任，根据合理判断让这些部队及时撤出任何不明智或者不谨慎的行动就是最为庄严的使命。对吗，大人？"

阿尔法瑞斯没有说话。

"我绝不会无缘无故地让我的部队身陷险境。"纳玛特吉拉说，"我需要一个恰当的行动理由，还有一个可靠的情报来源。否则我就是玩忽职守。"

阿尔法瑞斯望向窗外，注视着下方那个被黑暗笼罩的世界，沉思了片刻。"在诺斯星球的战役过程中，"他轻声说，"我的情报网络遭遇了一名隶属异形组织的特工。这一组织自称'密教'。那名特工声称，密教掌握了一些对于人类帝国而言至关重要的特定信息。对方没有提供任何证据或来源，但密教为了与我取得联系，显然已经耗费大量的精力和资源。它们邀请我进行会面，由此传达那些信息。九头蛇42号第三星球就是它们选定的会场。"

"你的意思是，整场行动都是基于某个异形间谍毫无根据的一派胡言？"纳玛特吉拉惊问，"天啊，大人，我还以为你很狡猾呢。"

"我从来没有说过我信任他，"阿尔法瑞斯回答，"但他的故事只要存在一丝可能性是真实的，我们就不能轻易忽略。如果这是谎言，那么我们已经率军来到此地，完全可以定位并打击一个具备精细手段和高超技巧、能够尝试对帝国加以暗中操纵的异形组织。这就是我对战帅提出的理由，这也是他为此次远征授予特别行动等级的原因。总司令，我们有可能拯救帝国，也有可能消灭一种格外阴险的异形威胁。"

纳玛特吉拉站起身。"那么你认为会是哪一种结果，大人？"

阿尔法瑞斯摇摇头。"我不会妄加猜测，大人，但有一个事实值得注意。正是那名特工最早向我提出了关于黑立方的警告。若不是他的警告，我们现在就全都死了。"

"这个特工是何人？"纳玛特吉拉问。

"他当时在帝国军队内部展开了极为有力而高效的渗透行动，他与很多核心事件都颇有联系。"阿尔法瑞斯瞥了柴恩一眼，"他杀掉了一个你的人，亲卫。"

"孔尼格·汉尼克尔。"柴恩轻声说。

"是的。"阿尔法瑞斯说，"至少，那是他的伪装身份之一。我的手下在诺斯星球灭亡的前一天捕获了他，他目前被我关押。"

"是这样啊。"纳玛特吉拉咕哝道，他脸上绽放出谨慎而和善的笑容，"我感觉心里的疑虑逐渐消散了。感谢你的开诚布公，当然，这些我都会严格保密。"

"当然，"阿尔法瑞斯回答，他转身走向舱门，"想必我们的谈话结束了？"

"最后一件事，"纳玛特吉拉高声说，"如果这个故事是真的，我们该谈的也谈了，那么我自然会与你同去。"

总司令没有等待阿尔法瑞斯的回应，他转向窗口。"哦，看，他们出发了！"他指着外面欢快地喊道。状如流星的明亮闪光从他们后方的运输舰里像雨点般纷纷洒落。

阿尔法瑞斯打开舱门，走出了瞭望台。

"狄纳斯？"纳玛特吉拉说，"根据原体提供的信息，重新检查我们手中关于孔尼格·汉尼克尔的数据。"

"是，大人。"

纳玛特吉拉喝了一口酒，歪着头遥望登陆船沉吟。"如今我们得到了更多线索，我相信这对于看清整幅图景是大有帮助的，"他说，"尤其是那些阿斯塔特和他们的阴谋网络。"

"是，大人。"柴恩回答。

登陆船剧烈颠簸。金属碎屑从降落爪上剥落四溅，在机身后面拖曳出一条闪亮的尾迹。

他们提速到二倍重力，之后是三倍。机舱开始震颤。布朗兹伸出手，让穆握住。她用力捏住了他的手。

"开始了。"布朗兹说。

第四章

艾欧里斯，星球轨道

索耐卡打开房间舱门，走了进来。他把袋子放到铁桌上。

"怎么？有额外的奶酪？"格拉玛提卡斯冷嘲热讽道。此时的他四仰八叉、无精打采地躺在床上。

"起来，快点。"索耐卡说。

"可我们还没吃午饭呢。"格拉玛提卡斯说道。

"闭上嘴，起来。"索耐卡吩咐道，他扭过头看着敞开的舱门以及外面的走廊，"快点。"

格拉玛提卡斯皱着眉头坐起来。"怎么了，佩托？"

"跟我走就行了。"

索耐卡转身迈向房门，小心翼翼地往外面瞥了一眼。格拉玛提卡斯赶忙站起身。

"佩托？怎么回事？原体同意我和他一起降落——"

索耐卡转过头来，眯起眼睛。"你能不能闭上嘴？我在按你说的做呢。低调点，舍尔无处不在。"

格拉玛提卡斯惊讶地眨眨眼。"哦。"他最终说。

"跟我走，别出声。"索耐卡说。他打开自己背来的袋子，从里面拿出一把激光手枪。

格拉玛提卡斯盯着那把武器，就好像他从来都没见过一样。"哦。"他低声说，"佩托，佩托，你停下来，看着我，看着我，律令疯癫。"

索耐卡立刻转身面对他，双眼空洞无神。

"你的名字叫什么？"格拉玛提卡斯问道。

"佩托·索耐卡。"

"你在做什么，佩托？"

"遵照你的吩咐，约翰。"

"老天！"格拉玛提卡斯说。他退后一步，捂着嘴巴，盯着索耐卡，"我以为没有效果呢。"他惊讶地笑着。

"我真的以为没有效果呢。这么多顿午饭，五个月以来每天的闲聊，我时不时混进去一个暗藏力量的字眼。我以为你全都抵抗掉了。"

索耐卡依旧面无表情。

"佩托，我这样利用你，真的很抱歉。"格拉玛提卡斯庄重地说，"这一点我要说清楚。我们是朋友，至少我希望如此。你对我很友善。但愿有一天你能看清大局，并且原谅我这样的行为。你听到了吗？"

"你的声音，我没法抵抗，"双目无神的索耐卡低吼道，"每一天，我都能感觉到你在动手脚，但我就是反抗不了。你发现了我的不满情绪，你乘虚而入。你是个浑蛋，约翰·格拉玛提卡斯。"

"我知道，我很抱歉。你能帮我离开这艘战斗母舰吗？"

"我可以尽力而为。"索耐卡回答。

"谢谢你，佩托，谢谢你。律令疯癫。"

索耐卡顿时恢复了神志，他眨眨眼睛，扶着房间的墙壁稳住自己的身体。"刚才是什么情况？"他问道，"我突然晕了一下。"

"你刚才说到哪里了？"格拉玛提卡斯提醒他。

索耐卡摇摇头。"我刚才说到，赶快走。我们时间很紧迫。舰队已经开始部署了。"

"已经开始了？"

"走吧，约翰。"

他们匆匆穿过寂静的拘留区，来到一扇铁栅栏前。索耐卡挥挥手，栅栏门顿时打开。

"你有什么计划？"格拉玛提卡斯低声问，"我们怎么到地面去？"

"空降舱，"索耐卡回答，"它们已经全部激活，为军团空降做好了准备。我们要去八号下层甲板。我检查过部署时间表，那里的空降舱被安排给了六个小时之后出动的第二批部队，所以应该没有人在。但我们必须先做一件事。"

"什么事？"约翰·格拉玛提卡斯问。

"一件让你感谢我的事。一件我需要做的事。"索耐卡回答。

他们拐了个弯，冲进宽阔的主通道，迎面撞上一个维修机仆。机仆震惊地摇晃身躯，带着轻微嘶声审视他们，满怀疑问地抬起臂膀。

"当前区域限制通行，出示你们的身份证明。"机仆的沙哑嗓音在通信器里响起。

索耐卡一枪打爆了它的脑袋。机仆发出一串呜咽哀鸣，砰的一声侧倒在墙壁上，被炸碎的头颅飘散着青烟。

"跑。"索耐卡说道。

他们埋头狂奔，直到两人都上气不接下气，终于从主通道拐进了一片犹如迷宫的大厅和光线昏暗的房间。紫红色的照明灯将这里营造成了一座笼罩在暮光中的城市。没有任何警报响起，但空气显得沉闷而静止，仿佛下一瞬间就会爆发轰鸣声。

"人都去哪里了？"格拉玛提卡斯问。

"在军械库，准备展开部署。"索耐卡回答。他示意格拉玛提卡斯来到一扇厚重的闸门前方。

"这边。"索耐卡说。

格拉玛提卡斯把双手按在太阳穴上。一种混杂了痛苦、惊讶和顿悟的表情浮现在他脸上。"哦！"他说，"我听到她了。"

"我知道。"索耐卡说。

"她确实是在呼唤我，一直都是，对吧？"

"是的。"

"谢谢你，佩托。"格拉玛提卡斯轻声说。他看起来像是忍不住要哭了。

索耐卡面对着他，把手按在他的肩膀上。"约翰，听我说，你恐怕会很震惊的。'阿尔法军团'审讯过她，而且在那个过程中伤害了她。"

格拉玛提卡斯看着索耐卡。"我明白。"

"希望如此。"佩托·索耐卡说道，他将新换的手掌从闸门的解锁面板前方挥过。

闸门打开了。在那个狭小而黑暗的房间中，有什么东西在角落里颤动了一下，随即呜咽起来。

格拉玛提卡斯从索耐卡身边挤过去，穿过房间，安慰地伸出双手。

"嘘，嘘，"他说，"没事了，是我。"

抽泣不止、颤抖不停的卢克萨娜抬起头，目光游离地看着格拉玛提卡斯。她蜷缩在角落里，双腿收拢在胸前，手臂紧紧环抱身躯。她穿着一件破破烂烂的袍子。她看到面前的那张脸，顿时哭喊起来。

"卢克萨娜，卢克萨娜，这只是胡子，我长胡子了。"

她用手掌捂住眼睛。

"卢克萨娜，没事了。"格拉玛提卡斯低声说。他轻柔地触碰对方，但她立刻惊恐退缩。

"没事了。"他重复道。

"拜托，快点，约翰。"索耐卡嘶声说。

格拉玛提卡斯抱住卢克萨娜，轻轻地晃动她。她把脑袋埋进他的胸口，开始放声哭泣。

"他们到底对她做了什么？"格拉玛提卡斯质问道。

"他们把她交给了舍尔。他钻进她的心灵，寻找关于你或者密教的任何信息，"索耐卡回答道，"这个过程摧毁了她的神智。自从我们离开诺斯星球，她就一直这样，五个月了。我每天给她送食物，尽量帮她保持干净健康，但她几乎毫无理智可言。"

"哦，卢克萨娜。"格拉玛提卡斯轻声耳语，他抱紧她，温柔地抚摸着昔日犹如金丝、如今却苍白暗淡的长发。

"约翰，拜托，我们没有多少时间了。"索耐卡催促道。他站在门口，盯着外面的走廊。格拉玛提卡斯哄着卢克萨娜站起来，带领她穿过黑暗的房间，一直把她抱在身边。

"我可以搀着她走。"他说，"带路吧。"

八号下层甲板是一片充满了金属器械、粗重管线、紫色灯光和油腻阴影的广阔空间。战斗母舰的大规模生命维持系统及引擎传来的隆隆轰鸣组成了不停歇的背景音。某种工具或者机械发出的响动时常从远处回荡过来。天花板上布满了管道和缆线，走廊都显得低矮而幽闭。

索耐卡带领他们来到一间狭长的舱室，八扇高大的防爆门矗立在左侧。巨型排风扇慵懒地在头顶转动。

足以允许大型运输车通过的这八扇防爆门完全相同，全都敞开着。他们站在第一扇大门前方，往里面张望，宏伟的门框让他们显得非常渺小。四个覆盖装甲的空降舱静静地躺在黑色的支架上，就像左轮手枪里的子弹一样。房间两侧安放着油腻的黑色液压泵，众多管线与空降舱相连，蒸汽在支架系统上缓缓升腾。

"很好，"索耐卡轻声说，他朝旁边的那些防爆门点点头，"全都一样，每个房间里有四个空降舱。"

"听你的，佩托。这是你的计划。"

索耐卡带领他们走到大厅最远端。卢克萨娜一直紧紧靠在格拉玛提卡斯身旁。格拉玛提卡斯看着索耐卡启动了一台嵌在墙壁里的沉思机。索耐卡调出几页数据仔细查阅，从一个菜单转到另一个。

"你在做什么？"格拉玛提卡斯问道。

"我要确保导航系统是指向会场区域的。是的，很好，搞定。行了，我只要取消发射提示就好。"

"什么？"

索耐卡指了指他们身后的空降舱，继续翻阅数据。"在任何空降舱发射之后，舰桥的登陆监视器上都会立刻出现提示。我刚刚取消了这个程序。他们早晚会知道我们逃跑了，他们也很快就会发现少了一个空降舱，但我打算尽量拖延一些时间。"

"你能做到这些？"格拉玛提卡斯颇为惊讶地问。

索耐卡笑了笑，抬起他新换的手掌。"他们信任我，记得吗？他们给我配备了最高的保密权限。"

"怪他们自己不小心。"格拉玛提卡斯微笑着说。

"应该只需要几分钟。"索耐卡说，"右边，那里有个储物间。我们需要三套防护服，看看你能不能翻出来。"

格拉玛提卡斯点点头，立即带着卢克萨娜过去寻找。五分钟之后，他们拿着一大包为特工定制的防护服回来了。索耐卡也已经完成了手头的事情。

三人一起穿过宏伟的防爆门，回到第一个房间里，爬进其中一个空降舱。

索耐卡挥挥手。庞大的舱门缓缓关闭。警告灯在舱室里闪动，空气中充满了逐渐增强的低沉嗡鸣。

第五章

艾欧里斯

他们闻到了一股恶臭。这出乎意料的可怕气味像是来自某种彻底腐败降解的东西，阴冷潮湿的空气被完全浸透了。在他们脱离登陆船呼啸的尾气之后，唯一能够闻到的就是那股恶臭。

"小丑"们跑步前进，在湿滑不堪的岩石上分散开来。一些人剧烈干呕，另一些人则在抱怨这种可怕的气味。

"别像小孩子一样！忍着点！"布朗兹喊道。

他抽抽鼻子。"该死，真够臭的。"他自言自语道。

连旗展开了。部队排成一列离开了着陆点，登陆船则原地待命，并未熄火的喷气引擎扬起一片片水雾。

布朗兹环顾四周。

他们位于一条地势平坦的峡谷，两边的山脉棱角分明，就像石柱或平顶塔楼一样。这里很冷，但更糟糕的是湿度。仿佛空气本身就是潮湿的，却并没有下雨，连蒙蒙细雨也算不上，只是一团翻滚悬浮的细微水雾。他感觉到自己皮肤上就像是覆盖了一层冷汗。"小丑"们全都湿透了，披风坠在身后，盔甲上凝结着水珠。低沉的天空中挤满了翻卷涌动的乌云。他们脚下是灰色的岩石，坚硬的地面由于大量潮气而变得极为湿滑。这些石头似乎天生就容易开裂成四方形，一块块石板共同组成了台阶的模样，让人不禁错觉这是某位石匠的宏伟作品，并非自然天成。

布朗兹意识到，这些石块的方正棱角解释了为什么那些山脉看起来像是建筑物。他从未见过如此规整的地貌。这里充满了垂直的角、刚硬的边和平坦的面。他觉得自己仿佛置身于某个巨人孩童的巨型积木之间。

在西边，更多登陆船穿过云层开始降落。特克示意"小丑"已经集结完毕，于是布朗兹给飞行员下达了指示。舱门滑动着缓缓关闭，跳板也开始收回。引擎的嘶吼愈发尖厉，登陆船动身返航。

布朗兹向前穿过队列，迈出每一步的时候都十分小心。脚下平坦的石头感觉像骨髓一样绵软滑腻。石块表面的空腔里填满黑水，恰似大海退潮之后留下的水洼。

"有点纪律，女士们！"布朗兹对"小丑"们喊道。其中几个人已经倍感懊恼地不慎滑倒了。

"这不是什么？"布朗兹大吼。

"不是晃悠！"他们齐声回答。

"我差点就信了。"他嘟囔道。

当他们开始向方形山脉的深处前进时，士兵们纷纷喊叫起来。他们有所发现了。

布朗兹前去查看，穆和她的侍从们也跟了过去。他们踏着一块块状如铺路石板的山岩谨慎前行。

石块之间有一些生物的尸体。黑色的腐液四处流淌，恶臭胶质及残破的骨骼与羽茎躺在水洼里或石板上。有些与普通人类的尺寸相近，另有些只不过是老鼠大小。它们生前的模样已经无从辨别，没有任何完整的结构得以留存。布朗兹推测，这些都是当地的异形生物。仿佛有一道滔天巨浪席卷而过，留下这些奇怪的水生动物在山谷里死去并腐朽。这就是扑鼻的恶臭让他联想到的：在海滩上逐渐烂掉的死鱼。

穆弯下腰去检查一些令人厌憎的凝结物。

"有何看法？"布朗兹问道。

"简报里提到，这个区域的气候环境是人工生成的，"穆说，"我猜这些就是星球自然生态系统里的生物种群。空气、压力，以及化学成分的改变导致了它们的死亡。"

侍从们全都戴上了恶劣天气防护服的兜帽，把领子高高立起，挡住了口鼻。布朗兹看到了她们眼睛里流露的紧张和厌恶。她们戴着帽子，挤成一团，看起来就像是一群外出郊游走错了地方的学生。

"小丑"们步调稳健地向山脉进发，对随处散落的腐败物质不予理会。信号传来，表示支援单位已经降落，并且开始前进了。无论肉眼、仪器还是洞察力都没有在前方发现任何情况。迄今为止，人类是这片地狱峡谷里仅有的生灵。

"继续扫描。"布朗兹一边喘着粗气爬上石块一边喊道。他身后的某人重重地一屁股坐到地上。

"我就假装没看见，祖波。"布朗兹低吼道，"哦，该死！"他补了一句。他本想在石块上找个抓手，结果不小心摸到了什么滑溜溜、软绵绵的东西。他倍感恶心地把那些黏糊的玩意甩掉。臭鱼一般的味道让人作呕。

"这和你想象中一样有意思吗？"穆问他。

"哈哈。"他回应道。

山顶上的视野很开阔。由零乱灰暗的石块与漆黑闪亮的水池所组成的那条峡谷从脚下向北方延伸出去，最终被一道遍布裂纹的峭壁所阻断，仿佛是埋头撞上了一堵由黑暗构成的高墙。孩童的积木变得愈发庞大。他们在各处都能看到洁白的瀑布飞流直下，轰然拍打着石板。蓬勃的雾气如同白烟一样聚集在峭壁脚下。

"之前你说像瀑布一样大的雨，我还以为是开玩笑呢。"特克说。

"我也以为是开玩笑呢。"布朗兹郁闷地回答。他拿出定位仪，对照查看着命令信封里的那张地图。穆也在做同样的事。

"根据标注，这里叫颤抖山脉。"布朗兹说。

"我们爬上去要花多久？"她问。

"一天吧，如果我们能找到一条可以通行的裂口。"

"好吧，既然他们打算让我们爬到上面去，那我们最好尽快动身。"

他点点头。"你用洞察力发现什么了吗？"

"没有，"穆回答道，"但我本身又冷又难受，恐怕于事无补。这里的环境很……艰苦。"

"我宁愿光明正大地好好打一场，"布朗兹说，"就算是被人拿枪指着，至少也能知道自己该干什么。现在的情况越来越诡异了，我们只能坐等局势转变，实在让人没法安心。看看你能不能让大家冷静一点。"

"明白。"她回答。

"特克！"布朗兹喊道。

"是，少校？"

"原地休息十分钟，之后我们就要动身穿越峡谷了。让小伙子们喝口水，如果想开心点就捻些鼻烟吸。"

"是，少校。"

布朗兹踏着石板，缓步离开人群。他把那块绿色鳞片从口袋里掏出来，又看了看。上面印有一串密码，是"阿尔法军团"的标准格式。"你的父亲欢呼，你的母亲痛哭，这就是士兵的命运"，那句话是用艾迪萨语写的，如此一来只有他能看懂。布朗兹按照字母表的顺序，快速娴熟地把每个字母转换成对应的数字，之后按照他们传授的方法把那些数字组合起来，最终得到了两串七位数的频道号码。

布朗兹爬上石块，来到最近的通信官身边，借用了一套战地通信器。他戴上耳机，输入了其中一个频道号码，耐心等待着。

"请讲，表明身份。"一个声音说。

"阿苟利德768。"布朗兹说。

"你已经展开部署了吗，赫塔多？"

"我位于地表。"

"你并不孤独。你得到的这些号码，可以用来在行动过程中保持联络。每两个小时通话一次。如果需要你开展任何特殊行动的话，我们就会通知你。保持待命状态。"

"明白。"

信号终止了。布朗兹把号码从通信器的记录中抹除，之后把仪器还给了它的主人。

他们把空降舱留在那块焦黑破碎的巨石上，沿着一道灰色山棱前进，在阴冷潮湿的黑暗环境里向西走。

卢克萨娜似乎恢复了一些神智。格拉玛提卡斯相信，两人再次相见能够稍稍安定她的心灵。她坚持靠在格拉玛提卡斯身边，紧紧握住他的手。

应对恶劣天气的防护服十分笨重，但他们还是乐于把自己包裹得严严实实的。岩石不断滴着水，每一块石板都湿滑闪亮。这个地方充满了有机物腐烂降解的浓烈恶臭。

索耐卡带了一个定位器。"我们要走多远？"他问。

格拉玛提卡斯接过定位器，将装置激活。他看着屏幕逐渐清晰，之后慢慢转动仪器，检查起各项参数。

"两个小时，或许三个，"格拉玛提卡斯说，"我们要一直往西走。"

索耐卡看着屏幕。"你知道你要去哪里，对吧？"

"基本上是的，"格拉玛提卡斯说，"帝国登陆部队会在颤抖山脉集合。"

"为什么？"

"因为停留点就在那里，所以他们想必认为密教也在那里。"

"密教不在那里吗？"索耐卡问。

格拉玛提卡斯笑了。"佩托，对于这场会面，密教和阿斯塔特抱有同样谨慎的态度。密教很清楚，人类习惯于先开枪而不是先开口，尤其是在与异形打交道的时候。除非确定'阿尔法军团'并不是一门心思要把它们当场剿灭，否则密教是绝不会现身的。你愿意为一个来意不明的陌生人轻易现身吗？"

"确实不会。"索耐卡说。

他们翻过一条由松散的碎石组成的斜坡，爬到一串方形巨石上。格拉玛提卡斯一路搀扶着卢克萨娜。他时不时探出自己的心灵去观察她的脑海，检查她的状态。但他一无所获，除了漫天暴雪般杂乱的思维和躁动的恐慌之外，他什么都没能读取到。

"那就是说密教还躲着呢？"索耐卡问。

格拉玛提卡斯回头看看他。"停留点只是一座静止的建筑，一些精心建造的平台和石柱，它的用途是在密教来访时支撑它们飞船的重量。阿尔法瑞斯给我们展示了扫描结果，那里没有任何飞船，但他似乎并没有发现这个逻辑上的微小瑕疵。"

"所以呢？"

"阿尔法瑞斯应该听我的，"格拉玛提卡斯说，"他应该和我一起来到地表，而不是出动大军。我是他的通行证，佩托，我是沟通的媒介。我与双方取得联系，让他们筹备会面，确保双方都能满意。之后他们才会展开交谈。本该这样的。"

"但阿尔法瑞斯过于小心了？"索耐卡沉吟道。

"正是，他不喜欢未知事物。如果他不了解什么，就意味着他不信任什么。他喜欢自始至终掌控局势。"

他们穿过缓缓飘动的白色云气，爬上又一道斜坡。

"另一方面，密教在与人类打交道的时候也非常慎重。"格拉玛提卡斯继续说，"我得承认，他们对人类恐怕没有多少好感。"

"为什么？"

"人类是一个年轻气盛的种族，在那些古老种族看来，人类是野蛮而幼稚的暴发户，但是群星在上，人类又是如此的精力充沛而且成就斐然。人类以一种前所未有的速度展开扩张，气势汹汹地想要征服整个银河，像野草般坚忍不拔，能够在最为恶劣的环境中生存兴旺。密教被迫承认，人类已经成了银河舞台上的重要角色，无法再加以忽视或排除，当然，它们也预见到了即将发生的事情。"

"就是你所说的那场战争？"

格拉玛提卡斯点点头。"一场内战，它会把帝国彻底撕裂，密教并不是很在乎。但重要的是，帝国的内战会释放出混沌。原初湮灭者，这是密教自创世之初就在奋力对抗的那股力量，它将要利用人类种族的可怕纷争来达成自己的最终胜利。"

"那么密教是想阻止战争？"索耐卡问。

"为时已晚了。它们想要确保理想的那一方赢得战争。"

"我们休息一会儿吧，"索耐卡说，"上校好像累了。"

卢克萨娜的脸色格外苍白，阴冷的环境让她颤抖不已。格拉玛提卡斯扶着她坐在石块上。"没事了，卢克萨娜，一切都会好的。"

她抬头看着他。"孔尼格？"她问。

"是的，是的！没错，卢克萨娜，是孔尼格，是我。"

"孔尼格。"她重复道，之后转头盯着远方那些云遮雾绕的山石。

"你知道密教躲在哪里？"索耐卡问。

"是的。"格拉玛提卡斯说。

"我们要去找它们，建立联络……"

"我们要去找它们，建立联络，向它们保证'阿尔法军团'愿意倾听，之后我们回去找阿尔法瑞斯。"

"回去？"索耐卡难以置信地问。

"把他带过来。"

"他可能会把你杀掉，约翰。"

格拉玛提卡斯耸耸肩。"我没空担心，这件事太重要了，它将决定所有人的未来。"

第六章

"劳顿"号运输舰，星球轨道

"你们这里，谁是弗兰科·布恩？"柴恩问。

在登机甲板的一座检查站旁边，谈话的六名基诺 52 千连团督军转身看看他。一意识到开口询问的是总司令的亲卫，他们脸上都闪过了警觉的神色。柴恩来到"劳顿"号的时候穿戴着路西法黑卫的全套盔甲。

"我就是。"布恩说。

"我们需要谈谈。"柴恩说，"过来。"

"不好意思，大人。"布恩说，"我有点忙，我们正在准备召集第二批空降部队，过两个小时再来吧。"

布恩转回头，继续和其余督军一起检查比对手中的数据板。

"你想必认为我的指令是可以选择执行的，弗兰科·布恩。"柴恩说，"并不是，我们得谈谈，过来。"

布恩绷紧身躯。他的同僚们用关切的目光注视着布恩转身走到路西法黑卫面前。

"什么事？"布恩问道。他的体格壮硕，但还是要仰视柴恩的面甲。

"我们谈谈，弗兰科·布恩。"

"你已经说过好几遍了。有点礼貌好不好，大人？摘下你的头盔，让我能看到你的脸。"

"为什么？"柴恩问。

"因为人在说话的时候都要这样。"

柴恩起初一动不动。之后他抬起双手，解开密封，把头盔摘了下来。他把头盔夹在臂弯里。他的面孔严苛而冷酷，他的眼睛给弗兰科·布恩的灵魂注入一股寒意。

"谢谢。"布恩说，"你叫什么？你显然知道我的名字。"

"柴恩，上尉，亲卫。"

"好吧,柴恩,上尉,亲卫,我能帮你什么忙?"

"你可以跟我走走,你可以回答我的问题,你可以停止玩文字游戏。"

布恩耸了耸肩。他们沿着庞大甲板的边缘前行,遇到了大声呼喊的地勤人员和吱嘎作响的各式机械。一辆自动货车从他们身边驶过。

"我们今天很忙,上尉,"布恩说,"说正事吧。"

"关于佩托·索耐卡和赫塔多·布朗兹,你有什么能告诉我的?"

"怎么了?"

"我只需要你回答这个问题,督军。"柴恩说。

布恩皱着眉头。"他们是千连团里最受尊敬的两位少校。其中一位在我们脚下的九头蛇42号第三星球上,另一位死在诺斯了。"

"在诺斯星球行动的最后一周里,"柴恩说,"他们俩都疑似存在背叛行为。"

"是的,"布恩回答,"有段时间我差点就要把他俩枪毙了,而且据我所知,你们抓捕过也审讯过那两个人。他们没问题,我们都知道。"

"我在重新检查那件案子的资料。"柴恩说。

"为什么?"布恩问,"其中一个家伙已经死掉五个月了。"

"我们获取了新的信息,"柴恩告诉他,"表明我们听到的故事存在疑点。"

"听我说,柴恩……"布恩开口道。他随即停住话头,"稍等,上尉。"

布恩往旁边迈了一步。"你们,你们几个!"他冲着甲板另一边喊道,"把背包拿起来,白痴。挡住补给轨道了。动起来,蠢货!按照演习的样子走,站在等待线后面!"

人偶连的几名士兵匆忙服从命令。

布恩转回身面对路西法黑卫。"你刚才说什么?新的信息?"

"新的信息。"柴恩回答。

"什么样的信息?"布恩问。

"保密。我们逐渐发现,索耐卡少校和布朗兹少校似乎并不是那么无辜。"

"听我说,"布恩盯着亲卫的眼睛低吼道,"你最好先拿到一些可靠的证据,之后再跑到这里来把我的两名少校的名声搞臭。"

"啊,千连团出了名的忠诚团结。"柴恩说,"是怎么说的来着?'连队第一,帝国第二,同袍高于同胞'?我来之前就已经得知,你们会一致对外。"

"我们的确会好好照顾自己人,亲卫,而且我可能不太喜欢你的暗示。"

布恩回答。

　　柴恩点点头。他知道是时候该透露一点信息了。"在诺斯星球，我们的阵营里存在间谍，布恩。我们原以为是诺斯人的特工。如今看来，他们是'阿尔法军团'阿斯塔特情报网的成员。"

　　"赫塔多和佩托？不可能！"

　　"为什么不可能？"

　　"我会看出来的，他们两个我都很熟。"布恩高声说。

　　"我已经锁定了处在整件事核心位置的那名间谍，"柴恩说，"他的化名是孔尼格·汉尼克尔，伪装成帝国特工展开行动。卢克萨娜·赛义德上校在诺斯战役的过程一直窝藏他。布朗兹和索耐卡在尝试将她带出宫殿的时候被捕，那是千连团在给自己打掩护吗？"

　　布恩感觉口干舌燥。他深吸一口气，把路西法黑卫从一辆由机仆驾驶、满载着对地导弹的货车前拉开。他领着柴恩走进附近的一间维修铺，技工们正在修理各种器件。

　　"出去。"他命令那些人。

　　技工们困惑不解地离开了。

　　赶走闲杂人等之后，布恩转身看着柴恩。"千连团当然会掩护自己。我们看到了一处薄弱环节，于是我们清理门户。我相信，赛义德当时的确跟那个间谍同床共枕，毫不夸张。索耐卡和布朗兹只是在给我们擦屁股。是我授权的，你不能因为这个怪罪千连团。我们只是亲手做了扫除工作。"

　　"我不会怪罪你，布恩。"柴恩回答，"跟我聊聊史塔波。"

　　"史塔妈波？"布恩挑起一边眉毛问道。

　　"为什么管他叫这个？"

　　"我不知道。一个多年来的玩笑吧。你们路西法黑卫会开玩笑吗，柴恩？"

　　"从不。"柴恩回答。

　　"为什么我丝毫不觉得惊讶呢？"布恩回答，"好吧，史塔波跟这事有什么关系？"

　　柴恩走到铺子里的工作台旁，随意检视着一些器具。"在撤离诺斯星球之后，他提交过一份报告。"

　　"或许吧。"布恩说。

"别跟我耍花招，弗兰科·布恩。"柴恩说，"经过总司令的亲自授权，我调查了千连团的保密资料库。"

"那是非法的，"布恩厉声说，"你没那个权力！"

"泰拉议会'1141236a'号决议,军事行动中的搜索与问讯权。"柴恩回应道，"在战争中，任何一位总司令，以及对远征队或类似部队拥有同等指挥权的任何一位军官，在怀疑遭遇反叛现象的情况下，允许其授权对管辖范围内任何兵团下属的任何军事单位所汇编或存储的任何数据文件进行占有、审核、复制、调用，以及其他各种检查。这就是我的权力。跟我聊聊史塔波。"

"没什么可聊的，"布恩语气惨淡地说，"史塔波是'丑角'的上尉，他们失去了自己的少校，索耐卡作为代理少校过去帮扶他们渡过难关。根据史塔波的报告，在诺斯战役的最后几个小时里，索耐卡把'丑角'的指挥权交给了在场的上尉。"

"为什么？"柴恩问，"这难道不是异常举动吗？"

布恩耸耸肩。"按照史塔波的说法，索耐卡就那么走了。除了史塔波之外，还有一个更可靠的信息来源是朗上尉，他说索耐卡抓捕了一名间谍，要亲手把他交给我们督军。之后诺斯就变得一团糟，再没有人见过他。"

"谢谢你。"柴恩说。

"这就完了？"布恩问。

"最后一件事，"柴恩说，"把布朗兹少校的空降坐标提供给我。"

"为什么？"

"他不是我们的人，督军。"狄纳斯·柴恩说，"他已经不是很久了。"

第七章

艾欧里斯

他们翻过一道由乱石堆成的陡坡，石块之间散落着腐烂的残渣。索耐卡看到几条肋骨，还有充满腐液的成团的油脂。恶臭的气味让人无法忍受。

"来，还有一点儿路就到了。"格拉玛提卡斯催促道。他像一个男孩般精力充沛。索耐卡和卢克萨娜跟在后面，现在是索耐卡握着她的手。

"这里，下面！"格拉玛提卡斯喊道。两人跟着他来到巨石之间的一块洼地里，一座洞穴出现在他们面前，黑色液体在石板间横流。

这处洞穴很冷，里面有种奇怪的回声。格拉玛提卡斯在石板之间跳跃前进，避开下面的污水，从一块较高的岩石蹦到另一块，就好像它们是某个华美水景园林中的踏脚石。索耐卡和卢克萨娜紧随其后。

洞穴深处豁然开朗，显现出一座庞大的石厅，水珠从拱顶滴落而下。这片空间的正中有一块恍若舞台的宽阔石板，潮湿的岩石像玻璃般光泽闪亮。格拉玛提卡斯帮助佩托和卢克萨娜爬了上去。

"就是这里？"索耐卡问道，他狐疑地环视周围那些不祥的阴影。

格拉玛提卡斯点点头。

"然后呢？"

"等待，佩托，等待。"格拉玛提卡斯回答。他缓缓转动身躯，仰望四周石壁。他看起来像是在聆听什么。

"我感觉不到它们，"他嘀咕道，"它们在哪里？"

"我可能需要消隐。"过了一阵他决定。

"你可能需要什么？"索耐卡问。

"消隐！消隐！"格拉玛提卡斯喊道，就好像所有人都能明白这个古怪词语的意思。他从石台上跳下去，蹲在一汪水池旁。他伸出手指掠动水面。

"拜托，拜托。"他咕哝道。

什么都没发生。

"出来啊！"他厉声说道，用手指划过池水。

周围环境突然变得寒意逼人。

卢克萨娜紧紧靠在索耐卡的身边。

＋没有必要消隐，约翰·格拉玛提卡斯。＋

格拉玛提卡斯仰视洞顶。"你们能听到我？你们在这里？"

＋我们一直都在这里，约翰。＋

"那就现身吧！"格拉玛提卡斯高喊。

"哦，见鬼。"索耐卡喘息道，他紧紧搂住卢克萨娜。上校焦躁地哭泣不止。

一个个形体在石台周围显现，都是异形的身影。

索耐卡咽了咽口水，看着那些在他面前逐渐固化的非人轮廓：种种可怕形象简直是对造化的嘲弄，最令人不安的诸多异形齐聚一堂。其中一些身躯肿胀，肢体繁多，另一些用微微扇动的胶状伪足进行呼吸。有些像植物的茎秆、匍匐的狐狸或者形状不对称的昆虫。有些长着角，有些没有骨骼，也有一些栖身在怪异的微环境装置里。一只闪亮的巨型软体动物从庞大外壳里伸展出来。两只腿部肿胀的鸟类生物往复跃动，用明亮而好奇的眼睛四下扫视。某种机械化形象站在四条棒状肢体上。还有一个似乎只是一束暗淡的光芒。然而在诸般异形之中，最令人惊惧的却是那个身披珍珠色盔甲的灵族，他气宇轩昂地站在首位，看起来几乎与人类无异。

格拉玛提卡斯张开双臂，躬身行礼。"你们好，我的主人们。"他轻声说。

一只昆虫状的生物迅速爬到气势强悍的灵族前方，它的口器扭动起来。

"你好，约翰。"格拉托用完美的低哥特语说。

"你好，我的朋友。"格拉玛提卡斯回答。

"你把谁带来了？"格拉托问。

"我的挚爱卢克萨娜·赛义德，以及我的朋友佩托·索耐卡。"格拉玛提卡斯说，"我前来安排会谈。'阿尔法军团'已经做好准备。我很疲惫，大人们。这项任务漫长而艰难，但我完成了，极端谨慎的'阿尔法军团'已经准备好聆听你们的话语了。"

那个灵族司战斯劳·达低语了一阵。

"司战想要知道，你为什么带了 mon-keigh 一起来。"格拉托尖声说，"'阿尔法军团'的使者在哪里？"

"我不得不随机应变。"格拉玛提卡斯说,"'阿尔法军团'很难操控。我绝不能容许这场谈话被怀疑和顾虑所毁掉。我不想造成误解,从而演变成杀戮。如今我可以为他们的意向担保,因此我们可以直接联系他们,并且——"

"Mon-keigh!"斯劳·达突然吼道。

格拉玛提卡斯转过身去。佩托·索耐卡用激光手枪指着他。

"佩托?"格拉玛提卡斯难以置信地说,"律令疯癫,疯癫!"

索耐卡笑了。"你真以为控制住我了,是吧,约翰?"他嘲弄地说道。他把定位器扔给了卢克萨娜。

"搞定,佩托。"她说着激活了信标。

"卢克萨娜?"格拉玛提卡斯颤声道,"不!"

浑浊光芒在洞穴四周闪烁。一阵钟鸣般的急促谐音随即响起。"阿尔法军团"战士伴随微微颤抖的光束逐一显现在洞穴边缘,早已将武器握在手中。他们的传送突击在空气中留下了一股干涩的味道。不到四秒时间,五十名"阿尔法军团"战士就从各个角度控制住了密教。那些异形们互相推挤着,颤抖着,惊愕地胡言乱语。斯劳·达怒视着入侵者,将手掌伸向武器。

"站在原地,不要反抗。"欧米冈端着爆矢枪命令说道。他调整通信频道说道,"安全。"

光线扭曲起来,阿尔法瑞斯凭空出现,舍尔站在他身边。

基因原体迈上前来。"密教,"他说,"我们终于按照我的条件会面了。"

第八章

艾欧里斯

"有艘船要过来。"穆说道。布朗兹命令部队停下，抬头看着乌云密布的天空。他什么都看不见。

"按计划现在没有空降。"他说，"我也没有接到任何空中支援的通知。我什么都看不到啊。"

"就在那边。"她盯着天空坚持道。她的洞察力捕捉到了逐渐靠近的飞船。

一个黑点钻出云层，拖曳着一缕白气沿峡谷俯冲而来。那是一艘狐狼炮艇。

"这是干什么的？"特克问。

那艘炮艇在"小丑"所在位置的上空盘旋了两圈，之后偏转下降，最终落在了附近最平坦的一块石头上。

在它的降落爪刚刚接触地面时，几个人就已经从机身两侧的舱门跳出来，跑向原地等待的基诺连队。

"路西法黑卫？"穆不安地嘀咕道。

布朗兹感觉到一阵恐慌的颤抖。"不，不。"他轻声说。

那三个全副武装的亲卫迈着稳健步伐来到了"小丑"面前。他们站成一排，显然并不在乎有几百个高大壮硕的基诺士兵向他们投来充满怀疑的阴森目光。

"布朗兹少校，"领头的亲卫说，"给我指认布朗兹少校。"

连队中泛起一阵低语。布朗兹意识到自己在发抖。他无处可藏，也无路可逃。他做了自己唯一能做的事。

"我就是。"他高喊一声，从拥挤的士兵之间来到了路西法黑卫面前。其中一个立刻走上前来，将他缴械。布朗兹没有反抗。

"你们在搞什么？"特克吼道。

"布朗兹少校，"领头的亲卫高声宣告，"奉总司令之命，你被拘捕了。你要跟我们走。"

"小丑"们开始喊叫抗议，暴怒地涌了上来。

"站在原地别动！"布朗兹喊道，"这是命令！站在原地！只是一场误解，我们会把事情弄清楚！"

"你现在就要跟我们走。"领头的亲卫命令道。

"不，"霍楠·穆厉声说着走到布朗兹身旁，"我不允许这样，你们不能在作战行动中带走我的一名少校。"

"你的抗议我接受，上校。"亲卫说，"但抗议无效，退后。"

"这简直是胡闹！"穆喊道，"你怎么敢——"

"退后，上校。"亲卫重复道。

"别惹他们，霍楠。"布朗兹柔声对她说，"我会把这件事弄清楚，之后尽快回来。"

"这是怎么回事，赫塔多？"她惊恐不安地问道。

"我不知道。"

"布朗兹，你这条老笨狗究竟干了什么？"她央求道。

"什么都没干。"他坚持说，"我什么都没干。"布朗兹握住上校的手，低头凝视她的眼睛。

"我会回来的，霍楠。替我照顾'小丑'，好吗？"

"赫塔多……"

他弯下腰亲吻穆的脸颊，之后放开她的手，让亲卫把自己押向炮艇。

他没有回头。

在眼看着布朗兹被带走的时候，霍楠·穆有一种感觉，自己永远不会再见到他了。

"不应该是这样！"格拉玛提卡斯吼道。

"安静。"阿尔法瑞斯说。

"不！"格拉玛提卡斯厉声说道，转身面对基因原体，"我一直尽力避免的恰恰就是现在这种胁迫和对抗。这不是跟密教打交道的恰当方式，你不能用枪指着它们，逼迫它们——"

"我可以做任何我想做的事，"阿尔法瑞斯说，"而我目前想做的就是掌握局势。你的密教坚持不懈地在暗地里阴谋操纵'阿尔法军团'，这毫无信任可言。我愿意听听它们要说什么，但我不会允许它们任意利用我的军团，或者

阿尔法瑞斯的众多面孔

将其诱入陷阱。"

"这不是个陷阱！"格拉玛提卡斯哀号。

"现在的确不是了。"欧米冈表示同意。

格拉玛提卡斯双手抱头，后退几步。他抬起脑袋，看着索耐卡和卢克萨娜。

"你们利用了我。"他难以置信地叹息道。

"就像你打算利用我一样，约翰。"索耐卡回答，"你可是花了不少力气。"

"但是——"格拉玛提卡斯说。

"这是我的上司想要达到的目标，所以这就是我为他办成的事情，"索耐卡说，"他想看看你成功脱身的时候会去哪里。"

"你也是，"格拉玛提卡斯看着卢克萨娜低声说，"全都是假的。"

她解开防护服的领口，露出了挂在脖子上的一件坠饰。"灵能干扰器，孔尼格，"她说，"它让我的心灵显得一团混乱。"

"哦，卢克萨娜，为什么？"他央求道。

她充满挑逗意味地继续解开扣子，拉下衣领，露出更多皮肤。而那白皙皮肤上的"九头蛇"印记就像一颗美人痣。

格拉玛提卡斯扭开头，跪在地上。

"谁代表密教说话？"阿尔法瑞斯问道，他穿过石台向异形们走去。

"它们通过我发言，"格拉托说，"阿尔法瑞斯大人，我们的特工说得没错。这不是打交道的恰当方式，密教对你们的敌意感到惋惜。"

"但它们想找我谈谈，所以它们最好习惯当前的情况，然后开始解释。"阿尔法瑞斯回答，"我的耐心有限。究竟是什么事情如此重要，以至于你们要大费周章地把我引到这里？"

密教的翻译员没有回答。在它身后，密教的成员们用低沉怪异的声音相互讨论。

"保持警惕，"端着爆矢枪瞄准那些异形的佩克对舍尔说道，"只要他们有一点耍花招的迹象……"

舍尔点点头。"这里存在灵能活动，但纯粹用于交流。并无过激迹象。"

"如果有变化就立刻告诉我。"佩克说。

异形们交谈时的低沉嗡鸣停了下来。格拉托抬头看着阿尔法瑞斯。

"密教愿意开口，但密教对你们的胁迫行为表示不满，"它说，"这是人类种族标志性的狂热态度与好战天性。"

"开始吧。"阿尔法瑞斯说。

"密教要求直接与'阿尔法军团'阿斯塔特的基因原体对话。"格拉托开口道。

"我就是。"阿尔法瑞斯说。

"与全部基因原体。"那个昆虫状生物说。

阿尔法瑞斯略加停顿。"我就是。"他重复道。

"考虑到你们用枪指着我们,或许应该展现出一些信任?"格拉托说,"由此表明我们之间可以分享真正的秘密?"

阿尔法瑞斯怒视对方片刻,然后点点头。身披蓝黑色潜行盔甲的欧米冈缓缓走到阿尔法瑞斯身旁。索耐卡和卢克萨娜交换了一个困惑不解的眼神。格拉玛提卡斯兴趣盎然地抬起头。

"砍掉一颗头颅,会有两颗新的头颅长出来。"格拉托说,"在泰拉帝皇的诸多子嗣之中,你们是仅有的双胞胎。你们都是基因原体,是双生躯体中的同一个灵魂。"

"这件事在我们的军团之外无人知晓。"欧米冈说。

"它是我们保守得最严格的秘密。"阿尔法瑞斯说。

"你们怎么知道的?"欧米冈问。

格拉托昆虫状生物的口器扭动起来。"通过我们数十年来对已知基因原体的仔细对比和深入研究。我们明确发现,接触最年长和最年轻的基因原体会对事情产生最为显著的作用:即将掀起剧变的荷鲁斯;还有将要带来终结的你们。"

"荷鲁斯即将掀起什么剧变?"阿尔法瑞斯追问道。

"他会让银河燃烧,"格拉托说,"他将要引爆一场内战。"

"你说的是叛乱!"欧米冈低吼道。

"正是如此。"那个翻译员回答。

阿尔法瑞斯摇摇头。"这毫无意义。就像你们的特工一样,你在描述一场即将来临的战争,一场规模庞大的厄运。但你们所描述的场景是绝不可能发生的,狼神荷鲁斯是战帅。他是帝皇的右手,是兄弟之中最忠诚的一员。无论他做什么,都是为了帝皇。"

"我认为，你们妄图借助这些漫无边际的故事来播撒怀疑的种子。"欧米冈告诉那个翻译员，"你们妄图动摇帝国的根基。"

"这不是漫无边际的故事。"格拉托说。

"这是毫无根据的侮辱诽谤！"欧米冈厉声说，"你们没有提供任何细节，全都模糊不清、耸人听闻。"

"我们预见到了这一切。"格拉托说。

"又来了！"阿尔法瑞斯笑着说，"某种愿景，某种愚昧的梦境？这是毫无价值的预言，是空洞虚妄的论点！这没有任何意义！你们根本无法预知未来，所以你们也无法提供任何证据。"

"我们可以，"格拉托说，"既然你们需要证据，我们就愿意与你们分享预见之力。"

"你们具体要怎么做？"欧米冈戒备地问。

"在这里无法完成，"格拉托说，"首先我们必须把我们的飞船降落到停留点去，之后和你们一同登船。为了表示信任，我们允许你们进行武装押送。我们需要你们了解实情，阿尔法瑞斯·欧米冈。我们需要你们看清一切。"

"就这么办。"阿尔法瑞斯和欧米冈异口同声地说。

第九章

艾欧里斯，星球轨道，三个小时之后

他们把赫塔多·布朗兹关进"布拉迈尔斯"号的一间禁闭室，扒掉了他的衣服，之后当着他的面把衣服撕成碎片，把所有装备彻底拆解。

之后，他们把他锁在了一把刑椅上。

他们自始至终一言不发。在意识到对方完全不打算做出任何回应之后，布朗兹就不再向他们提问题了。从那时开始，整个过程在沉默中进行。

舱门打开了。狄纳斯·柴恩走进牢房，身后跟着一名魁梧的狱警和两名助手，他们都穿着及地的塑料围裙。柴恩与拘捕押送布朗兹的那三名亲卫低声交谈了一阵。

他转过身面对动弹不得的少校。

"赫塔多·布朗兹？"

布朗兹没有说话。

"你涉嫌为'阿尔法军团'阿斯塔特担任卧底，因此被捕。"柴恩说，"总司令对于特务和间谍没有好感。如果最终认定你确实是为阿斯塔特工作，那将被视为对你的兵团、对帝国军队、对远征舰队以及对总司令本人的恶劣背叛。你有什么话要说吗？"

布朗兹稍稍活动被铁条箍住的喉咙和下巴。"这是一场误会，"他说，"你们搞错了，你们抓错人了。"

柴恩不为所动。他走到一张铁桌旁边，布朗兹衣服和装备的碎片被放在几个盒子里。他伸手探入其中一个盒子，拿出一块绿色的金属鳞片。他举起那枚物件，让布朗兹也能看到。

"我不知道那是什么，"布朗兹说，"是你们放进去陷害我的。"

柴恩把鳞片放回盒子里，走到囚犯身边。他用右手食指指着布朗兹腰上的"九头蛇"印记。

"这个呢，少校？也是我用来陷害你的？"

布朗兹皱着眉头。

"你没有周旋的余地，布朗兹。"柴恩说，"告诉我。把你的秘密告诉我。"

布朗兹紧咬牙关。他从容不迫地缓缓说道："我的名字是赫塔多·布朗兹。"

他挤眉弄眼地看着柴恩。"好吧，我开口了，"他微笑着说，"我已经说出来了，覆水难收。我的秘密全都暴露了。"

"别把我惹毛了，布朗兹。"柴恩说，"把别的事情告诉我。"

"哦，还有别的？"布朗兹说，"如果非要我说的话，长官……"

所有远距离探测仪器都拉响了目标警告。远征队的凡·昂格尔舰队长从"布拉迈尔斯"号宽阔舰桥中央的皮质座椅上站起来，穿过舰桥迈向追踪站。"是什么？"他问道。

"目标信号，长官。"追踪站的军官回答，"一个物体出现在扫描范围中，正在向九头蛇42号第三星球移动。"

"出现？"凡·昂格尔质疑道。

"我完全不明白，长官。"那个军官答道，他的双手迅捷而熟练地在控制面板上飞舞，"没有捕捉到任何向实体空间展开跃迁时应该产生的能量痕迹或电磁波动。那个物体就凭空出现了。我推测它之前是隐形的。"

"追踪目标，推算航线，全面分析。"凡·昂格尔命令道。

"遵命，长官。"那个军官回答。

"进入备战状态！"凡·昂格尔喊道，"护盾和火炮立即待命！"

警报声顿时响起。舰桥上的一百多名军官各就各位，他们相互之间交换数据和沟通指令的声音混成一团。

"航线推算完成！"追踪站的军官宣告。

"主屏幕。"凡·昂格尔喊道。

舰桥中央的全息显示屏应声点亮，展现出复杂的星球地形图，以及舰队各个成员的位置，还有那个物体迂回飞行的轨迹。

"它是朝会场去的。"凡·昂格尔嘀咕道，"你鉴定出飞船的类型或代号了吗？"

"没有，长官。"军官回答，"它看起来根本就不像一艘飞船。任何扫描都没有反应。它……哦，泰拉在上……"

"怎么了？"

"我这里显示它达到了0.8倍超光速，而且它规模很大，长官。至少和我们一样大。"

"战斗状态！"凡·昂格尔喊道，"升起护盾！"

警报声顿时变得更为尖厉。凡·昂格尔启动了他的通信器。

"纳玛特吉拉大人。"他说。

"怎么了，舰队长？"总司令的声音回复道。

"一艘相当庞大的未知舰船即将穿过舰队驶向星球地表。"

"出动战斗机群，"纳玛特吉拉命令道，"马上拦截住它。"

"它太快了，长官，"凡·昂格尔说，"我从来都没见过这样的东西。"

"舰队长，我要求你——"

纳玛特吉拉的声音突然被静电杂音所淹没。舰桥上的所有屏幕在顷刻间变得一片漆黑，就连照明灯都熄灭了。在随之降临的黑暗中，一阵持续数秒的剧烈震动席卷了这艘强大的旗舰。

灯光又亮了起来。显示屏也逐一恢复运作。

"——昂格尔？凡·昂格尔？"纳玛特吉拉的模糊声音从通信器中传出，"以帝皇之名，刚才发生了什么？"

"它从我们旁边过去了，长官。"凡·昂格尔回答，"无论那究竟是什么，它刚刚与我们擦肩而过。"

霍楠·穆尖叫一声。特克转过身去，以为她在湿滑的石头上跌倒了。之后他发现，上校的侍从们也都扑倒在地。特克爬上那块平坦的巨石，奔到上校身边。

他也逐渐通过洞察力感觉到了。所有人都感觉到了，他们停下脚步。

"怎么回事？怎么回事？上校？"他问道。

穆跪伏在地，痛苦地全身颤抖。"我不知道。"她摇摇头喘息着说。侍从们蜷缩在她身后的地面上抽泣、哭号着。

雷霆滚滚。特克和"小丑"们抬起头看着阴郁的天空和厚重的乌云。

"要有暴雨了？"其中一个问道。

更多的低沉雷鸣接连传来。它们留下的隆隆回声在山谷中震荡不息，"小丑"刚刚穿过峡谷的一半距离。凶恶阴冷的狂风骤然吹起，他们的旗帜和斗篷开始舞动，他们周围那些石块之间的水池里升起一股股雾气。

一阵惊雷再度炸响，仿佛天空即将崩裂。这一次，特克和他的士兵们能看到云层之上的奔腾闪电。那脉动四散的灼目电流仿佛由内而外地将乌云点燃了。

士兵们开始指着天空喊叫起来。

"见鬼了。"特克低声说。

在他们头顶，一座城市从天而降。

最初，它好像是一块遮天蔽日的黄铜圆碟，足足占据了一半的视野。蓝白两色的明亮条带从圆碟中央放射出来，涌向它的边缘和背面。它的边缘像陀螺一样缓缓旋转，发出色彩缤纷的光芒。

圆碟从众人头顶掠过，垂下一片阴影。它发出一阵低吟声，震动着他们的五脏六腑，让他们不由自主地惊恐尖叫起来。空气中有种臭味，嘶嘶作响的叉状闪电从云层劈向大地，灼烧着整条峡谷。那个庞大到令人畏惧的黄铜圆碟越过颤抖山脉的黑色峰峦，开始下降。他们现在能看到它的背面了，很多扇形和叶形的黄铜色结构如同一朵抽象的巨型荷花般在圆碟顶部绽放。

它降得越来越低，直到那缓缓旋转的圆碟被山峰遮挡住了。一阵隆隆巨响传来，撼动着他们脚下的大地，让一些石柱轰然坍塌，砸落在黑色的山崖上。那个圆碟在山脉的另一边降落了。他们能看到圆碟顶部的金色花瓣状结构耸立在颤抖山脉的彼端，恰似某座壮美城市中的尖塔和纪念碑。

火花状的零星雷电继续在云层中闪动，那突如其来的狂风又骤然平息了。

特克把穆扶了起来。她的左侧鼻孔流着鲜血。他们在敬畏中默默凝视着天边那个宏伟惊人的金色形体。

"那……那是什么？"特克问。

霍楠·穆完全没有头绪。

纳玛特吉拉仔细研究着轨道扫描图。"个头很大。"他咕哝道。

"某种异形舰船，"凡·昂格尔点点头，"但除了尺寸之外，我们恐怕无法得到什么信息。它对我们的探测手段完全免疫。"

"它正好落在阿尔法瑞斯指示我夺取的位置上。"纳玛特吉拉说。

"是的,长官。"凡·昂格尔说,"就在颤抖山脉区域,气候圈的中央,我们之前借助扫描结果鉴定为人造结构的位置上。"

"那么,"总司令沉吟道,"密教终于出场了。"

"大人?"凡·昂格尔问。

纳玛特吉拉从图片上抬起头来。"返回舰桥,舰队长。将舰队设为作战状态。激活所有主武器,瞄准那个物体。只有在我的命令下才能进行轰炸。"

"长官,我们在那个物体附近部署了大量部队。"凡·昂格尔说,"他们很可能会被我们发动的任何轨道轰炸所波及。在这一切发生之前我就提醒过你,总司令。我告诉过你,轰炸战术应该——"

"激活所有主武器,瞄准那个物体。"纳玛特吉拉嘶声说,"这个命令对你来说太复杂了吗?我是不是要逐字逐句给你解释一下?瞄准那个物体!如果你还是听不懂的话,就准备立刻卸任吧。我知道考寇阿将军很希望升任舰队指挥官。"

凡·昂格尔瞪了一眼纳玛特吉拉,阴郁地行了个礼,大步离开瞭望台。

纳玛特吉拉坐在窗边的一张沙发上,抚摸着他的基因培育宠物。

柴恩走进瞭望台,解散了值班的亲卫。

"你看到了吗?"纳玛特吉拉问。

柴恩点点头。"密教显然比我们预料中更强大。"

"它们也没有遵守阿尔法瑞斯的规矩,"总司令说,"这不是基因原体告诉我的时间表。他预计我们的地面部队会首先包围并控制那个区域,之后——"

他停住了。

"长官?"柴恩问道。

"除非他骗了我,"纳玛特吉拉说,"除非他已经在和密教展开接触,想要独自获取它们的宝贵秘密。"纳玛特吉拉站起身。他穿过瞭望台,给自己倒了杯酒,啜饮一口,随即怒吼着把酒杯扔到窗户上砸得粉碎。

"他玩弄了我们!"他咆哮道,"他玩弄了我们,利用了我们!他向我承诺的一切,名誉、荣耀、帝皇的谢意,也都是谎言吗?"

柴恩耸耸肩。"从一开始我就不信任'阿尔法军团'的阿斯塔特,长官。他们丝毫没有其余军团所展现出的荣誉作风、高尚品质和行为准则。我认为他们的种种行径应该上报给泰拉议会,让他们遭受惩戒,甚至裁撤。毕竟,这已经不是阿斯塔特军团第一次出现越界行为了。在他们变得过于强大之前，他们必须受到阻止，并面临裁决。"

纳玛特吉拉沉思着点点头。"同意，我会亲自把这件事直接向帝皇汇报。或许到时候我还能挽回一些声誉。我需要抓住他们的把柄，狄纳斯。我们需要找到确凿的证据来揭露他们恶劣的本质。我需要明确知道他们究竟在干什么，他们与那些异形浑蛋究竟在搞什么恶毒的勾当。"

柴恩又倒了一杯酒，递给他的主人。"谢谢，狄纳斯。"纳玛特吉拉说。他开始踱步。

"我们已经找到了他们安插间谍的证据，长官。"柴恩说，"我拘捕了一名基诺52千连团的军官，并且掌握确凿证据表明他为'阿尔法军团'担任特工。"

"就在我们的指挥层里？"

"那个人是布朗兹，长官。'阿尔法军团'已经渗透到了最高的军事级别，这一发现令人震惊。"

纳玛特吉拉点点头。"有所进展，很好，你审讯过他了？"

"他还在抗拒，大人。很顽固，但我的人颇具技巧和耐心。我不相信有任何人，即便是像布朗兹这样坚韧的家伙，能够在那种痛苦之下坚持太久。"

"给我联络基因原体，狄纳斯。"纳玛特吉拉说，"直接与他对话。我倒要看看他打算给我编造什么新的谎言，同时你们也试试在通话的时候追踪他的位置。让路西法黑卫准备发动传送突袭。"

柴恩敬了个礼。

"狄纳斯！"

"是，长官？"

"不要对这个布朗兹手下留情。"纳玛特吉拉说，"绞碎他的意志、身体和灵魂，把他的秘密挖出来。"

"是，大人。"狄纳斯·柴恩回答。

第十章

预见之力

　　索耐卡从来没有经历过传送,这绝不是他想要重温的经历,这让他感到恶心、眩晕,就好像他这个人被打碎后错误地重新组装起来了。

　　阿斯塔特没有展现出丝毫不适。

　　战斗母舰的传送系统把他们所有人——无论帝国人员还是密教异形——全部从那个阴冷洞穴里转移到了停留点附近的一块湿滑石板上,就在密教飞船的金色边缘下方。

　　飞船降落到停留点的时候严重扰动了这里的大气层。暴雨倾盆而下,状如蒸汽的白烟从轮廓方正的石块与漆黑油腻的池塘里升腾飘散。颤抖山脉的峰峦组成了一条直径四十公里的围栏,将此地环绕起来。空气中的细小水滴在云雾缭绕的停留点上空营造出了美妙的彩虹。

　　密教的巨型飞船的规模超乎想象,金色和黄铜色的平滑表面光芒夺目。索耐卡盯着它看了一阵,发现它恰似一朵含苞待放的鲜花,也像一丛古怪扭曲的荆棘。

　　他最终意识到,那个物体过于庞大,过于怪异,过于独特,完全超乎他的理解范畴,只会让他陷入疯狂。他匆忙移开视线。超凡之物他这辈子已经看够了。

　　"它……"卢克萨娜咕哝道,"它……简直……"

　　"我明白。"索耐卡说道,他轻柔地拉着卢克萨娜转过身去,透过雨幕遥望那一圈黑色山峰,"最好别总盯着看了。"

　　"我们这是卷进什么事情了,佩托?"她问道。

　　他笑了笑。"我已经完全不明白了,我们扮演了各自的角色。事到如今,我不认为你我还有什么重要性可言。我觉得某种宏大的命运正在被塑造。你有这种感觉吗,就好像整个未来的重量都悬在我们头顶?"

　　她点点头,把一缕被淋湿的秀发从面前拨开。"当然。"她回答。

"这是强大心智才能胜任的一项使命，"索耐卡说，"超人心智，而不是你我的弱小思维。我们要相信阿斯塔特会完成他们与生俱来的使命。我们要相信他们会保卫人类种族的安全。"

"你信任他们吗，佩托？"卢克萨娜问。

"你我都带着他们的印记，上校。"他说道，"我觉得现在问这个已经太晚了。"

她四下张望。在这块被雨水不断冲刷的石台远端，格拉玛提卡斯垂头丧气地坐在地上，被一个阿斯塔特严密看守。

"他恨我们。"她说。

"他当然恨我们。"索耐卡说，"我们背叛了他。"

"那很不容易，"她说，"像那样利用他——"

"他利用了所有人，自始至终。"索耐卡回答，"他会想通的，事情或许并没有按照他的预期发展，但我们办到了他想要做的事情。"

"不，你要明白，我爱过他。"她说，"或者说我以为我爱他，也以为他爱我。我当时不明白他究竟是什么，即便他当面告诉我。我完全不明白事情有多大。"

"你从来都不该明白，"索耐卡说，"一枚棋子是不需要看清整盘棋局的。"

一条状如蜿蜒长舌的金色坡道从密教的飞船上伸展出来，连接到了石台的边缘。端着爆矢枪的阿斯塔特开始将那群异形押送到飞船里去。有些一边走着一边呜咽、咕哝。而气势强悍的司战斯劳·达则昂首挺胸，对于那些时刻瞄准他的爆矢枪视而不见。

"战斗母舰传来信息了。"赫佐格对阿尔法瑞斯说。

"内容？"

"纳玛特吉拉总司令要求直接与你对话。他怕你不等他就独自展开会谈。"

"告诉他，现在联系不上我。"阿尔法瑞斯说，"告诉他维持当前位置，让他的部队原地待命。"

"他肯定不喜欢听这个。"赫佐格说。

"那是他的问题。"欧米冈回答。

"后面这句我就不必传达了，对吧？"赫佐格问。

"告诉他，我一定会感谢他的耐心，并且稍后会直接联系他。"阿尔法瑞斯说。

他们登上了那艘黄铜飞船。它的内部结构与任何人类舰船都天差地别。无规律的走廊通往怪异的房间，或者像迷宫一样往复折返。某种内在的照明让墙壁泛着柔和光辉。在有些地方，天花板飞升到视线之外，仿佛无穷无尽。索耐卡为这些奇景感到迷惑而不安。

空气里飘着烧焦白糖和熔融塑料的味道。

他们在一座由三片金色花瓣构成的房间里等待了一阵。

"那是什么声音？"卢克萨娜问。

"我什么都没听到。"索耐卡说。

"看来是我的洞察力，感觉就像一群蜜蜂。"

第一连长佩克向他们走来。"基因原体召唤你，佩托。"他说。

"我？"

"他需要你，跟我来。"

索耐卡看了卢克萨娜一眼。"去啊。"她催促道。

佩克领着他穿过密教飞船中的明亮大厅，来到一个房间，阿尔法瑞斯、欧米冈还有舍尔正在那里等待。

"大人？"索耐卡问。

"密教将要向我们展示预见之力，佩托。"阿尔法瑞斯告诉他，"据我们所知，这是某种侦测仪器，是一种观测时间的手段，基于灵族预言的原理来运作。"

"好吧，大人。其实我不太明白你刚才说的是什么。"

"我们会看到未来。"欧米冈说。

"长官，你们为什么叫我来？"索耐卡问。

"针对它们准备向我们展示的内容，我需要尽可能准确地核查其真实性，"阿尔法瑞斯说，"我提议，观看者包括我和欧米冈，还有作为灵能者的舍尔，以及作为普通人的你。你同意吗？"

"长官，我——"

"你同意吗？"欧米冈追问道，"我们没有时间可以浪费。"

索耐卡点点头。"我一定尽自己所能，大人们。"他回答。

"谢谢你，佩托。"阿尔法瑞斯说。

"我们准备好了。"他高声说。

一堵原本看似牢固的墙壁突然烟消云散。他们一行四人并排走进了墙壁彼端的房间。

这里十分昏暗，仅有的照明来自某种无处不在又难觅源头的红色光芒。在他们前方，一束纯净银光在黑暗中闪动。

+我是盖赫特。+

"我是阿尔法瑞斯，阿斯塔特第二十军团的基因原体。"阿尔法瑞斯说。

+欢迎。让我们认识一下其余几位，包括另一个你。+

"我是欧米冈，阿斯塔特第二十军团的基因原体。"欧米冈说。

+欢迎。邓·党·奇亚特·舍尔，欢迎。+舍尔鞠了一躬。

+佩托·索耐卡。欢迎。+

"你好，"索耐卡说，"你在我脑袋里说话。"

+是的。+

"这让人不太舒服。"索耐卡说。

"哦，有点骨气吧，少校。"欧米冈厉声说。

+你们准备好观察预见之力了？+

"是的。"阿尔法瑞斯说，"任何诡计都会导致这艘飞船被我们的爆矢枪撕成碎片。我们讲清楚了吗？"

+是的。你们是一个崇尚暴力的种族，人类。你们急于做出威胁。暴力终将来临，而且那完全是你们自己的事。+

"开始吧。"欧米冈说。

+我们与原初湮灭者的斗争经历比你们的进化历史更加漫长。绝不能允许混沌掌控银河。+

"我们已经知道这件事了，盖赫特。"阿尔法瑞斯说。

+人类种族天性强健。它贪婪而不羁地蓬勃发展。出于无知，它尤其容易受到混沌的影响。原初湮灭者已经将魔爪伸向了人类种族，打算将其变成一种武器。+

"人类必将反抗。"阿尔法瑞斯说。

+你们根本不知道要如何反抗。原初湮灭者很狡猾。它会在人类帝国之中引发内战，从而让万事万物土崩瓦解。看吧。+

那束银光颤抖着分散开来，他们看到了里面的景象。那种感觉就像是他们从星球轨道径直落入了一个熊熊燃烧的世界。舍尔开始哭泣。

+这是我们手中掌握的切实证据。这就是即将发生的未来。那场宏大战争会烧遍苍穹，吞没整个人类种族。群星会熄灭，湮灭者就此崛起。+

"不。"欧米冈生硬地说。他瞪大了眼睛。

+你无法否认这一切，欧米冈。这个过程已经开始了。+

"你这个该死的骗子！"欧米冈吼道，他将目光从预见之力上扯开。

+我无法说谎，我从不说谎。人类种族将要成为这场畸变的绝对主宰，他们会创造出历史上最可怕的怪物——荷鲁斯。+

索耐卡的思维陷入麻木，他此刻目睹的事物让那艘巨大的金色飞船都显得稀松平常了。

"怎么……怎么能阻止这一切？"他用颤抖的声音问道。

+你们无法阻止，但'阿尔法军团'阿斯塔特处在一个绝佳位置，能够对它加以控制和引导。+

"解释清楚！"阿尔法瑞斯命令道。

+由狼神荷鲁斯向帝皇发动的内战存在两种可能的结局。要么荷鲁斯取得胜利，令混沌凯旋；要么帝皇的力量取得胜利，令混沌败退。+

"'阿尔法军团'永远、永远都是为了帝皇。"阿尔法瑞斯宣称。

那束银光闪动了一下。

+那就见证未来吧。荷鲁斯胜利，混沌凯旋，一个非常可怕也很有可能的场景。密教在光辉超群的荷鲁斯身上看到了残存荣誉的一点火花，以他的名义犯下的种种暴行会让他暗中憎恨自己。如果他取得胜利，那么他凶猛的怒火与自我憎恨只会不断加剧。他会在两三代人的岁月里焚灭人类种族。荷鲁斯心中那种自我毁灭、自我救赎的强烈诉求会驱使他在羞愧屈辱中灭绝人类。即便是最亲近的盟友也会在一场末日决战中与他针锋相对。混沌会燃烧得无比炽热，但随后就会迅速熄灭。它的伟大胜利将会迸发光耀并即刻消逝，濒死的帝国会把它一起拖入坟墓。通过人类种族的牺牲，银河中的其余种族得以幸存。+

"不能允许荷鲁斯胜利！"欧米冈驳斥道。

+那就看看另一种可能性，基因原体欧米冈。这是我们预见到的，帝皇会献出生命来夺取胜利。他会在泰拉陨落，同时击杀荷鲁斯。这就是他的命运，

看吧。+

银光波动起来。他们看到了壮丽辉煌的黄金王座,以及被锁在里面痛苦呼号的那具干枯尸骸。

"天啊!"索耐卡喊道。

+如果帝皇取胜,帝国就会陷入僵局。它将在千万年里一次次地试图延续生命,但它会陷入不可逆转的缓慢腐朽。它会不断腐朽,并且放任混沌重新渗透进来,将它最终吞噬。+

"胜利……就是失败?"阿尔法瑞斯颤声说。

+如果帝皇取胜,阿尔法瑞斯,混沌就终将凯旋。长达一万到两万年的苦难和腐化会随之降临,直到原初湮灭者最终支配银河。+

"这就是我们面前的选择?"欧米冈问道。他惨淡地笑了笑。

+缓慢而无情地被混沌征服,或是充斥恐怖与疯狂的短暂岁月。让末日缓缓蔓延,或是让人类种族在一两个世纪的血腥年代里把自己撕成碎片,从而将混沌从银河中一举驱除。这就是我们交给你们的选择。人类种族是一把武器,它可以造福银河,或是毁灭银河。+

"这实在称不上选择,盖赫特。"阿尔法瑞斯说。

+我怜悯你,人类。这称不上选择,但你们是务实的,这向来是你们的优点。你们目光长远,你们能够做出艰难的决定。阿尔法瑞斯,必须避免那个僵化的未来。+

"我们要怎么做?"欧米冈问,"你要我们怎么做,你这个异形浑蛋?"

+非常简单,欧米冈。'阿尔法军团'必须和叛徒站在一边。你们必须确保荷鲁斯的胜利。+

"绝不!"欧米冈怒吼道。

"匪夷所思!"阿尔法瑞斯大喊。

+那就看看结果吧,看吧,亲眼看看它。+

那银色光束又波动起来,他们情不自禁地惊恐退缩,他们在一瞬间里全都目睹了。

预见之力向他们展示了一切。欧米冈和阿尔法瑞斯蹒跚后退,厉声尖叫。舍尔疯狂呼喝,随即扑倒毙命,心智俱毁。索耐卡哭泣着跪在地上。

第十一章

九头蛇42号

他们回到了明亮的大厅,但这里永远失却了先前的光辉。未来像裹尸布一样如影随形地缠着他们。

阿尔法瑞斯和欧米冈都神情僵硬,一言不发。面如死灰、备受打击的索耐卡抱着舍尔的尸体。

几名阿斯塔特在等待他们,手中的爆矢枪依旧瞄准着那些鬼鬼祟祟、交头接耳的密教成员。

"大人?"佩克开口道,"发生了什——"

阿尔法瑞斯抬手示意安静。他看着自己的双胞胎,两人相互凝视了很久。

索耐卡把舍尔的尸体放在甲板上,卢克萨娜走了过来。

"佩托?你的脸!"她轻声说,"怎么了?你看到什么了?"

索耐卡摇摇头,他说不出话来,卢克萨娜拥抱了他。

"他看到了预见之力,"约翰·格拉玛提卡斯站在两人身后,"那很可怕,不是吗,佩托?很可怕,但也很美妙。"

"美妙?"索耐卡挣脱卢克萨娜的拥抱,脱口而出,"你怎么能这样说?"

"因为在那一切恐怖景象之中,毕竟留存着一线希望,"约翰·格拉玛提卡斯说,"一个简单纯粹的机会,让我们可以去拯救、去避免、去保护。"

索耐卡盯着他。"我可不太喜欢这个机会,约翰。"他回答。

斯劳·达走上前来,直面阿尔法瑞斯。阿斯塔特的枪口一直追踪着他,但他没有理会这种威胁。

"如何?"他用断断续续、口音浓重的低哥特语问,"你们要做何应对,mon-keigh?你们拥有做这个决定的意志力吗?还是说你们就像这个害虫种族的其余成员一样软弱而自私?"

阿尔法瑞斯无动于衷地看着斯劳·达。"我为帝皇而战。"他回答,"在一切事情上,我效忠于他,我无法打破这个誓言。他抱有很多伟大的野心与高尚的意图,但我知道,他抗争混沌崛起的决心是高于一切的。他始终知晓混沌的真相,推翻原初湮灭者是他最大的愿望。所以从现在开始,无论我做什么,司战,都是为了帝皇。"

斯劳·达点点头,他转身离开。

"纳玛特吉拉大人一直在用各种要求来烦扰我们,"赫佐格说,"他已经十分躁动了。他坚持要求你立刻向他汇报,并且公开一切信息。"

"是吗?"阿尔法瑞斯回答。

赫佐格点点头。"他也开始发出隐晦的威胁了,大人。他指控我们存在叛国行为,甚至更糟。我认为在他彻底失去耐心并做出一些令人惋惜的行动之前,我们必须做出某种回应。"

"我们会做出回应。"欧米冈说。

阿尔法瑞斯瞥了一眼自己的双胞胎兄弟。

"如果我们要在未来的任务中达成目标,"欧米冈说,"我们就必须解除威胁,全力以赴。我们不能过早地摊牌,不能暴露我们的意图。一直以来,秘密都是我们最强大的武器。"

"同意。"阿尔法瑞斯说。他低下头,无言地沉思了一阵。

"所以?"欧米冈问。

阿尔法瑞斯抬起头。"动手吧。"他说。

"还是没有接到来自基因原体或他手下任何军官的回应,大人。"通信官宣告,"他的战斗母舰也拒绝回复我们的多次联络。"

纳玛特吉拉点点头。"布拉迈尔斯"号的舰桥变得愈发安静,紧张感弥漫开来。

"再发送一遍信息。"纳玛特吉拉命令道。

"是,大人。"通信官说。

总司令转向凡·昂格尔。"我要回到房间去,"他说,"起草一份谴责'阿尔法军团'的声明。在我写完之后,如果我们还是没有收到任何令人满意的答复,你就把那份声明直接送往泰拉。"

"是,大人。"凡·昂格尔说。

"届时，我会发出一份最后通牒，如果他们不予回应的话，我们就要对星球地表发动全面轰炸。"

"长官，我——"凡·昂格尔抗议道。

"闭上嘴听我说，凡·昂格尔！"纳玛特吉拉吼道，"全面轰炸地表区域。而且，你还要调遣适当数量的重型巡洋舰去打击并让那艘战斗母舰瘫痪。"

凡·昂格尔惊愕地摇着头。"他们是阿斯塔特，大人。你在命令我向自己人开战。"

"总司令不认为他们还是自己人了，舰队长。"狄纳斯·柴恩说。

纳玛特吉拉转身准备离开舰桥，但追踪站军官的喊声让他停下了脚步。

"长官，那艘阿斯塔特战斗母舰刚刚脱离了高层轨道。"

"什么？"凡·昂格尔质问，他匆忙跑到追踪站，"给我看看。"

"它在转向，长官，"那个军官口齿不清地说，"它在朝舰队转向。"

"那些奸诈的浑蛋。"纳玛特吉拉低声说。

"那是攻击矢量！"凡·昂格尔高呼，"全额护盾！战斗岗位！"

"战斗母舰开火了，长官！"一名甲板军官大喊，"'肯特'号被直接命中！'太阳风'号也是！它暴露在太空里了！"

"还击！"凡·昂格尔命令道，"任何拿到有效火力方案的舰船，向战斗母舰'贝塔'号随意开火！"

"'罗伦号'运输舰被击毁了，长官。'坦克雷迪'号和'劳顿'号报告受损！"

"它只是一艘战舰。"纳玛特吉拉吼道。

"它是一艘阿斯塔特战斗母舰，你这个白痴！"凡·昂格尔厉声对他说，"它像热刀子一样切入了我们舰队的核心。"

甲板颤抖起来，"布拉迈尔斯"号开始用主炮射击。

"记录到八次直接命中目标舰船。"火炮主管高声说。

"好！"纳玛特吉拉攥着拳头欢呼道。

"'贝塔'号没有减速，"追踪站的军官说，"看起来它的功能没有受到影响。"

一阵尖锐的警报开始鸣叫，穿透了战斗状态的喇叭声。

"传送信号！"一个舰桥军官嚎叫起来，"传送信号遍布舰身中部！我们被跳帮（编者注：跳帮指强行登舰，并可能夺取对方战舰的一种战术）了！"

内部舱门在喷涌烈焰和四溅金属中轰然炸开。爆矢弹从烟雾缭绕的走廊深处飞来，杀死了一个个试图逃跑的船员。

阿斯塔特从火焰中现身，冷酷无情地步步逼近，他们的紫色盔甲反射着跃动的火光。他们有条不紊地控制住左右两侧的所有通道，手中的爆矢枪怒吼不止。

"阻击！阻击！"戴夫少将手握长剑喊道，他尽力鼓舞着两个赞吉巴瑞步兵排，"开火！"

士兵们向走廊远端射击。戴夫依稀瞥见一个紫色身影被击退，然而爆矢弹随即从翻卷飘动的烟雾中呼啸而来，瞬间杀死了他身边的两名士兵。全身浴血的戴夫试图将残余士兵带回掩体里。"继续开火！"他喊道，他抓起通信器，"阻击小队，前往八号和九号甲板！重型武器！我们需要重型武器！"

他们沿着大厅后撤，进入一间集合室。爆矢弹穷追不舍，又放倒了三个人。四十名奥崔玛重步兵快步穿过房间前来支援。

"上去！上去！上去！"戴夫喊道，"快点！守住那个舱门！把他们挡住！"

下方某处的爆炸发出一串巨响，让甲板颤抖起来。

"把火箭筒给我！"戴夫尖吼道，他扔下长剑，从一名奥崔玛士兵手里抢过重型武器。他将一发发火箭弹射向舱门之外。

一阵亮光在他们身后的房间里闪动，逐渐凝聚的实体物质扰动着飞旋烟雾。六名"阿尔法军团"阿斯塔特凭空出现，手中的武器全自动开火。戴夫少将和他的士兵在几秒之内全都死了。

"出事了，"特克急迫地说，"糟糕的事。"

霍楠·穆仰望天空。云层上方那些明亮的光辉和火花不是闪电，那是轨道炮击，舰队进入战斗了。

"我没法接通运输舰，旗舰也不行。"通信官报告。

"继续试。"她命令道。

"怎么了？"提芬妮问，"上面发生什么了？"

"我不知道。"穆回答。

突然，所有人的表情都扭曲起来。通过洞察力传递的剧痛骤然贯穿了上校和她的侍从。黄铜圆碟的虹彩边缘继续缓缓旋转，它从颤抖山脉的环抱中升起，径直飞上天空。它很快就消失在了低垂的云层里。

穆坐在一块平坦的石头上，冰冷的暴雨开始洒落，她已经能够察觉出空气中的细微变化。无论这个气候圈被创造出来究竟是何目的，它都已经完成了使命。它没有存在的必要了，因此开始逐渐消融。她不知道这一过程会持续几分钟、几天还是几周，但九头蛇42号第三星球的腐蚀性大气终将归来，彻底恢复这里的气候平衡。

霍楠·穆也察觉到，没有人会来接走他们。当九头蛇42号第三星球的剧毒风暴卷土重来之际，"小丑"及所有地面部队都依旧会被困在这里。

之后，就会有更多的腐朽残渣被遗留、被淹没、被抛弃在孤独的方形石块之间。

第十二章

布拉迈尔斯号，星球轨道

狄纳斯·柴恩将一只沉稳的手掌放在纳玛特吉拉的胳膊上。

"大人，走吧。"他坚持道。

"不，狄纳斯。"纳玛特吉拉抽开手臂厉声说。

"旗舰的安全已经无法保证了，"柴恩说，"亲卫必须护送你去逃生舱避难。"

舰桥在颤动。每个岗位上的每个人都大声呼喊，试图盖过警报的尖鸣。空气中明显飘着烟味。

"重新瞄准它！"纳玛特吉拉喊道，"瞄准它！"

"我们没法打破它的护盾。"凡·昂格尔大吼。

"我们刚刚失去了'巴布斯蒂昂'号！"有人高声说。

"'劳顿'号起火，丧失动力！"另一个声音喊道。

纳玛特吉拉走到凡·昂格尔面前，狠狠抽了他一巴掌。"消灭那艘战斗母舰，你这个废物。"

凡·昂格尔后退一步，嘴角淌着鲜血。他攥起拳头想要还击，柴恩一把扼住他的喉咙。凡·昂格尔顿时喘不上气来了。

"不准向总司令动手。"柴恩说，"执行你的命令。"

他松开手掌，凡·昂格尔气喘吁吁地摔倒在甲板上。"所有武器，"他咳嗽着说，"所有武器，集中火力。把我们手里的弹药全都打出去，该死的，在——"

"信号！"追踪站的军官喊道，"第二个信号！"

他们盯着主屏幕上的跃动标志。一艘战舰正在朝舰队的后方逼近。

"它从哪里冒出来的？"凡·昂格尔问。

"它突然出现在扫描仪器上，长官。它之前藏在星球背后。"

"那是另一艘战斗母舰，"凡·昂格尔嗓音低沉地说，"那是另一艘该死的战斗母舰！"

"'阿尔法'号。"纳玛特吉拉轻声说。

"它开火了！"追踪站的军官大喊。

"走吧，大人。"柴恩说。

这一次，纳玛特吉拉允许柴恩把他带走了。

"外面……挺吵的……"布朗兹口吐鲜血，声音含混地说。

"闭嘴！"狱警命令道。他和两个助手交换了一个充满忧虑的眼神，三人的围裙都血迹斑斑。爆炸的闷响和枪炮的嘶吼已经让人无法忽略了。

布朗兹笑了起来，但笑声随即转变成了断断续续的咳嗽。

"他们来了……他们来救我了，明白吗？我知道……我知道他们会来的。"

"闭嘴！"狱警吼道，他凶狠地拧紧了刑具上的一枚螺栓。布朗兹尖叫起来。

他咳出更多的血。"我的名字……我的名字是赫塔多·布朗兹……"他嘶声说，"就……就这些……"

牢房的舱门轰然掀开。两个穿着黑色紧身衣的人冲了进来。佩托·索耐卡用激光手枪瞄准狱警的心脏开了两枪，之后朝那具倒地抽搐的尸体又补了几枪。森奈尔挥舞长刀，手法娴熟地除掉一个助手，之后把修长的锋刃捅进另一人的肚子。

他抽出武器。那个人倒地毙命。

"把他弄出来。"索耐卡说。森奈尔动手解开那些沉重的镣铐和螺栓。

"佩托？"

"坚持住，赫塔多。你可真够惨的。"

"你……你来救我了。"

"原体本人的情面。"索耐卡说。

"你……来救我了……"布朗兹重复道。

"我们会好好照顾自己人。"森奈尔说。

他们把布朗兹从刑具里拽出来。他根本站不住，于是两人把他架了起来，将那两条沾满鲜血的粗壮臂膀扛在肩上。

"快点。"森奈尔说。

"发送信号吧。"索耐卡说。

森奈尔点点头。

"我们要把你弄出去，赫塔多。"索耐卡说，"我们会把你送回战斗母舰上，给你包扎好。坚持住。"

"见到你……真好，佩托。"布朗兹咕哝道。

"见到你也是，赫塔多。"

"如果见到我真的……很好……那你为什么一副……苦瓜脸？"

"回头再说吧，"佩托·索耐卡说，"回头告诉你。"

旗舰停机甲板的庞大区域有一端已经熊熊燃烧起来。柴恩和其余六名路西法黑卫护送着纳玛特吉拉穿过宽阔甲板，冲出翻滚浓烟，朝防护完善的逃生舱跑去。

"准备立刻出发，"柴恩在通信频道里大喊，"总司令会在二十秒内登舱！"

"我看不然。"阿尔法瑞斯说。

基因原体从一团席卷停机甲板的厚重烟雾中现身。他手持短剑，拦在亲卫小队与逃生舱之间。

路西法黑卫配备着激光手枪和军刀。他们毫不迟疑地一边开火一边冲锋。

激光束敲打在阿尔法瑞斯的盔甲上，有些留下了焦痕和凹坑。他冲上前去迎击对手，挥剑斩断了第一名路西法黑卫的脊梁。阿尔法瑞斯扭转身躯，左手一拳打碎了另一人的头骨。

剑刃从四面八方向他袭来。他用短剑以及左手的手甲展开招架，一把军刀断成两截。短剑洞穿一个亲卫的胸膛，随即干净利索地抽了出来。鲜血在甲板上泼溅出一条宽阔圆弧。

阿尔法瑞斯用短剑挡住又一次攻击，同时伸出左手，以一记沉重的重拳把剩余的一名路西法黑卫打飞了出去。他抓住另一个人，用披覆盔甲的手指轻易拧断了对手的脖颈。

柴恩挥剑突进，被原体的短剑勉强挡下。他改变了自己的攻击方式。阿尔法瑞斯不得不后退一步来抵御柴恩的超群剑术。原体招架，刺击，但柴恩躲开了这次攻势，将军刀捅进阿尔法瑞斯躯干的侧面。那夺命刀锋千锤百炼，其坚韧和锐利不亚于人类已知的任何金属，它穿透了动力盔甲侧面的层层防护，深深埋进了阿尔法瑞斯的躯体。

阿尔法瑞斯低头看看那柄卡在自己体内的兵刃。一滴鲜血涌了出来。

"哼。"他咕哝道。他盯着柴恩，后者明白自己绝没有机会把剑拔出来。

"你也就到此为止了。"阿尔法瑞斯说着将他劈成了两半。

阿尔法瑞斯收剑入鞘,之后把军刀从身体里抽出来。他抛开那把武器,迈过横陈于地的尸体,走到了跪在甲板上的纳玛特吉拉面前。

"求求你!原体大人!我求求你!"纳玛特吉拉哀声央求,绝望地双手合十行礼。

阿尔法瑞斯抽出爆矢枪。

"为什么?"纳玛特吉拉嘶吼道,"你为什么要这样做?"

"为了帝皇。"阿尔法瑞斯说着扣动了扳机。

尾 声
密教

　　黄铜圆碟在最为黑暗的太空中缓缓旋转。约翰·格拉玛提卡斯最后一次穿行于它寂静的厅堂。

　　"你要去哪里？"斯劳·达问。

　　"离开，结束了，我不干了。"

　　"还会有别的任务。"

　　"跟我没关系了。"约翰·格拉玛提卡斯说。

　　"密教感谢你的努力。"斯劳·达说。

　　"那句话肯定很难说出口吧。"格拉玛提卡斯轻蔑地回应道。

　　他从司战身边走开。

　　"你成功了，mon-keigh，"那个灵族说，"你为什么显得并不满意？"

　　"正是因为我的成功。"格拉玛提卡斯说，"我成功地签下了人类的死亡通知书。"

　　"约翰？"斯劳·达高声说，"你在朝外部舱门的方向走，约翰？"

　　约翰·格拉玛提卡斯置若罔闻，继续前行。他觉得这是自己应得的。

　　这不是他的第一次死亡，但他希望这会是最后一次。

作者简介

丹·阿伯奈特创作了五十多部小说,其中包括著名的"冈特幽魂"系列的最新一部《叛乱者》。他笔下的"拉文纳"系列和"艾森霍恩"系列均广受好评,其中最新一部是长篇小说《学者》。在"荷鲁斯之乱"系列中,他依次创作了《荷鲁斯崛起》《军团》《不被铭记的帝国》《无所畏惧》和《普罗斯佩罗之焚》,而后两部曾被《纽约时报》列为畅销书。他为"荷鲁斯之乱"系列的首部图像小说《马库拉格之耀》撰写过文本,此外还创作了大量有关战锤40000和战锤宇宙的广播剧、短篇小说。他常年生活在英国肯特郡的梅德斯通。

译者简介

赵笛,毕业于清华大学生物系,常用网络ID为Haldir;埋首阅读英美奇幻文学作品多年,熟悉并热爱马哲里两兄弟、秘银厅六英雄、费诺七子、护戒九人、终焉八位化身、帝国十九原体等传奇人物,现旅居瑞典小城北雪坪。

版权所有　侵权必究

图书在版编目（CIP）数据

军团 /（英）丹·阿伯奈特著；赵笛译. -- 杭州：浙江科学技术出版社，2025.7. -- ISBN 978-7-5739-1753-9

Ⅰ. I561.45

中国国家版本馆CIP数据核字第2025PT9662号

著作权合同登记号　图字：11-2020-219号

书　　名	军　团
著　　者	［英］丹·阿伯奈特
译　　者	赵　笛

出版发行	浙江科学技术出版社
	地址：杭州市环城北路177号　邮政编码：310006
	办公室电话：0571-85176593
	销售部电话：0571-85176040
排　　版	浙江新华广告有限公司
印　　刷	浙江海虹彩色印务有限公司

开　　本	710 mm × 1000 mm　1/16	印　张	17.5
字　　数	350千字		
版　　次	2025年7月第1版	印　次	2025年7月第1次印刷
书　　号	ISBN 978-7-5739-1753-9	定　价	55.00元

责任编辑　吕路明　　　　　责任校对　张　宁
责任美编　金　晖　　　　　责任印务　叶文炀